DUMONT

Berlin, ein heißer Sommer: Vier kaltblütige Morde erschüttern die Stadt. Alles deutet auf einen selbsternannten Racheengel hin, der seine Opfer wegen ihrer moralischen Verfehlungen auswählt. Seine Motive hinterlässt er am Tatort, mit lila Tinte auf kleinen Schildchen notiert. Doch der frustrierte, leicht depressive Kriminalhauptkommissar Kai Nabel und seine übereifrige Kollegin Lidia Rauch glauben nicht an diese Theorie. Ihre kriminalistische Intuition sagt ihnen, dass dem Fall viel niedrigere Instinkte zugrunde liegen …

Helmut Krausser, geboren 1964, lebt in Berlin. Bei DuMont erschienen neben dem Gedichtband ›Plasma‹ (2007) und den Tagebüchern ›Substanz‹ (2010) die Romane ›Eros‹ (2006), ›Die kleinen Gärten des Maestro Puccini‹ (2008), ›Einsamkeit und Sex und Mitleid‹ (DuMont Taschenbuch 2011) sowie ›Die letzten schönen Tage‹ (2011). ›Aussortiert‹ veröffentlichte Helmut Krausser 2007 unter dem Pseudonym Titus Keller bei Eichborn Berlin.

Helmut Krausser

Aussortiert

Kriminalroman

DUMONT

Von Helmut Krausser sind im DuMont Buchverlag außerdem erschienen:

Eros

Plasma

Die kleinen Gärten des Maestro Puccini

Einsamkeit und Sex und Mitleid

Substanz

Die letzten schönen Tage

FSC
www.fsc.org
MIX
Papier aus verantwortungsvollen Quellen
FSC® C083411

Oktober 2011
DuMont Buchverlag, Köln

Erstmals erschienen 2007 bei Eichborn Berlin
Umschlag: Zero, München
Umschlagabbildung: Getty Images / Peeter Viisimaa
Gesetzt aus der Garamond von Adobe und der Officina von ITC
Satz: Angelika Kudella, Köln
Druck und Verarbeitung: CPI – Clausen & Bosse, Leck
Gedruckt auf säurefreiem und chlorfrei gebleichtem Papier
Printed in Germany
ISBN 978-3-8321-6166-8

www.dumont-buchverlag.de

Vorspiel in einer Garage

Die Frau in der Limousine rauchte und sah unzufrieden aus. Der Chauffeur hatte ihr gerade Feuer gegeben und war dabei, den Wagen zu starten, als sie mit dem Finger schnippte und ihn bat, noch zu warten, sie habe etwas mit sich abzumachen. Der Chauffeur erkundigte sich, worum es denn gehe, sie wirke so mißmutig, ja wütend. Die Frau gab zur Antwort, sie sei auch wütend und würde gerade darüber nachdenken, wie es wäre, diesem Kerl – sie nannte keinen Namen – das Maul zu stopfen. Der ›Kerl‹ sei außer Kontrolle geraten, sei ein unnötiges Risiko. Der Chauffeur beugte sich nach hinten, hob die Brauen und meinte, daß sowas eine gefährliche Sache sei, eine äußerst gefährliche. Der ›Kerl‹ sei mächtig und außerdem Deutscher. Ihn auszuschalten verstieße rabiat gegen die bisherige Geschäftspolitik, die sich, er nahm einen etwas ironischen Tonfall an, in all den Jahren bewährt habe. Wenn der ›Chef‹ dahinterkomme, habe das für ihn – er meinte sich, nicht den ›Chef‹ – strengste Konsequenzen.

Sie wisse das, gab die Frau zur Antwort, sie wisse das sehr gut, aber es sei ihr scheißegal. Ihr Gatte dürfe davon einfach nichts erfahren. Sie habe sich da etwas überlegt, und was sie sich überlegt hatte, teilte sie nun dem Chauffeur mit, in einer Weise, die deutlich werden ließ, daß der Chauffeur weit mehr war als nur ihr Chauffeur. Er pfiff, nachdem er sich den Vorschlag angehört hatte, leise und hörbar überrascht, gleichwohl auch anerkennend und sagte, daß das vielleicht funktionieren würde. Die Frau erkundigte sich, ob er sich auf seine Leute in so einem Fall verlassen könne. Besser wäre es bestimmt, wenn sie – jene nicht näher benannten ›Leute‹ – die ›Sache‹ nicht groß bequatschen würden, selbst untereinander nicht. Der Chauffeur, der ihr jetzt die Hand abzulecken begann, murmelte lächelnd, ›die‹ – gemeint waren wohl jene ›Leute‹ – fräßen ihm bereits aus der Hand, so wie er nun ihr.

Dann, so halb schloß, halb fragte die Frau, wobei ihre Oberlippe vor Anspannungen diverser Art zu zittern begann, sei die ›Sache‹ nun spruchreif?!

Der Chauffeur bejahte und brummte mit seiner rauhen, tiefen Stimme ein Kompliment, das ihrer Schönheit ebenso galt wie ihrer erstaunlichen Phantasie. Beide drückten sich gern so diffus wie möglich aus, da zu befürchten stand, das Wageninnere könne verwanzt sein. Zur Vorsicht lief Gitarrenmusik über alle sechs Boxen der Surroundanlage.

»Gut. Dann laß uns fahren!« Auf einen Knopfdruck hin hob sich das schwere, stahlgepanzerte Garagentor.

Als Bernd Zisska, ein kurz vor der Pensionierung stehender leitender Angestellter, durchs Drehkreuz des Charlottenburger Pornokinos trat, gewöhnten sich seine Augen nur langsam an die Dunkelheit. Der kleine Gayroom war leer, wie gewöhnlich um die Mittagszeit an einem Werktag. Den Heterofilm im größeren Kino sahen sich drei voneinander möglichst weit entfernt sitzende Männer an, alle irgendwo zwischen fünfzig und siebzig. Keiner nahm Notiz von Zisska.

Junge Gierschlünde beim Dreilochparcours. Der Streifen hielt sich nicht mit Geplänkel auf, legte keinen Wert auf psychologisierende Vertiefungen. Höhepunkt folgte auf Höhepunkt. Man konnte der Handlung auch als Späteinsteiger problemlos folgen.

Zisska setzte sich in die vorletzte Reihe, öffnete Gürtel, Knopf und Reißverschluß und wartete, ob die Bilder kraftvoll genug sein würden, eine Erektion auszulösen, ohne daß er mit der Hand nachhelfen mußte. Sie waren es nicht. Die Darsteller sahen nach einer Billigproduktion aus, unter Bedingungen dänischer Dogma-Filmer gedreht, die Dialoge klangen geschmacklos bis hirnverbrannt.

Manchmal, leider sehr selten, verirrte sich ein Pärchen ins Kino, und egal wie alt oder häßlich es war, ihm zuzusehen bot stets weit mehr Erregung als die Filme, die gezeigt wurden.

Zisska war Stammgast, fast jeden zweiten Tag verbrachte er hier die einstündige Mittagspause, er hatte die seltsame Angewohnheit, beim Masturbieren nachzudenken, die Ereignisse des Vormittags Revue passieren zu lassen, und der Orgasmus, den er schließlich erreichte, den er sich oft mühsam abrang, half ihm, seinem belanglosen Alltag etwas Lust vorzutäuschen. Zisskas Kollegen aßen zu Mittag in der Firmenkantine, er hingegen mußte Diät halten wegen seines Diabetes. Das Pornokino war unter anderem ein Ablenkungsmanöver, verdrängte den Appetit.

Wie dunkel es hier war. Kaum konnte Zisska den Aschenbecher vor sich erkennen. Ein Zuschauer verließ den Raum, der Ventilator surrte. Wenigstens war es angenehm kühl, man bekam nach einer Weile Lust auf Tee, der hier im Eintrittspreis von sieben Euro inbegriffen war. Tee und Kaffee, soviel man wollte. Zisska blieb sitzen. Zu faul, die Hose noch mal zuzumachen, aufzustehen, Tee zu holen, sich hinzusetzen, die Hose wieder aufzumachen.

Die Kamera erfror auf dem Gesicht eines stöhnenden, pummeligen Mädchens, für einen Moment hätte man das Sperma auf ihrer Unterlippe für Eiszapfen halten können. Das nächste Mädchen sah besser aus, eine Asiatin oder Eurasiatin, schlank, mit kleinen festen Brüsten, tollen langen Beinen und rasierter Möse. Zisska begann heftig zu onanieren, stürzte sich in eine spontane Liebesbeziehung zur Darstellerin, wollte sie besitzen, penetrieren und imaginär befriedigen, vor allem wollte er schnell fertig werden, bevor die nächste mittelmäßige Episode seinen schönen Traum unterbrechen könnte. Zisska fühlte sich nie hundertprozentig wohl hier, das lag an seiner verklemmten Erziehung, manchmal träumte er, sich vor den schon lange toten Eltern rechtfertigen zu müssen. Es ist wegen des Diabetes, Mama, würde er im Traum sagen. Und billig ist es. Man kann sich nirgends anstecken. Gut für die Prostata sei es auch, hatte er gelesen. Plötzlich spürte er einen heftigen Druck im Hals, etwas spannte sich um seine Kehle, er stand Sekunden vor der Ejakulation und fühlte sich nicht eigentlich bedroht, eher belästigt. Sein Gehirn wollte nicht wahrnehmen, nicht benennen, was geschah, er wehrte sich kaum und starb binnen einer Minute, ohne noch einmal zum

Orgasmus zu kommen. Nicht einmal Aufsehen wurde erregt. Die beiden weiter vorn sitzenden älteren Herren nahmen Zisskas gedämpftes Röcheln als nichts Besonderes wahr, sie kümmerten sich weiter um eigene Angelegenheiten.

Der tote Bernd Z. saß noch viele Stunden lang auf seinem Sitz in der vorletzten Reihe, mit auf die Brust gekipptem Kopf. Zwei Wochen hatten dem gelernten Schlossermeister zur Pensionierung gefehlt. Erst nach Geschäftsschluß, gegen vier Uhr morgens, als der farbige Putzgehilfe ihn an der Schulter rüttelte, kippte Zisska zur Seite. Um den Hals trug er noch immer den blauen Polyacrylschal, auch wenn der sich binnen so vieler Stunden etwas gelockert hatte.

Nabel erwachte mit pochenden Kopfschmerzen, wie an jedem Morgen. Drei Jahre war es her, daß Anna sich von ihm hatte scheiden lassen. Exakt drei Jahre, auf den Tag genau.

Seitdem war es mit Kai Nabel stetig bergab gegangen, und daß er vor zwei Monaten dennoch zum Kriminalhauptkommissar befördert wurde, hatte er einzig Lidia zu verdanken. Galt Nabels erster Gedanke morgens den Schmerzen in seinen Schläfen, galt der zweite, spätestens der dritte, ihr. Sie war lebenswichtig für ihn geworden. Lidia Rauch bügelte mit ihrem akribischen, leicht schlaumeierischen Wesen regelmäßig all jene Nachlässigkeiten aus, die aus Nabels schludriger, um nicht zu sagen gleichgültiger Berufseinstellung entstanden.

Nabel lebte seit der Scheidung allein. Zu einer neuen Beziehung fehlte ihm der Mut. Er ließ sich von Kammermusik wecken, begann den Tag rituell mit einem – einem einzigen – Schluck eiskalten Prosecco. Abends bevorzugte er teuren italienischen Rotwein, sah sich gerne Tarantino-Filme an und rauchte filterlose Zigaretten. Nach der Scheidung war er in eine billige Wohnung in Neukölln gezogen, nahe seinem Haupteinsatzgebiet Kreuzberg. Im Zehnparteienhaus wohnten ausnahmslos ruhige Mieter, darunter nur zwei türkische Familien, beide mit fast erwachsenen Kindern. Nabel war Ruhe enorm wichtig. Er konnte vom Wohnzimmer aus auf den hübsch renovierten Körnerpark sehen. Seine beiden Besteckschubladen enthielten zwanzig Gabeln und genauso viele Messer und Löffel. Damit die Spülmaschine anständig satt wurde und nur einmal jede Woche angeworfen werden mußte. Eine Rentnerin in der Nachbarschaft wusch seine Wäsche, kassierte dafür fünfzig Euro pro Monat. Eigentlich zuviel. Nabel wohnte im vierten, dem obersten Stock, die Dreizimmerwohnung besaß einen kahlen kleinen Balkon, auf dem er nachts gerne saß und Streichquartette hörte.

Charles Wilkins, dreiundfünfzig, aus Tennessee, war als Tourist unterwegs in Berlin. Nachdem nun seine vier Töchter fast alle verheiratet waren, drei de facto und die jüngste beinahe, wollte der Bankbeamte endlich die Stadt besuchen, in der sein Vater, damals Infanterist und Sieger des World War II, jenes magere und hohlwangige Frollein geehelicht hatte, das bald darauf Charlies Mutter wurde. Heute hatte er schon den Bundestag besichtigt und das Brandenburger Tor, er war auf dem Spreekanal Boot gefahren und hatte in Treptow den letzten erhaltenen Wachturm der Mauer inspiziert, etwas enttäuscht von dem mickrigen und verschlossenen Gebäude, das den Namen Gebäude kaum verdiente. Der Anblick der Oberbaumbrücke hatte ihn einigermaßen versöhnt. Von soviel ungewohnter Aktivität hungrig geworden, konnte er sich für keines der vielen möglichen Lokale entscheiden, betrat deswegen, auch um Reisegeld zu sparen, eine Filiale jener Fastfoodkette, die ihn zu dem gemacht hatte, was er wog. Ungefähr 130 Kilo.

In seine dreizehn Jahre jüngere Kollegin Lidia war Nabel ebenso unglücklich wie klammheimlich verliebt. Er hielt sie ihres streberischen Auftretens wegen für gefühlskalt, und Lidia tat wenig, um diesen Eindruck zu relativieren. Sie war ehrgeizig, doch zum Glück nicht karrieregeil. War an der Lösung der Fälle interessiert, nicht am schnellen persönlichen Aufstieg. Wäre das anders gewesen, hätte es Gelegenheiten genug für sie gegeben, Nabel blöd dastehen zu lassen. Stattdessen hatte sie ihn oft gedeckt, wofür Nabel sie umso mehr liebte, ohne aber seine Liebe je anders anzudeuten als mit einem dankbaren Zwinkern. Lidia hatte einen Freund, von dem sie nie erzählte, mit dem sie nicht zusammenlebte, der ihren Beruf haßte und an der Börse endlich reich genug werden wollte, um sie von dieser Arbeit zu ›erlösen‹. Dabei hing Kriminaloberkommissarin Lidia Rauch mit solcher Leidenschaft an ihrem Beruf, daß der Konflikt vorprogrammiert und ein Ende jener Beziehung schon abzusehen schien. Nur der Zusammenbruch der Börsen hatte die Trennung noch jahrelang hinausgeschoben. Nabel, nicht ganz schlank, groß, dunkelhaarig und grünäugig, war keineswegs Lidias bevorzugter Typ, aber sie fand ihn nicht nur leidlich gut aussehend, sie empfand Sympathie und, ja, man muß es so sagen – Mitleid für ihn, er war freundlich und, bis auf gelegentliche Depressionen, witzig, auf eine trocken-sarkastische Art, die gelegentlich in Zynismus umschlug. An der Mordkommission gefiel ihm besonders, daß die Opfer tot waren und ihm nicht auf die Nerven gehen konnten. So hätte es Nabel selbst ausgedrückt. Anders, seiner Natur angemessener gesagt, besaß er eine sehr sentimentale Ader, hatte damals, im Betrugsdezernat, unter emotionalen Problemen mit noch lebenden Opfern und deren Elend gelitten und es nie verstanden, Beruf und Feierabend zu trennen, abzuschalten. Im Grunde war Nabel ein hilfsbereiter, an der Welt müde gewordener Mensch. Vor einer Woche hatte er – alleine – seinen vierzigsten Geburtstag gefeiert und sich mit der Feststellung Mut gemacht, daß er zwei Jahre jünger war als Tom Cruise. Und dies – das war das Schönste – würde bis ans Ende seines Lebens so bleiben.

Wilkins bestellte im Burger King das Triple-Whopper-Menu mit Pommes und Coke Light, nahm Extra-Ketchup, Salz und Pfeffer, hievte seinen massigen Hintern auf einen der wenigen freien Plätze und wollte zu essen beginnen. Einen Moment darauf fiel, warum auch immer, seine Fotoausrüstung von der Bank zu Boden. Vielleicht war jemand im Vorübergehen an der Schlaufe hängengeblieben. Oder er selbst. Wilkins stieß einen Fluch aus, sah sich die Kamera auf dem Boden knieend an, prüfte die Linse. Eine relativ teure Kamera, er hatte sie sich von seiner ältesten Tochter geliehen.

Nabel stand gegen elf Uhr morgens auf, nachdem er die halbe Nacht zuvor Papierkram durchgeackert hatte.

Er stellte fest, daß der Kühlschrank nicht ausreichend kühlte, es war bereits über dreißig Grad heiß draußen, mitten im August, der Prosecco besaß nicht die richtige Temperatur, der Tag begann schlecht. Sehr schlecht. Demütigend. Wenn ein Kühlschrank nicht zuverlässig sein kann, obwohl er ohne Ende Strom bekommen hat, wem soll man noch vertrauen, dachte Nabel und goß die vor Durst fast schreiende Zimmerpflanze. Es gab nur eine. Ficus benjamina.

Dr. Dr. Ewers bekam die Leiche des leitenden Angestellten Bernd Zisska noch am Vormittag auf den Sektionstisch in der Oranienstraße. Die Todesursache war eindeutig. Erdrosselung durch einen weichen Stoff, sehr wahrscheinlich durch den Polyacrylschal, der bei der Leiche gefunden worden war. Man konnte davon ausgehen, daß der Schal dem Täter gehörte.

»Wer trägt schon einen Schal bei diesen Temperaturen? Nur eiskalte Mörder!« flapste Ewers zu seinem Assistenten, der seltsamerweise nicht lachte. Dann eben nicht, du Arsch, dachte Ewers und öffnete mit einem langen Schnitt die Bauchdecke des Toten.

Gegen Mittag wurde Nabel zu einem dringenden Einsatz gerufen, obwohl er sich bis drei Uhr freigenommen hatte, um endlich zum Friseur zu gehen. Ahmed holte ihn stattdessen mit dem Wagen ab. Nabel besaß seit letztem Jahr keinen Führerschein mehr, zu viele Punkte in Flensburg, die dortigen Bürokraten machten auch bei Kommissaren keine Ausnahme. Demütigend. Inzwischen hatte er sich ans U-Bahn-Fahren gewöhnt, man kam damit genauso schnell, in der Stoßzeit sogar schneller voran. Dennoch: demütigend. Ahmed wußte um die Gefühle seines Chefs und holte ihn zur Arbeit ab, wann immer das möglich war.

KK Ahmed Müller-Dogan, fünfundzwanzig, Sohn deutsch-türkischer Eltern, war ein durchtrainiertes Kraftpaket, beherrschte mehrere Kampfsportarten, blieb dabei stets höflich und sensibel. Seine Sprachkenntnisse waren in Neukölln und Kreuzberg, Bezirken, in denen der Ausländeranteil bis zu vierzig Prozent ausmachte, Gold wert. Mag sein, er war nicht der Hellste und Schnellste im Team, aber der Beliebteste, zweifellos. Und der Braungebrannteste. Sein Credo lautete, daß die Sonne ein natürliches Reinigungsmittel sei, mit deren Hilfe alles Negative aus dem Körper herausgebrannt werden könne. In dieser Hinsicht war er etwas eigen, und provokanten Fragen, ob er nicht Angst vor Hautkrebs habe, gönnte er nie eine Antwort.

Sieben recht ruhige Wochen waren vorüber, der Wahnsinn begann. Für die beginnende Woche würden Nabel und seine Kollegen von der Mordkommission Nummer acht dem Turnus gemäß zuständig für alle Gewaltverbrechen mit Todesfolge zweier Bezirke Berlins sein.

Unten hupte Ahmed zweimal. Als Nabel zu ihm ins Auto stieg, war er vom Gürtel aufwärts nur mit einem kurzärmligen weißen Hemd bekleidet, was seine Vorgesetzten nicht gerne gesehen hätten, hätten sie es denn gesehen.

»Morgen, Chef.« Ahmed gab bereits Gas, bevor Nabel die Beifahrertür schließen konnte.

»Was gibts?«

Charles Wilkins schraubte den Deckel auf die Linse und schnaufte erleichtert. Jemand fragte, ob alles in Ordnung sei. Wilkins verstand kaum ein Wort Deutsch, gerade mal *kartoffel, heil hitler* und *ausweis*, erriet jedoch, was gemeint sein mußte, und lächelte demonstrativ. Als er den Triple-Whopper zum Mund hob, war er glücklich. Er dachte an seine jüngste Tochter, schwanger von einem Immobilienmakler, der sie heiraten wollte, wenn er, der künftige Schwiegervater, ihm einen zinsgünstigen Kredit beschaffen würde. Es sprach nicht viel dagegen. In seiner Position konnte Wilkins frei entscheiden, auch bei fragwürdiger Bonität. Es machte ihn glücklich, daran zu denken, etwas für ein junges Paar so Wichtiges in die Gänge bringen zu können, ohne Angst vor Konsequenzen haben zu müssen. Darauf hatte er sein Leben lang hingearbeitet. Die Coke war nicht so kalt, wie sie hätte sein müssen. Er liebte es, wenn ihm nach dem ersten Schluck die Kehle weh tat vor Kälte.

Sekunden später wurde ihm sonderbar. Er schwitzte, sein Puls raste, er hielt es für Reisestreß, aß weiter, ihm wurde schlecht. Wilkins, obgleich niemand im Restaurant auf ihn achtete, lächelte noch einmal, wie um sich zu entschuldigen, halb freundlich, halb verkrampft, dann beschloß er, präventiv die Toilette aufzusuchen. Was ihm nicht mehr gelang. Er stürzte zu Boden, mit Schaum vor dem Mund, lag konvulsivisch zuckend zwischen zwei Tischen, an denen fünfzehnjährige Schülerinnen Eis aßen und nicht umhin konnten, blöde zu kichern. Sie schrien erst auf, als Wilkins grünen Schleim erbrach.

Es war ihm peinlich, unendlich peinlich, sein letzter Gedanke: »*Embarassing … my God!*« So starb er, beide Hände vergeblich auf den Mund gepreßt, aus dem ohne Ende grüner Schleim rann.

»Gibt Trubel, Chef, ein Touri ist krepiert, im Burger King Ecke Rollbergstraße. Die Filiale ist zu, möchte aber nicht lange zubleiben, die Geschäftsführer sind außer sich, Business soll weitergehen, der finanzielle Verlust tangiert die mehr als der Tote. Problem: Der Touri ist an Lebensmittelvergiftung gestorben.«

»Du holst mich wegen ner Lebensmittelvergiftung?«

»Nicht wegen irgendeiner, weißte. Ich dachte, das gefällt dir bestimmt, Chef. Wir haben abgesperrt. Und was gefunden, Chef. Das wirste nicht glauben.«

Nabel inspizierte den Tatort. In dieser Filiale am Rande Neuköllns hatte er selbst öfters gegessen, er nahm die Angelegenheit deswegen ein wenig persönlicher als üblich. Lidia hatte die Sache in die Hand genommen, die Absperrungen veranlaßt, die Geschäftsführer in Schach gehalten, die Spurensicherung verständigt undsoweiter. Sie hatte das alles prima im Griff, und Nabel winkte ihr kurz zu, mit einem dankbaren Grinsen. Auf dem Boden, unweit der Kundentoilette, lag der Tote, ein gewaltiges Fleischpaket mit weit aufgerissenem Mund und einer gelbgrünen brockigen Pfütze drumrum.

Ahmed zog Handschuhe an, hob den Halbliter-Cola-Becher hoch und zeigte ihn Nabel.

»Was ist das?«

»Eine Botschaft.«

»Willst du mich verarschen?«

»Nein, im Ernst, Chef. Ne Botschaft.«

Auf dem Boden des Bechers klebte ein weißes Schildchen, wie es verwendet wird, um Briefumschläge zu adressieren, darauf stand, von Hand und mit lila Tinte geschrieben:

»Zu fett für Gott, das Schwein. Aussortiert. Basta.«

»Oje«, flüsterte Nabel und runzelte die Stirn. »Oje.«

Schmunzelnd und für seine Verhältnisse euphorisch registrierte er, daß die Botschaft tatsächlich von Hand geschrieben war. Von Hand! Mit LILA Tinte! Dieser Fall sollte relativ kurzfristig lösbar sein. Sagte er sich.

Lidia trat heran, erkundigte sich nach Nabels Befinden. Herrgott, wie schön sie war. So strahlend anmutig. Selbst in dem beigefarbenen Hosenanzug. Nabel vermied es, sie anzusehen. Der Tote stank bestialisch.

Der Typ von der Gerichtsmedizin stank auf andere Weise. Alle Menschen, außer Lidia, stanken, selbst Ahmed, wenn auch nur nach penetrant überdosiertem Rasierwasser. Nabel hatte das so satt.

»Was für ein Schwachsinn! Wer bringt jemanden um, nur weil er fett ist? Doc, wissen Sie schon was über das Gift?«

Der Doc antwortete erst gar nicht. Jetzt schon etwas zu wissen wäre unwissenschaftlich gewesen, und der Doc wußte, daß Nabel ihn nur provozieren wollte. Die Jungs von der Spurensicherung gaben den Leichnam zum Transport frei. Ahmed holte die Bestattungsgehilfen herein, für den Transport des Toten ins *Landesinstitut für gerichtliche und soziale Medizin*, wie die Pathologie in Kreuzberg mit vollem Namen hieß. Der Manager rief nach Putzfrauen und klatschte zweimal laut in die Hände. Nabel betrachtete Lidia, die schlanke Gladiole mit dem füchschenhaften Kopf, sah den Bewegungen ihrer übernatürlich schmalen Hände zu, dem Abdruck ihrer spitzen Knie in den zu weiten Hosenbeinen. Er riß sich zusammen. Räusperte sich und schüttelte den Kopf, wie um darauf sitzende Mücken zu vertreiben.

»Gibts hier eine Videoüberwachung?«

Einer der Geschäftsführer meinte, daß das zwar der Fall sei, überwacht würden aber nur die Kassenbereiche, um den Angestellten auf die Finger zu sehen. Nabel ließ sich das Band dennoch aushändigen. Lidia zupfte ihn beiseite. Mit zwei Fingerspitzen berührte sie sein Hemd, oberhalb der Hüfte, für den Bruchteil einer Sekunde. Wozu tat sie das? Fand sie es notwendig, hatte sie vorher etwas gesagt, das er nicht gehört, auf das er nicht reagiert hatte?

»Kai, was hältst du von dem Ganzen hier?«

»Kommt mir sehr seltsam vor. Was denkst du?«

»Wenn ich ehrlich bin, weiß ich nicht, was ich denken soll. Mein erster Eindruck, wenn es nicht so fürchterlich klänge …«

»Was?«

»Dann kommts mir so vor wie – blödes Wort, aber, naja, ein Bubenstreich.«

»Meinste?«

»Ja, ich meine, diese Botschaft da, dieser Spruch, ich glaube, da hat irgendwer zu viele Filme gesehen.«

»Hmhmm. Außerdem – lila Tinte …« Er vollendete den Satz nicht, mußte Kraft sparen.

»Genau. Das ist alles …«

»Seltsam?«

»Genau.«

Der Manager zupfte Nabel am Ärmel. Was war das heute bloß für ein Tag? Alle zupften ihn. Eine Verschwörung? War die Lizenz zum Zupfen ausgegeben worden?

»Was ist denn?«

»Verzeihung, ich habe Ihnen eine Frage gestellt.«

Nabel hatte nichts mitbekommen. Was für eine Frage?

Ob die Sache erledigt sei? Ob man die Filiale wieder öffnen dürfe? Nein, sagte Nabel und dachte übertrieben lange nach, nein, erst müßten alle vorhandenen Lebensmittelkontingente überprüft werden, um jedes Eigenverschulden des Betriebes auszuschließen. Nabel sagte das hauptsächlich deshalb, weil der Manager ihn am Ärmel gezupft hatte. Demütigend. Was bildete der Kerl sich ein? Ja, allerdings könne das Tage dauern, durchaus, na und? Berlin sei deswegen nicht zum Hungern verdammt. Der Manager verschränkte auf Nabels letzte Bemerkung hin die Arme und wirkte beleidigt.

Die Obduktion ergab, daß Charles Wilkins mit einem Cocktail aus ordinärem Rattengift und einer kleinen Dosis Zyankali vergiftet worden war. Das machte die Sache interessant, denn Rattengift war an jeder Ecke zu haben, Zyankali nicht. Dachte Nabel.

Dr. Dr. Ewers widersprach ihm. »Nee, nee. Hier in Berlin gibt es *alles*, geh immer davon aus, Kai. Alte SS-Zyankalikapseln, deren Inhalt möglicherweise noch wirkt, kann man bei spezialisierten Militariasammlern bekommen, das ist teuer, aber möglich. Diverse Geheimdienste hatten auch welches, da kann man zum Beispiel über Russen drankommen. Wenn man in die richtigen Kneipen geht.«

Es war erfrischend kühl in der Pathologie. Ewers hielt die Daten aus dem Labor in der Hand, hielt sie gegen das von schräg oben einfallende Licht, als würden so noch verborgene Informationen sichtbar.

»Wozu die Mischung, Heinz?«

»Ich nehm mal an, der Mörder wollte mit dem Zyankali sicherstellen, daß das Opfer stirbt, die Dosis war aber so gering gewählt, daß es kein schneller Tod sein konnte. Das Rattengift ist sozusagen der Zirkusteil, für den Schaum, für den Schmerz und den Ekelfaktor.«

Dr. Dr. Heinz Ewers, achtundfünfzig, verfügte selbst über eine enorme Körperfülle, und er war jemand, der jeden zweiten Satz mit einem melancholischen Seufzer untermalte.

»Sieh zu«, riet er Nabel, »daß du das Arschloch bald zu fassen bekommst. Ja?«

Der weißbärtige Arzt klingelte nach seinem Assistenten, der den Leichnam vom Sektionstisch auf eine Metallbahre wuchtete.

Eines war Nabel klar. Das Opfer wurde zufällig ausgewählt, denn niemand kann vorhersagen, wer wann wo einen Burger essen geht, es sei denn jemand, der mit den Gewohnheiten des Opfers äußerst gut vertraut ist. Aber Wilkins war im Ausland – physikalisch gesehen in einem chaotischen Zustand –, und er reiste allein – und – ach was, alles andere als ein Zufall war viel zu unwahrscheinlich. Hätte nur neue Kopfschmerzen verursacht.

Nabel schnaubte mißmutig. Morde mit Zufallsopfern, ohne individuell zugeschnittenes Motiv, hatten die geringsten Aufklärungsquoten, das wußte jeder im Team.

Im Büro brachte Lidia eben das Fax mit dem Ergebnis aus der Untersuchung des Triple-Whoppers, der nur zu zwei Dritteln Wilkins' Heißhunger überstanden hatte.

Es gab daran nichts zu beanstanden. Das Gift hatte sich allein in der Cola befunden.

»Ist ja auch logisch«, meinte Lidia. »So ein Fastfoodrestaurant ist mittags meistens gut besucht, und wenn nun jemand den Burger eines anderen besprühen oder sonstwie behandeln würde, das würde doch auffallen, oder? Aber fast jeder nimmt sich ein Getränk, und egal welches Getränk es ist, es gibt für alle nur eine Form von Becher. Der läßt sich schnell mal austauschen.«

Wo sollte man anfangen? Bei den Angestellten? Konnte das Gift bereits am Ausschank in die Cola gekommen sein? Gab es Zeugen? Es gab Zeugen, die glaubhaft bezeugten, daß Wilkins umfiel und Grünschleim kotzte. Einer von denen hatte gefragt, ob es für diese Auskunft ein bißchen *Zeugengeld* gebe. Neuköllner Verhältnisse eben. Seitdem mußte Ahmed nur das Wort *Zeugengeld* aussprechen, und alle im Büro verbogen sich vor Lachen, selbst Lidia, sonst die pure Selbstbeherrschung in Person. Es war die typische Art von Fall, die Witzeleien anzog wie ein Kadaver die Geier.

Wo lag das Motiv?

Lidia hatte vermutlich recht. Wahrscheinlich wollte ein durchgeknallter Pubertierender von eigener Hand töten, wollte einen Menschen sterben sehen. Was aber, wenn man das Motiv ernst nahm? Wenn der Mörder wirklich einen fanatischen Haß auf übergewichtige Menschen schob? Die Sichtung des Überwachungsvideos ergab rein gar nichts. Die Kamera nahm tatsächlich nur den Kassenbereich auf.

»*Zu fett für Gott, das Schwein. Aussortiert. Basta.*«

Der Spruch klang religiös angehaucht, jedoch sehr rüpelhaft, ohne die dazu meist gewählte weihevolle Wortwahl.

Das graphologische Gutachten stand noch aus, aber ein Experte, der sich den Schrieb en passant ansah, meinte, das sei die Schrift eines Kindes oder eines zurückgebliebenen Erwachsenen. Vielleicht recht clever angetäuscht. Dem Duktus nach möglicherweise ein Rapper oder Hiphoper. Jugendliche Omnipotenzphantasien kämen da zum Klingen.

Zum Glück herrschte seitens der Presse keine große Neugier. Man hatte den Mord bisher nur unvollständig im Polizeibericht erwähnt. »*Starb an noch ungeklärter Ursache*« – klingt wenig interessant.

Erst abends kam von den Kollegen aus Charlottenburg die Meldung, man habe im Pornokino am Adenauerplatz einen Toten gefunden, erdrosselt. Und in dessen Manteltasche ein selbstklebendes Schildchen, mit Botschaft, handschriftlich, lila Tinte – »*Zu geil, das Schwein. Aussortiert. De mortuis nihil.*«

Ahmed pfiff leise durch die kleine Lücke seiner oberen Schneidezähne. Lidia setzte ein verwirrtes Gesicht auf. Minutenlang wurde es sehr still im Büro.

Eine Serie. Auch das noch. Nabel schlug mit beiden Fäusten auf den Schreibtisch. Er fühlte große Lust, den Dienst zu quittieren, einfach mit der Begründung, sowas sei im August niemandem zuzumuten. *Wozu nehm ich das alles auf mich?*

Es kam zum Schlimmsten. Nach einigen Telefonaten auf oberster Ebene wurde der Charlottenburger Fall der Mordkommission Nummer acht unter Leitung Nabels übertragen. Es hätte mit etwas Glück genausogut andersrum laufen können. Im Team schien sich nur Lidia darüber zu freuen. Sie war bereits unterwegs, um sich alle Details des Charlottenburger Falls von den dortigen Stellen aushändigen zu lassen.

Manchmal wirken ihre Ellbögen spitzig, dachte Kai, wenn sie wie ein Sportgeher durchs Büro geht, zack-zack-zack. Die Ellbögen müßte man abschleifen. Hmm. Was denke ich? Laß sie doch sein, wie sie ist. Spitzig, zackig, spritzig. Beneidenswert.

Dezernatsleiter Kriminaloberrat Dr. Seidel rief Nabel am frühen Abend an und machte ihn auf die Brisanz der Sache aufmerksam.

»Sie begreifen sicher, was die Schweinezeitung draus machen würde. Solche Morde sind die allerschlimmsten, sie können wirklich jeden treffen. Das schlägt ins emotionale Kollektiv, so wie ein Ziegelsteinwurf von der Autobahnbrücke.«

Nabel fühlte sich gedemütigt und gemaßregelt, wie fast immer, wenn er mit Seidel reden mußte und nur Binsenweisheiten zu hören bekam.

»Verzeihung, wenn ich das einwenden darf, aber das richtete sich eben nicht gegen *jeden*. Nur gegen fette Menschen und Pornokinobesucher. Wir sollten das schon ein bißchen ernst nehmen.« Nabel kam sich selbst blöd vor, während er das sagte. Er redete, wie Leute eben reden, wenn sie irgend etwas antworten müssen und weder Lust dazu haben noch irgendeinen Standpunkt zu verteidigen.

»Ich bin mir nicht sicher, Nabel, ob übergewichtige Menschen in unserer Gesellschaft als Minderheit zu werten sind. Bei Pornokinobesuchern bin ich mir sogar *äußerst* unsicher. Ich habe eben mit der amerikanischen Botschaft telefoniert, wegen der Überführung des Touristen, die sind dort soweit einverstanden, die Sache nicht zu groß aufzubauschen. Und der Generalmanager von Burger King Berlin hat *mich* angerufen, daß er es sehr bedauern würde, wenn der Vorfall über Gebühr mit dem Namen seines Ladens verbunden bliebe undsoweiter ... Haben Sie kapiert? Die Sache ist heikel!«

Nabel hatte kapiert. Der alte Seidel war ein Mensch von pragmatischem Schlag. Bei einem privaten Geplauder hatte er Nabel mal die *Präsentationstheorie* ans Herz gelegt. Wird die Berichterstattung der Medien zu unerträglich, verhaftet man irgendeinen Penner, präsentiert den als Täter und ermittelt im stillen weiter. Der Penner wird gut verköstigt und nach drei Monaten wegen mangelnder Beweise auf freien Fuß gesetzt. Sofern man nicht Glück hat und der Penner die Tat gesteht. Während dieser drei Monate können die Ermittlungen ohne jeden Druck seitens der Presse verlaufen.

Dr. Seidel würde auf offizielle Anfragen hin selbstverständlich zurückweisen, je etwas auch nur sinngemäß Ähnliches von sich gegeben zu haben. Er war reichlich betrunken gewesen, als er es gesagt hatte, im kleinen Kreis am Ende der letzten Weihnachtsfeier, das muß man zu seinen Gunsten hinzufügen.

Lidia band sich die halblangen kupferroten Haare zum Zopf. Sie hatte zwei Tassen Kaffee und Mettwurstbrote mit Schnittlauch aus der Kantine besorgt.

»Weißt du, Kai, was merkwürdig ist? Ein Freak, der irgendwelche Filme nachspielt, hätte andere Verbrämungsmöglichkeiten seiner Tat gehabt.«

Verbrämungsmöglichkeiten. Welch schönes Wort.

»Wie meinst du das?«

»Naja, die Bekenntnisschreiben waren offenkundig vorbereitet. Völlerei und Wollust gehören zu den sieben Todsünden, da hätte man süffiger, barocker formulieren können. Wenn man auf der religiösen Schiene unterwegs ist.«

»Das hab ich mir auch gedacht. Und wenn es gar nicht so religiös gemeint ist?«

Nabel stand auf und ging im Zimmer hin und her. »Vielleicht ist mit Gott nicht Gott gemeint, sondern der Mörder redet von sich in der dritten Person. Irgendein frustriertes, sozial benachteiligtes Schwein mit Allmachtsphantasien. Der Typ beschließt, jemanden umzubringen. An einem Ort mit relativ vielen Zuschauern. Es muß schnell gehen, und er darf nicht auffallen. Das bedeutet, er geht ein Risiko ein. Auch der Mord im Pornokino war ein Risiko. Er darf das Opfer nicht dazu kommen lassen, auch nur einen einzigen Schrei auszustoßen.«

Lidia nickte. »Einer der Zeugen hat beobachtet, wie Wilkins auf dem Boden herumkroch und etwas aufgehoben hat.«

»Währenddessen muß es passiert sein. Der Mörder tauscht den Becher aus. Dafür genügt eine halbe Sekunde, wenn er geschickt ist. Er bringt den vorbereiteten Schierlingsbecher mit, vielleicht in einer Aktentasche oder sowas – sonst müßte er im Restaurant das Gift einfüllen, das könnte auffallen.«

»Okay, Kai. Aber er muß ein bißchen Glück haben. Er sucht ein dickes Opfer und es muß gerade eines anwesend sein.«

»Einverstanden. Aber in Schnellfreßbuden hockt fast immer irgendein Fettsack.«

»Trotzdem. Ich weiß nicht, wie du das empfindest, aber ich meine, der Mörder hatte eine ruhige Hand und außergewöhnlich metallene Nerven. Es spielt sich ab wie in einer Choreographie. Strenges Timing. Als Wilkins zu Boden geht, achten alle nur auf ihn, der Mörder vertauscht die Becher und entfernt sich. Ganz ruhig.«

Nabel ahnte, was sie ihm damit sagen wollte. Daß das alles gegen einen pubertierenden Ersttäter sprach. Viel eher für einen hochgradigen Geisteskranken, der sich von höheren Mächten behütet glaubt.

»Ganz genau!« Lidia gab ihm recht, was genügte, um Nabel zu einem Lächeln zu verleiten. Im Grunde machte er den Job nur noch jener vereinzelten Momente wegen, in denen Lidia ihm zustimmte – und diese leicht prickelnde Wärme vom Nacken aus seine Schultern durchdrang.

Kein einziger Zeuge konnte sich erinnern, ob jemand – und wenn, wer – an Wilkins' Tisch gesessen hatte. Das wäre auch zu praktisch gewesen. Lidia schneuzte sich. Sie schien seit Tagen unter einem Sommerschnupfen zu leiden. Nabel mochte das Geräusch, wenn sie niesen mußte. Es klang ein wenig nach dem hellen Schrei eines Fuchses auf Brautschau.

»Gesundheit!«

»Soll ich dich heimfahren?«

»Danke. Ich nehm den Bus.«

Nabel bemühte sich krampfhaft, keine Situation entstehen zu lassen, in der seine Gefühle für Lidia jemals aus dem selbstgebastelten Käfig ausbrechen konnten. Vage dachte er daran, bald in Frühpension zu gehen und danach bei ihr alles auf eine Karte zu setzen. Jetzt, wo sie noch zusammenarbeiteten, war es nötig, den Arbeitsalltag sauberzuhalten.

Gegen 22 Uhr verließen beide das Büro, kurz zuvor war per Fax die Nachricht gekommen, daß in beiden Fällen keinerlei brauchbare DNA-Spuren sichergestellt worden waren.

Die Schweinezeitung berichtete am nächsten Morgen über den »*feigen Mord im Pornokino*«, ausführlicher als gewünscht, rechnete ihn aber dem Milieu zu. Man hatte der Presse die kleinen lila Botschaften bislang vorenthalten. Nabel seufzte. Was bitte war ein *unfeiger Mord*? Wenn man dem Opfer eine Chance zur Gegenwehr oder zum Entkommen ließ? Würde man das einen *tapferen Mord* nennen?

Miroslav Nentwig, fünfundvierzig, ein Heizungsbauer mit eigenem kleinen Betrieb und vierköpfiger Familie, schlenderte, kurz nach 24 Uhr, vom U-Bahnhof Kurfürstenstraße kommend, die Parade der leichtbekleideten Bordsteinschwalben ab, bog in die Frobenstraße ein und sah, gegenüber der Bushaltestelle, ein etwa zwanzigjähriges Mädchen, das ihm spontan gefiel. Sie war schlank und blond, halbwegs hübsch, mit gut ausbalancierter Oberweite und schuluniformähnlichem Faltenröckchen. Nentwig erkundigte sich nach dem Preis für Französisch ohne Gummi, fand die verlangte Summe, dreißig Euro, akzeptabel und folgte dem Mädchen auf den Kinderspielplatz, wo die Nutten dieses Striches nachts ihre Freier bedienen, wenn es schnell gehen soll und man die Miete für ein Stundenhotel einsparen will.

In jedem erotischen Stadtführer wird vor den Junkienutten der Frobenstraße gewarnt, viele von ihnen seien krank, seien Ansteckungsherde für alle Arten lästiger bis tödlicher Krankheiten. Miroslav Nentwig ging das Risiko bewußt ein, immerhin bekam er es preiswert Französisch ohne (›total‹) gemacht, und das Leben, fand er, sei zu kurz, um auf dergleichen zu verzichten. Mit seiner Gattin verkehrte er schon lange nicht mehr sexuell, die Kinder waren so gut wie erwachsen, das Ganze ging nur ihn etwas an und niemanden sonst. Freier und Nutte suchten sich eine besonders dunkle, verschwiegene Ecke des Spielplatzes, er lehnte sich gegen den Zaun aus Stahldraht, streifte seine Hose und Unterhose herab, und Petra, das war der Name, den sie ihm nannte, ging in die Hocke, rieb an seinem kaum halbsteifen Glied, wusch es mit etwas Spucke, schob es in ihren Mund.

Danach schrie sie. Wollte weglaufen, lief nach mehreren vergeblichen Versuchen auch weg, drehte sich, auf der Straße angekommen, um, brach auf dem Gehsteig zusammen und bat herbeieilende Kolleginnen – was sie sich zuvor nie hätte träumen lassen –, die Bullen zu rufen.

Am nächsten Morgen wurde der Fall an Nabel und sein Team übergeben. Nabel, völlig übernächtigt, schämte sich seiner Tränensäcke. Er trug vorm Spiegel der Toilette straffende Tagescreme auf, las dann im Büro das Protokoll durch, das im Laufe der Nacht entstanden war. Beziehungsweise bat er Lidia darum, daß sie es vorlas. Ihre Stimme war so klar und silbern. Eine Art akustisches Scheuermittel für seine halb tauben, vom Restalkohol verdreckten Gehörgänge.

»Zeugin: Ich hab es ihm auf orale Weise besorgt. Ich war gerade dabei, damit anzufangen.

Der Miroslav Nentwig, dessen Namen ich zu diesem Zeitpunkt noch nicht kannte, zeigte erste Reaktion durch allmähliches Versteifen des Gliedes, Zurückbiegen des Kopfes und leise Stöhnlaute ...«

Nabel, Ahmed sowie alle anderen Mitglieder der MK acht blökten und jauchzten und baten Lidia im Chor, die Passage gleich noch einmal vorzutragen.

»Warum«, fragte Nabel laut, »können die nicht einfach das, was Zeugen aussagen, *im Wortlaut* aufschreiben. Das wäre manchmal vielleicht wichtig. Im Wortlaut. *Nuancen*, versteht ihr?« Nabel schüttelte verärgert den Kopf und bat Lidia, weiter vorzulesen.

»Zeugin: Plötzlich ertönt ein pfeifendes Geräusch, dann kippt Nentwig auf mich drauf. Sein Gesicht blutet, ich spüre es in der

Dunkelheit, es rinnt warm aus seinen Augen auf meine Finger. Ich rüttele den Kerl, der regt sich nicht, ich schreie, haue ab, bleibe auf der Straße stehen, rufe nach Hilfe. Mehr weiß ich nicht.«

Nabel überflog das Protokoll. »Hat sies ihm mit Gummi gemacht oder ohne?«

»Steht da nicht. Spielt das eine Rolle? Ob sies ihm mit Gummi gemacht hat oder nicht?«

»Na klar! Alles spielt eine Rolle. Und sowas besonders.«

»Warum?« Lidia tat naiv. Manchmal schien sie kokettieren zu wollen. Nabel tat ihr den Gefallen, wendete sich an den Rest der Mordkommission, fast ausnahmslos Männer, und fragte: »Ist das wichtig, ob mit Gummi oder nicht?«

Ein vielstimmiges *aber hallo* ertönte, ein gemurmeltes *weißgott* sowie zwei verdruckste *schon irgendwie.*

Tatwaffe: Pistole, vermutlich mit Schalldämpfer, Kaliber 9 Millimeter, Entfernung des Schützen: keine drei Meter. Treffer direkt in den Hinterkopf, Austrittswunde im rechten Auge. Sofortiger Exitus. Weitere Spuren: im Stahlzaun ein selbstklebendes Schildchen, darauf, von Hand mit lila Tinte geschrieben:

Zu unsauber für Gott. Aussortiert. Hallelujah.

»Mist«, sagte Nabel laut. »Wollt ihr wetten? Ich behaupte, ich weiß, wer spätestens in einer halben Stunde hier aufkreuzen wird. Von jetzt ab dreißig Minuten. Hält wer dagegen?«

»Seidel?«

»Exakt.«

Niemand nahm die Wette an. Seidel betrat das Büro binnen fünf Minuten, markierte den allesbeklagenden Gorilla, indem er mehrmals seine Fäuste gegen die eigene Brust schlug.

Er machte diesmal keinen Versuch, den Bauch einzuziehen, ein sicherer Hinweis darauf, daß die Luft brannte.

»Meine Damen und Herren, was passiert ist, können wir vor der Presse unmöglich runterspielen. Ein toter Freier – das betrifft sechzig Prozent aller deutschen Männer auf gewisse Art persönlich. Na gut, nicht alle gehn an den Straßenstrich, aber egal, im Dunkeln, statt einen geblasen zu bekommen das Hirn weggeblasen zu bekommen, das ist ganz, ganz große Scheiße! Und wenn das noch zu einer Serie gehört! Meine Fresse, ich sehs schon vor mir: *Der Killer mit der lila Tinte.* Komisch, klingt irgendwie nicht so richtig schrecklich. Der *Lila-Tintenkiller* vielleicht?«

Seidel, ein schlaffbackiger Mensch, brach in verzweifeltes Gekicher aus. Schob sich aber sofort wieder zusammen, wie ein zu laut gewordenes Akkordeon.

»Nabel, ab sofort lassen Sie alles stehen und liegen und kümmern sich ausschließlich um diese Sache. Für Ihren Stab gilt das gleiche. Der Fall hat oberste Priorität und bekommt eine Soko. Ich will den Dreckskerl haben, der so etwas macht. Hätte ja wirklich noch drei Minuten warten können, und dann, dann wärs ein Tod, um den man Herrn … Herrn …«

»Nentwig.«

»Herrn Nentwig beneiden könnte, aber so … Gibts schon ein Profil?«

Lidia schüttelte den Kopf. Sie sei noch am Sammeln von Merkmalen.

Seidel rieb sich seine Platte, fuchtelte herum, stampfte demonstrativ auf und konnte nicht umhin, seinen Verdacht zu äußern, der Täter habe bestimmt eher mit rechtsradikaler Szene zu tun als mit fanatischen Betbrüdern. »Es sei denn, das wäre so ein Muslim-Scheiß, bloß ohne Muslims, also vielleicht sowas Krudes, irgendwo dazwischen …«

Seidel nervte das Büro noch eine halbe Stunde lang, bevor er endlich abzog. Er war einer jener Typen, die es stets bereut hatten, nur noch auf oberer Ebene vom Schreibtisch aus aktiv sein zu dürfen, die sich nach ihrer Vergangenheit auf der Straße zurücksehnten wie nach der verlorenen Jugend. Zu Seidels Ehre muß man zugeben, daß er während seiner Zeit recht erfolgreich gewesen war, weshalb er nachfolgende Generationen leicht selbstgefällig als minderwertig und dringend seiner Unterstützung bedürftig ansah.

Aus Sicht der Ermittler waren die Morde ein dreifaches Desaster. Die Spurenauswertung hatte nichts ergeben. Der Täter hatte nur jene hinterlassen, die er hinterlassen wollte.

»Theoretisch«, meinte Nabel, »hätte er den Spielplatz von der anderen Seite, durch den Hof der Mietshäuser betreten können, ohne von irgendwem gesehen zu werden. Es handelt sich um eine Straße voll dunkler Gestalten, da fällt niemand auf, der herumschleicht. Relativ zum Mord im Burger King war das hier vollkommen risikolos. Selbst wenn jemand oben auf einem Balkon steht, er würde unten nichts erkennen. Zu dunkel. Und die Nutte sucht sich selbstverständlich, der Natur der Sache gemäß, noch die allerdunkelste Ecke aus. Das heißt, der Täter kann praktisch auf seine Beute warten. Er muß aus drei Meter Entfernung treffen. Gar nicht soo leicht, das braucht eine ruhige Hand. Ihm hat *ein* Schuß genügt. Sehr kaltblütig. Andere wären auf Nummer sicher gegangen. Bei den Lichtverhältnissen konnte er nicht sofort wissen, wie fatal er getroffen hatte. Die Nutte – wie heißt die eigentlich?«

»Irina Podjanski. Polin. Strichname Petra.«

»Die hat keine Schritte gehört, keine Schritte eines weglaufenden Mannes. Das heißt, er ist einigermaßen ruhig weggegangen und trug dämpfende Schuhe. Sofern es sich um einen Mann handelt. Irgendwie gehe ich davon aus.«

»Ich auch«, meinte Lidia.

»Bedeutet das, eine Täterin ist ganz ausgeschlossen?«

»Nein, Kai, heutzutage ist gar nichts mehr ausgeschlossen. Ich habe nur gesagt, ich *gehe* von einem *männlichen Täter* aus.«

»Du bist doch sonst nicht so vage, Lidia? Was ist denn los? Kannst du die Wahrscheinlichkeit für einen männlichen Täter nicht mathematisch in Prozent ausdrücken?«

»Irgendwas über neunzig. Das hilft uns im Zweifelsfall doch gar nichts.«

»Aber – eine Frau, die jemanden erdrosselt ...«

»Das ist kein so großer Kraftakt, wie gemeinhin geglaubt wird. Man muß oft nichtmal eine halbe Minute am Limit bleiben, bis die Ohnmacht eintritt. Der Überraschungsfaktor ist da entscheidend.«

»Es muß ein Mann sein«, beschloß Nabel.

»Warum?«

»Ganz simpel: Eine Frau im Pornokino würde enormes Aufsehen erregen.«

»Und wenn sie sich«, warf Ahmed ein, »verkleidet?«

»Glaub ich nicht. Sowas gibts aufm Theater, nicht im Ernst.«

»Ehrlich gesagt«, seufzte Lidia, »komm ich mit dem Profil nicht recht vorwärts. Die Botschaften sind zu kurz, zu lapidar, um sozusagen ein, mir steht grade kein dooferes Wort zur Verfügung: *Herzensbekenntnis* zu sein. Die Morde folgen zu schnell aufeinander, als hätte es der Täter eilig, sich in kürzester Zeit zu profilieren, ernst genommen zu werden. Mit einem möglichst großen Spektrum an Tötungsarten. Das deutet tatsächlich auf Allmachtsphantasien hin, auf eine massive Profilneurose, extreme Frustration und einen gewissen künstlerischen Willen, sich nicht wiederholen zu wollen. Dann wieder denke ich mir: Wozu überhaupt das Handschriftliche? Um ein Signet am Tatort zu hinterlassen, hätte es doch andere Möglichkeiten gegeben, poetischere, was weiß ich, eine gewisse Blume oder irgendwas.

Wozu die Handschrift? Wenn es nicht die des Täters sein sollte, wäre das merkwürdig, denn er würde sich quasi der Hilfe eines anderen bedienen, sowas würde ein selbsternannter Gott nicht nötig haben beziehungsweise als störendes Fremddekor empfinden ...«

Nabel entdeckte im Gesicht von Lidia Rauch ungewohnte Züge des Zweifels, der Unzufriedenheit und auch ein wenig, wie sollte ers nennen? *Bockigkeit.* Sie schien sich in diesen Fall nicht mit der üblichen Inbrunst zu stürzen, weil er sich ihrem logischen Verständnis verweigerte. Nabel bohrte nicht nach. Schweigen im Raum. Lidia sah müde und angeekelt aus, schneuzte sich, suchte die Toilette auf, kam nach einer Viertelstunde wie verwandelt zurück und zeigte endlich wieder ihren gewohnten Trotz, verbunden mit jenem neugierig-entschlossenen Blick, der die einst Jahrgangsbeste der Polizeischule gewöhnlich auszeichnete. Nabel betrachtete sie heimlich, sie schniefte leicht, rieb sich die Nase.

»Gehts deinem Schnupfen immer noch nicht besser?«

»Dochdoch. Ist nur lästig.«

»Gut, nehmen wir an: Es ist ein Geisteskranker – ohne logisch vorhersehbares Handlungsmuster. Vielleicht hat das Ganze ja doch mit den sieben Todsünden zu tun. Wie in diesem Brad-Pitt-Film. Aber ich denke, Lidia hat recht, wenn sie sagt, daß der Täter darauf stärker hinweisen würde. Nehmen wir mal wörtlich, was er schreibt.«

Lidia griff den Gedanken auf. »Er glaubt entweder, daß er selbst bald zu einer Art Gott wird, oder daß es zu einer Art Jüngstem Gericht kommt, dem er vorauseilend willfährig vorgreifen möchte.«

»Vorauseilend willfährig vorgreifen«, wiederholte Ahmed. »Klingt scharf, wenn du das sagst. Sorry, war nicht so gemeint. Ich halt schon meinen Mund.«

In den Printmedien anderntags, selbst in den überregionalen Blättern, wurden die Morde weidlich ausgeschlachtet. Die *Schweinezei-*

tung, so hieß sie in Nabels Bürojargon, titelte mit lila Versalien: *Irrer Serienkiller wütet in Berlin. Täter hinterläßt Visitenkarten, in denen er weitere Morde ankündigt. Sind wir alle in Gefahr? Wer besonders bedroht ist: Seite 7.*

Das Kälberjournal und das Hühnerblatt äußerten sich ähnlich, und selbst die seriös-bürgerlichen Gazetten ließen sich die Gelegenheit zur Panikmache nicht entgehen.

Nur die traditionell linksorientierte Tageszeitung (nicht wichtig genug, kein Kosename) übte sich in Zurückhaltung und beließ es bei einer kleinen Spalte im Lokalteil.

Nabel war sauer. Woher wußte die Presse von der Farbe Lila? Die war in den Bulletins mit keinem Wort erwähnt worden. Seidel beschloß, daß der Journaille fortan nur das Allernötigste mitgeteilt werden sollte. Seine Beziehungen zu den Zeitungsverlegern waren recht gut, er erreichte mit vielen Gesprächen auf Chefebene, daß sich die Berichterstattung etwas abschwächte. Nur die Schweinezeitung ließ sich in keiner Weise beschwichtigen. Sie forderte neue Fakten, wo es keine gab, erfand sie sich welche. Merkwürdigerweise gelang es der Schweinezeitung, viel mehr Zeugen aufzustöbern, die irgendwas gesehen haben wollten, als der Polizei (*siehe: Zeugengeld*). Prompt gingen die ersten Denunziantenschreiben und Bekennerbriefe ein, manche Idioten kamen persönlich zur Wache, um sich zu stellen und laut jammernd ihre Seelenqual loszuwerden. Das alles mußte bearbeitet werden. Seidel stellte weiteres Personal ab, das nichts anderes zu tun hatte, als sich um eben jene Idioten zu kümmern. Wehe, es wäre irgendein noch so kleiner Hinweis darunter gewesen, der sich nachträglich als doch ernstzunehmen herausgestellt hätte. Unendlich viel Steuergeld floß sinnlos in den Orkus, die SOKO LILA nahm ihren Dienst auf.

Die Tatwaffe des Spielplatzmordes war eine nicht gerade seltene Beretta gewesen. Kein registriertes Modell.

Nabel und sein Team standen vor dem Nichts. Die Graphologen stritten noch, ob die Schrift tatsächlich kindlich oder nur nachgeahmt kindlich war. Eher letzteres.

Immerhin wurde noch in derselben Woche der Spielplatz an der Frobenstraße (»*Hier finden unsere Berliner Kinder morgens verseuchte Spritzen und benutzte Kondome!*«) mit einem hohen Stahlgitter umzäunt und ab 19 Uhr abends zugesperrt. Die Anwohner, zu siebzig Prozent Sozialhilfeempfänger, hatten das zuvor über fünfzehn Jahre lang vergeblich gefordert. Die Huren waren nun gezwungen, mit ihren Kunden einen Zehnminutenfußmarsch zum Nelly-Sachs-Park zu machen. Und die Schweinezeitung feierte sich. (»*Wir tun was für die Stadt!*«)

Lidia machte das Team darauf aufmerksam, daß die Opferwahl beim Frobenmord insofern ungewöhnlich war, als der Täter nicht etwa die Prostituierte, sondern den Freier erschossen hatte.

Sexuell-religiöse Aggression eines männlichen Täters würde sich gewöhnlich heterogen entladen, im Haß auf die Sünderin und Verführerin, auf die Buhle, biblisch gesprochen, während zum eigenen Geschlecht selbst in größter Verwirrung eine Art Solidarität zum Tragen käme.

»Und? Was schließt du daraus?«

Lidia schloß daraus, daß der Täter transsexuell sein könnte. Oder aber – daß er bewußt größtmögliches Aufsehen erregen wollte, größtmögliche Angst. »Seien wir ehrlich: Wenn es die Hure erwischt hätte, würde selbst die Schweinezeitung weniger ausführlich berichten. Was ich nicht so ganz verstehe ist, warum er nicht einfach beide umgebracht hat. Schon aufgrund der Gefahr, daß sie ihn doch auf irgendeine Weise wahrgenommen hat.«

»Es war ja ganz finster«, wendete Nabel ein.

»Dennoch. Es war hell genug, daß der Killer einen exakten Treffer landen konnte. Normalerweise ist in solch einer Situation die Angst vor Entdeckung so groß, daß man schon aus Hysterie beide umbringen würde. Wo Aggression herrscht und Frustpotential abgebaut wird, kommt es fast immer auch zu hysterischen Reaktionen. So kaltblütig wäre wohl nicht mal ein Geisteskranker.«

»Na und? Was willst du damit sagen?«

»Daß ihm das Opfer egal war.«

Nabel verstand nicht, und diesen Zustand konnte er nunmal nicht leiden. »Aber das Opfer *war* ihm doch egal. Es hätte *irgendeinen* Freier treffen können.«

»Ich meine, daß ihm nicht nur ...« Lidia stockte. »Aber vielleicht verrenn ich mich da. Vielleicht hatte er Ladehemmung nach dem ersten Schuß? Kai, merkst du was? Ich bin nicht so souverän wie sonst. Der Fall liegt mir einfach nicht, er legt sich quasi quer in mir. Liebst du mich trotzdem?«

Nabel erschrak, und sein Blick nahm Zuflucht in ein menschenleeres Eck des Büros. Lidia feixte, es war ein flapsiger Spruch gewesen, nichts weiter. Ob sie sein Zucken bemerkt hatte?

Ahmed war unterwegs, um routinemäßig im persönlichen Umfeld des toten Heizungsbauers zu recherchieren. Erwartungsgemäß schien der, wie die anderen Opfer auch, keine Feinde gehabt zu haben, besser gesagt, keine nennenswerten. Die Hinterbliebenen schilderten Herrn Nentwig als treusorgenden Familienvater. Die Witwe verstieg sich gar zur Behauptung, er sei der Prostituierten bestimmt nur aus Unerfahrenheit gefolgt oder sei womöglich – ausnahmsweise, ganz ausnahmsweise – betrunken gewesen.

Ahmed hätte ihr sagen können, daß bei der Obduktion ein Promillegehalt von null Komma null festgestellt worden war, aber er hielt die Klappe und ließ der Witwe ihr Hintertürchen zum guten Glauben offen.

Ahmed wußte, daß das, was er hier tat, nur ein besseres Beschäftigungsprogramm war. Er wußte auch, was in Nabel jetzt vorging. Nabel wartete ungeduldig darauf, daß der Killer ein viertes Mal zuschlug, ein fünftes Mal, so lange, bis ihm endlich ein Fehler unterlaufen würde. Und Ahmed wußte auch, wie sehr Nabel unter diesem Wunsch litt.

Armer Chef, dachte er und verließ eben das Mietshaus in Tegel, als Jimmy Kistner aus einem Taxi stieg und ihm zuwinkte. Jimmy Kistner war der Fuzzi von der Schweinezeitung, nicht nur irgendein Fuzzi, sondern *der* Fuzzi. Es war klar gewesen, daß die Schweinezeitung *ihn* auf die Sache ansetzen würde. Ein geborenes Imdreckwühleschwein. Sah man von jeglichem journalistischem Ethos mal ab, war Kistner tatsächlich sowas wie der Star seiner Branche. Einfach, indem er noch gemeiner, spekulativer, scheinheiliger und skrupelloser war als all seine Kollegen zusammen. Was immer es in dieser Stadt zu wissen gab, Jimmy Kistner wußte es, und was er nicht wußte, das erfuhr er bald, aufgrund der Eitelkeit oder Geldgier der Menschen.

Jimmy Kistner wußte sogar Ahmeds halben Nachnamen und rief ihn quer über die Straße.

»Müller! Bleiben Sie doch mal stehen!«

Manch einer an meiner Stelle, dachte Ahmed, würde sich geschmeichelt fühlen. Er aber würdigte Kistner keines Blickes und stieg in seinen Dienst-VW.

»He, Müller, wir stehen beide im Dienst der Öffentlichkeit, ja? Haben Sie denn gar keine Manieren?«

Ahmed fuhr ins Büro zurück, um vom an sich tadellos-banalen Lebenslauf des verstorbenen Heizungsbauers Meldung zu machen.

Während der folgenden Tage blieb es in der Hauptstadt relativ ruhig. Es gab die üblichen Gewalttaten, aber keine darunter, die man der ›violetten Serie‹ hätte zuordnen können. Die Presse hatte sich noch nicht beruhigt und war dabei, einen passenden Kosenamen für den Mörder zu finden. *Die Ninja-Bestie. Der Allerweltsmörder. Der Aussortierer.* Klang alles nicht gut.

Nabel ärgerte sich. Noch mehr geheimgehaltene Details waren auf irgendwelchen Wegen zu den Gazetten durchgesickert. Nichts, was die Fahndung behindert oder beeinträchtigt hätte, dazu waren jene Details zu unwichtig, aber Nabel fand es demütigend, unter seinen eigenen Leuten mit einem Maulwurf rechnen zu müssen.

Andererseits – was hieß schon unter seinen *eigenen* Leuten? Es gab so viele, die Zugang zu den Akten bekommen oder beim Registrieren diverser Informationen zufällig daneben gestanden haben konnten, die Bestattungsgehilfen, die Verkehrspolizisten, glotzende Passanten, die Leute in der Pathologie, Nabels Vorgesetzte – ein weites Feld an Möglichkeiten.

Kriminaloberrat Seidel, wenn er ein paar intus hatte, liebte es, den Journalisten Kleinigkeiten hinzuwerfen und sich an deren Dankbarkeit zu ergötzen.

Lidia kam mit dem Täterprofil immer noch nicht zurecht. Sie war zwischendurch der Meinung, es könne keinesfalls ein Pubertierender, es müsse ein schon älterer Mann sein, vielleicht zwischen 35 und 45, der an Impotenz oder verfrühter Verfallsangst litte. Als sie das Nabel mitteilte, mokierte der sich darüber, daß sie einen Mann zwischen 35 und 45 als ›schon älter‹ bezeichnete.

»Sag doch gleich, daß du *mich* im Verdacht hast«, raunte er schlecht gelaunt, und daß er einen Scherz machte, war Lidia nicht sofort klar. Sie wirkte blaß und überarbeitet, saß nächtelang am Computer auf der Suche nach Analogien aus zurückliegenden Fällen, steckte fest, und Nabel hatte ein schlechtes Gewissen, weil ihm selbst keine Idee zu Hilfe kam. Die gängigen Bearbeitungsmuster hatten nichts Greifbares ergeben, die drei Opfer standen in keinerlei Zusammenhang, außer vielleicht, daß sie Männer waren, keiner jünger als 45. Ihre Berufe, ihre Lebensgewohnheiten, ihre Konfessionen, ihre Bankkonten, ihre kleinen Laster, wenn es überhaupt welche gab – nirgendwo fand sich eine signifikante Kohärenz.

Anderthalb Wochen vergingen, ohne daß Bewegung in den Fall geriet. Der Täter glaubte anscheinend, er habe sich fürs erste genügend Respekt verschafft, jetzt schien er sich auszuruhen, sonnte sich im neuen Glanz und war beschäftigt damit, die Zeitungsspalten, die ihn betrafen, auszuschneiden und in ein Album zu kleben.

Es war ein Ansatz, der lächerlich wenig Erfolg versprach. Nabel veranlaßte, die Abonnentenlisten der Berliner Tageszeitungen miteinander zu vergleichen und all jene Menschen herauszusuchen, die täglich mehr als zwei Blätter zugestellt bekamen. Das waren eine ganze Menge, vorrangig Schauspieler. Immer neue Zeugen meldeten sich nun, die irgendwen gesehen haben wollten oder im Leben einfach schon zuviel gesehen hatten; sie bereiteten den Polizeizeichnern Überstunden ohne Ende. Manche dieser Wichtigtuer hofften vielleicht darauf, daß irgendwann der gefaßte Mörder jenem Bild ähnlich sehen würde, das sie herbeiphantasierten, die meisten wollten ihrem grauen Alltag entfliehen oder einfach nur jemanden zum Plaudern haben. Auch Hellseher boten ihr entlegenes Talent an.

Nabel faßte einen auf zwischenmenschlicher Ebene tiefgreifenden Entschluß. Mit dem Fall hatte das höchstens am Rand zu tun, aber die Gelegenheit war günstig, angesichts der herrschenden Stagnation. Die Sache fiel ihm nicht leicht, sein Magensäurespiegel stieg, und er sah sich gezwungen, weniger scharf zu essen als üblich.

»Lidia?«

»Hmm?« Sie konnte vor Erschöpfung kaum noch aus den Augen sehen, ihre Schultern zitterten manchmal.

»Kommst du heute bitte in meine Wohnung, irgendwann nach Dienstschluß? Ich muß dich sprechen.«

»Worum gehts denn?«

»Nicht hier. Bei mir? Um neun?«

Lidia dachte sich mordsweißwas, aber natürlich kam sie, wenn auch unwillig und ungeschminkt, um keine mißverständlichen Zeichen zu setzen. Nabel öffnete die Flasche Margaux '94, die ihm Seidel zur Beförderung geschenkt hatte.

Die beiden nahmen in der schmalgeschnittenen Küche Platz, Nabel suchte den Klassiksender im Radio und stellte eine Dose dänischer Butterkekse auf den Tisch. Deren Haltbarkeitsdatum war erst vor zwei Wochen abgelaufen. Lidia fuhr mit der Kuppe ihres rechten Zeigefingers über die grasgrüne Wachstischdecke, reckte ihn vorwurfsvoll in die Höhe und wischte den Staub an einem Tempotaschentuch ab.

»Jetzt bin ich aber gespannt, Kai.«

»Ich auch. Laß uns mal ein Glas trinken, auf deine Gesundheit!«

»Auf meine Gesundheit?«

»Ja.«

»Dann doch lieber auf *unsere* Gesundheit, oder?«

»Von mir aus. Aber darum geht es heute nicht.«

Lidia sagte nichts dazu und kostete. Der Wein schmeckte leicht korkig und depressiv.

»Hör zu«, begann Nabel und suchte nach Worten, nach dem richtigen Anfang.

»Ja?«

»Wie soll ich das sagen? Also, hör zu …«

»Das sagtest du bereits. Ich höre zu.«

»Du arbeitest viel und sehr gut, du – ach, verflucht, ich bin dein Freund, ja?«

»Hoff ich doch.«

»Was wir hier bereden, ist streng privat, und ich, also, du kannst völliges Vertrauen zu mir haben, klar?«

»Spucks einfach aus.«

»Es geht mich eigentlich nichts an, andererseits aber doch, weil es sonst vielleicht bald andere angehen würde, denen du nicht so vertrauen kannst wie mir, okay?«

Lidia streckte ihren Oberkörper gerade und preßte den Rücken gegen die Stuhllehne, sie nahm billigend in Kauf, daß ihre an sich kleinen Brüste auf diese Weise überbetont wurden.

»Worauf willst du bloß hinaus?«

»Du mußt es doch wissen. Du weißt es ganz genau!«

»Dann red doch einfach.«

Eine kleine Pause entstand, beide sahen sich gespannt an und erwarteten vom anderen, daß er die Karten auf den Tisch legen würde.

»Schau, Lidia, ich bin nicht blind. Und ich habe vollstes Verständnis, du hast ein Problem, und das ist *dein* Problem, aber wir sollten darauf achten, daß es dein Problem *bleibt*.«

»Was willst du?«

»Du kokst, Lidia.«

»Was?« Lidia Rauch erhob sich von ihrem Stuhl, mit empört geöffnetem Mund.

»Jetzt spiel kein Theater. Ich bin nicht dein Richter, und das ist kein Verhör. Ich hab es schon länger gewußt, und du bist sehr vorsichtig gewesen. In letzter Zeit warst dus eben nicht mehr. Glaub mir, ich hab selber Erfahrungen gemacht, aller Art, ich rede nicht dumm daher. Anfangs denkt man, das sei eine Kleinigkeit, leicht zu kontrollieren, aber so leicht macht es dir die Droge nicht. Dein Konsum hat sich gesteigert, gib es einfach zu, und laß uns reden.«

Lidia wartete eine halbe Minute, schweigend, erstarrt, ohne jedes Mienenspiel, dann setzte sie sich wieder. Und schenkte sich ein zweites Glas ein.

»Du hast überhaupt kein Recht, dich über mich zu beschweren, oder?«

Nabel lächelte, so jovial wie es ihm möglich war. »Nein, gar nicht. Aber du bist siebenundzwanzig. Laß dir von einem schon älteren Mann mit Zukunftsangst etwas sagen, ja?«

»Komm ich wohl nicht drum herum.«

»Sieh das nicht so! Bitte. Ich möchte, daß du dir die nächsten Tage freinimmst und ausschläfst. Verzichte auf das Zeug. Glaub mir, ich weiß, wie sehr man daran wächst, und ich weiß auch, wie man danach wieder zusammenschrumpft. Man denkt, so eine kleine Line, das ist der Rede nicht wert, aber die Line kommt täglich, wird immer länger. Man denkt, das sei eine gut kontrollierbare Droge, man belächelt und verflucht die Deppen, die damit nicht haushalten können, und kann irgendwann selber nicht mehr damit haushalten. Ich habe Angst um dich. Um deine Gesundheit, um deine Karriere. Ich verrate dir was und das ist höchstes Dienstgeheimnis, ja? Seidel plant, daß alle Berliner Kriminalbeamten sich demnächst einem freiwilligen Drogentest unterziehen sollen.«

Lidia schnalzte abschätzig mit der Zunge. »Ist das so?«

Nabel nickte. Er kam sich elend spießig dabei vor, die Frau, die er liebte, fast väterlich zu schulmeistern. Koks war in der Hauptstadt kein Thema mehr, das wirklich ernst genommen wurde. Man hatte kapituliert vor der Allgegenwart der Droge, ließ sie, wo es nur um kleine Mengen ging, mehr oder minder ungeahndet, so wie man Jahrzehnte zuvor den Kampf gegen das Haschisch aufgegeben hatte.

»Na schön. Ich nehme mir deinen Rat zu Herzen. Und wenn ich schon abhängig bin? Was dann, Kai? Würdest du etwas gegen mich unternehmen?«

»Nein, nie. Niemals. Was denkst du bloß von mir?«

Er legte seine Hand auf ihre Hand, zog sie dann schnell wieder zurück, bevor falsche Schlüsse draus gezogen werden konnten. Lidia blickte geknickt drein, sie trank das zweite Glas in einem Zug aus, obwohl der Wein ihr nicht schmeckte.

»Also – wie halten wirs mit der Sache? Das ist mir verdammt unangenehm, weißt du?«

»Bekommst du einigermaßen guten Stoff?«

»Den besten.«

»Nicht mit irgendwelchem Scheißwaschpulver oder Badreiniger gestreckt?«

»Nein.«

»Woher?«

»Das fragst du mich nicht ernsthaft, oder?«

»Doch.«

»Vergiß es! Ich war ehrlich genug zu dir. Jetzt reicht es.«

Lidia schaltete auf stur. Die entstehende Stille erwies sich als hartnäckig. Beide versuchten, das Thema zu wechseln, von etwas anderem zu reden, tranken noch ein drittes Glas, dann verabschiedete sich Lidia abrupt und gab Kai die Hand, drückte sie etwas fester als sonst und sah ihm dabei blinzelnd in die Augen.

Es paßte ihr nicht, daß er hinter ihr Geheimnis gekommen war, daß sie ihren Nimbus der untadeligen, vor allem *unerpreßbaren* jungen Vorzeigebeamtin verloren hatte. Aus seiner Sicht hatte er natürlich recht, er durfte nicht dulden, daß ein Mitglied seines Teams mit Drogen zu tun hatte. Sie war unvorsichtig gewesen, das stimmte.

Vielleicht, überlegte Lidia auf der Heimfahrt, sollte ich ihm sagen, woher ich meinen Stoff beziehe? Kurz grinste sie. Seidel will, daß sich alle Berliner Kriminalbeamten einem freiwilligen Test unterziehen? Auf diesen Schmus wäre sie beinahe hereingefallen. Nach und nach beruhigt, beinahe erleichtert zog sie Bilanz. Kai würde nie etwas gegen sie in Gang setzen, nein. Dieser Typ war er nicht.

Aber etwas an sich ändern mußte sie doch.

Nabel stieg auf den Balkon hinaus, stützte sich aufs Geländer. Die Nacht empfing ihn weich und warm, er ließ dazu Beethovens erstes Rasumovsky-Quartett op. 59 erklingen. Unten im Körnerpark war ein Dutzend Jugendlicher damit beschäftigt, wehrlose Bänke mit hermetischen Zeichen zu besprühen. Jeder Mensch, überlegte er, versucht auf seine Weise, mit der Welt fertig zu werden, während die Welt kein Problem hat, ihrerseits mit jedem fertig zu werden. Der Margaux war nicht sein Fall, zu dunkel, zu streng, er würde weiterhin bei italienischen Rotweinen bleiben. Schon des Preis-Leistungs-Verhältnisses wegen. Unten auf der Straße stieg Lidia in ihren Wagen. Er sandte ihr einen kleinen Pustekuß hinterher, aber erst, als sie schon losgefahren war.

»MK Acht, 'parat Müller-Dogan, hallo?«

Der riesige Park, der den eher bürgerlichen Teil Kreuzbergs von Neukölln trennt, die Hasenheide, ist übers ganze Jahr hinweg Aufmarschplatz Hunderter Kleindealer fast ausnahmslos schwarzer Hautfarbe. Sie sitzen auf Bänken an Kreuzwegen und haben ihr Drogendepot, meist nur Hasch und Ecstasy, selten härteres Zeug, im nahen Gebüsch versteckt. Manchmal rückt die Polizei überfallartig an, um ein paar von ihnen zu durchsuchen, nichts zu finden und wieder abzuziehen. Wird mal einer verhaftet, treten drei andere an dessen Stelle. Das Drogendezernat hat diesen Kampf längst aufgegeben, zeigt zwar, zur Beschwichtigung der Anwohner, hin und wieder Präsenz, um sich keine Vorwürfe einzuhandeln, findet es jedoch sinnvoller, sich um fettere Fische zu kümmern. Die Kleindealer der Hasenheide führen alles in allem ein beschauliches Leben, in die Gegend trauen sich keine Neonazi-Schläger, und der einzige Ärger, mit dem sie rechnen müssen, sind besorgte Mütter, die sie anschnauzen und als Gesindel beschimpfen. Aber selbst das kommt eher selten vor. Nachts ist der Park unbeleuchtet, die Stadt muß Strom sparen. Tagsüber im Sommer grillen vorrangig Türken trotz offiziellen Grillverbots oft halbe Lämmer am Spieß, Musikanten, Gymnastikgruppen und Schattenboxer treiben sich auf den Rasenflächen herum. Liebespaare treffen sich am zugeschilften Tümpel, und der Lärm vom nahen Freibad ist weithin zu hören.

Neben dem kleinen Tierpark – ein Gehege voller Pfaue, Rehe

und Ziegen – hocken die Schach- und Skatspieler, denen ein geschäftstüchtiger Türke fünfmal pro Tag eisgekühltes Bier und belegte Brote verkauft, mit einer lächerlich geringen Gewinnspanne. Die Hasenheide ist ein preiswerter Zeitvertreib. Wenn man gar nichts zu tun hat, kann man auf dem umzäunten Hundespielplatz sitzen und lustvoll tobenden Vierbeinern zusehen.

Nabel fand immer, die Hasenheide sei doch der schönste und vielfältigste Park Berlins. Er kam oft hierher, dachte über dies oder jenes nach, sah halbbetrunkenen Schachspielern zu oder spazierte durch den Rhododendronhain. Zwischen der Trinkhalle mit ihrem hübschen 50er-Jahre-Vordach auf dünnen weißen Stelzen und dem Freilichtkino, das an Sommerabenden rege besucht wurde, saß im Rosengarten Asante Myoki und dachte ganz ähnlich. Er hatte ein paar Gramm Afghanen zu verkaufen, aber die Hitze machte ihn träge, und er verlor sich in Träumereien, beobachtete die Kinder auf dem Spielplatz und erinnerte sich seiner eigenen Kindheit im senegalesischen Lehmhüttendorf.

Myoki war neunundzwanzig und dank einer politisch engagierten Lesbe, die ihn pro forma geheiratet hatte, glücklich integriert in die bundesrepublikanische Gesellschaft. Er hatte ihr dazu vortäuschen müssen, aus Nigeria zu stammen, aber die Lesbe hatte kaum nachgefragt, sie wollte möglichst schnell das getan haben, was sie für ihre humane Pflicht hielt. Asante, der nachts in einem Zimmer mit vier anderen Afrikanern schlafen mußte, war von seinem sozialen Aufstieg ins Paradies begeistert. Er hatte es geschafft, besaß eine Aufenthaltsgenehmigung und freute sich seines kargen Lebens. Wenn er bis zum Abend drei Gramm Hasch verticken konnte, waren Ernährung und Miete gesichert. Fast entrückt, die Augen halb geschlossen, genoß er den Tag und vertraute darauf, daß alles weitergehen würde, irgendwie. Ein Schatten schob sich zwischen ihn und die Sonne. Jemand sprach ihn an, nicht mit Worten, nur mit einem Zwinkern. Myoki stand auf und trottete dem Kunden hinterher, sein letzter Weg führte ihn in die Büsche rund ums Freiluftkino. Dort bekam er ein Messer ins Herz gerammt, sein empörter, entsetzter Schrei änderte nichts, er starb mit großen, staunenden Augen. Daß ihm ein Schildchen an die blutende Brust geheftet wurde, nahm er nur noch sozusagen im Vorübergehen wahr.

»Hier liegt ein Toter, vermutlich Messermord, in der Hasenheide. Zettel mit lila Handschrift.«

»Ach, echt?« Ahmed ging es darum, seinen Frust und Überdruß zu ventilieren, er nahm sich aber sofort zusammen und ließ sich den Fundort beschreiben. Danach informierte er wie gewohnt zuerst Lidia, dann Nabel und fuhr die knapp zwei Kilometer mit dem Fahrrad.

Zu schwarz, das Schwein, für Gott. Aussortiert. Einer weniger.

Die Spurensicherung war schon da, der Tatort weit räumig abgesperrt. Eine Plane lag über dem Toten, Bäume der Umgegend wurden von Kindern erklettert, die einen Blick erhaschen wollten. Tatzeugen gab es keine.

»Messerstich, einer. Sehr präzise ins Herz gesetzt.« Soviel ließ sich jetzt schon sagen.

»Am hellichten Tag!« fügte der Arzt hinzu, aber das war keine überraschende Neuigkeit, eher ein persönlicher Einwand.

»Wann sollte sich ein Killer hier sonst sicher fühlen?« scherzte Nabel, aber niemand verstand den Scherz.

Lidia kaute auf ihrer Unterlippe herum. »Es wird immer merkwürdiger.«

»Findest du?«

»Warum gibt er als Grund an, das Opfer sei zu *schwarz*? Er könnte ihm doch eher seinen Drogenhandel zum Vorwurf machen?«

»Woher willst du bloß wissen, daß das ein Dealer war?« fragte Nabel, mit einem übertrieben unschuldigen Unterton.

»Ach komm, Kai, mach dich nicht lustig über mich.«

»Nein, im Ernst, Lidia, sowas darfst du nicht laut sagen, es gibt hier bestimmt auch Farbige, die keine Dealer sind. Wenn du nicht aufpaßt, bringst du dich mit solchen Äußerungen in die Bredouille.«

»Also schön, ich sags anders. Dem Mörder scheint daran gelegen, die Zielgruppe möglichst groß zu wählen. Es gibt in dieser Stadt sicher sehr viel mehr Schwa-, Farbige als Dealer.

Was bedeutet, es geht ihm darum, Angst zu erzeugen, größtmögliche Angst.«

»Das heißt, als nächstes sucht er sich einen Türken und verwendet ein Maschinengewehr?«

»Sei nicht so!« Manchmal konnte Lidia die Art ihres Chefs, mit seiner Arbeit seelisch zu Rande zu kommen, nicht vertragen. Zwei Fotoreporter von der Schweinezeitung waren durch die Absperrung gelangt und hoben ihre Kameras, baten die Beamten, die Plane wenigstens so weit zu verrücken, daß unter ihr die Schuhe des Toten sichtbar würden. Nabel wollte die beiden gerade verscheuchen, als Jimmy Kistner vor ihn hintrat und ihm sein Handy reichte.

»Bitte, Herr Kommissar, hier drin ist Ihr Vorgesetzter und möchte Sie sprechen.«

»Was?«

»Es ist so.« Kistner gab ihm das Handy, und Nabel wunderte sich nicht schlecht, die Stimme von Dezernatsleiter Seidel zu hören.

»Nabel? Sind Sie das?«

»Dr. Seidel? Was machen Sie auf dieser Leitung?«

»Regen Sie sich nicht auf. Ich hab mit der Schweinezeitung einen Deal. Lassen Sie Kistner und seine Leute fotografieren. Im Gegenzug bauschen die die Story nicht allzusehr auf.«

»Ich weiß nicht, ob das eine kluge Politik ist.«

»Müssen Sie auch nicht wissen. Geht auf meine Kappe. Alles klar? Ende.«

Nabel gab das Handy an seinen feixenden Besitzer zurück. Inzwischen waren auch Fotoreporter vom Hühnerblatt da und beschwerten sich lautstark, weil sie nicht durch die Absperrung gelassen wurden.

»Kistner – Sie gehen mir auf die Nerven.«

»Das ist mein Beruf, Herr Kommissar, den Dingen auf den Nerv zu fühlen. Ein wichtiger Job in einem demokratischen Land. Haben Sie vielleicht noch Informationen für mich? Ich würde mich gegebenenfalls auch mit einer lobenden Erwähnung revanchieren.«

Nabel gönnte Kistner keine Antwort.

Der Tote besaß inzwischen dank des Personalausweises, den man in seiner Gesäßtasche fand, einen Namen. Nyokis Witwe wurde benachrichtigt, die seine Leiche identifizieren sollte, was zu einer leicht peinlichen Angelegenheit wurde. Sie hatte ihren Gatten kaum öfter als zweimal gesehen, zuletzt vor drei Jahren auf dem Standesamt. Er könne es sein, gab sie zur Auskunft, erst auf die Bitte hin, sich gefälligst zu konzentrieren, rang sie sich zur Überzeugung durch, er sei es.

Ahmed, von ihr danach befragt, ob es vom Staat noch immer Witwengeld gebe, konnte ein Grinsen nicht unterdrücken.

Am späten Nachmittag traf sich Nabel im LKA Berlin-Tempelhof mit Kriminalrat Josef König, dem Leiter der Abteilung 2a – Rauschgiftbekämpfung, Schleuser und Schlepper. König, siebenundvierzig, war einige Monate zuvor ins Schlaglicht der Öffentlichkeit geraten, als aufgrund seiner Ermittlungen ein bekannter Serienschauspieler mit zehn Gramm Kokain und drei illegalen osteuropäischen Nutten verhaftet wurde. Was intern einen bitteren Nachgeschmack bekam. König wurde nachgesagt, er habe private Gründe gehabt, um den Schauspieler auffliegen zu lassen. Es wurde sogar gemunkelt, der allerprivateste Grund sei nicht bezahltes Schweigegeld gewesen. Nun, das waren selbstverständlich Heißluftgebilde, Latrinenparolen, von Neid und Niedertracht getränkt, wie sie jeden Erfolgreichen immer und überall begleiten.

Saß man König gegenüber, gewann man den Eindruck, einen stocksteifen, staubtrockenen Beamten vor sich zu haben. Unter seiner Leitung war es dem Dezernat gelungen, im Stadtgebiet fast drei Tonnen harter Drogen aus dem Verkehr zu ziehen, in nur zweieinhalb Jahren, eine sagenhafte Quote. König, ein schlanker Mensch mit hohem Hals, Adlernase und streng gezogenem Scheitel, zupfte ständig an seinem Krawattenknoten, als wolle er ihn lockern und fände den Mut dazu nicht.

»Zu Ihren Diensten, Herr Nabel, was kann ich für Sie tun?« Der Kriminalrat sah nicht von seinen Papieren auf, in denen er blätterte.

»Sie können es sich vermutlich denken. Das Mordopfer, Asante Myoki, wir haben ihn im Verdacht, mit leichten Drogen gedealt zu haben. In unseren Computern taucht er nicht auf. Keinerlei Vorstrafen. Da wollte ich Sie fragen …«

»Mich? Mich wollen Sie fragen, ob ich etwas über Herrn Myoki weiß?« Die Frage klang weniger empört als vielmehr überrascht. Vielleicht ein klein wenig belästigt.

»Das ist der übliche Austausch zwischen den Abteilungen …«

»Neinnein, Nabel, verstehen Sie mich nicht falsch, Sie sehen das ganz richtig. Ich wollte keineswegs überheblich klingen. Myoki, ja …« König zupfte am Krawattenknoten und dachte einen Moment lang nach, wozu er den Kopf hob und die Luft laut durch die

Nase einsog. »Kenn ich. Ich will mich nicht loben, aber mein Namensgedächtnis, nun, ich muß das erwähnen, nicht, daß Sie falsche Schlüsse ziehen, es ist ein Segen, manchmal ein Fluch, egal. Asante Myoki, ja, Nigeria, soweit ich mich erinnern kann.« König sah einen Stapel Papiere durch, aber Nabel hatte den Eindruck, daß diese mit der Sache oder dem Menschen nichts zu tun hatten und der Kriminalrat nebenher noch etwas anderes erledigte. Immerhin war Königs Artikulation scharf und schneidend. Kein einziges ›Äh‹ kam ihm über die Lippen.

»In der Tat ist Herr Myoki vorstrafenfrei. Wir haben ihn während der letzten beiden Jahre elfmal verhaftet, nie konnte ihm was nachgewiesen werden und er wurde auf freien Fuß gesetzt.« König zündete sich eine Zigarette an, paffte daran und tippte einige Buchstaben in seinen PC. »Genau wie ich gesagt habe.« Mit einem gewissen Stolz hob er die Mundwinkel für Sekundenbruchteile, und Nabel begriff, daß ihm hier ein Gedächtniskünstler eine kleine Vorstellung gegeben und seine Angaben nur sicherheitshalber oder des beamtischen Ethos wegen im PC überprüft hatte.

König zupfte erneut an seinem Krawattenknoten, als würde der ihm die Luft abklemmen. »Er lebte von der Hand in den Mund. Ein kleines Licht, nicht ernsthaft verfolgungswürdig. Hat Gras vertickt und niemandem groß geschadet.«

»Sie haben aber eine Akte über Myoki?«

»Inoffiziell. Also keine Akte, nur einen Merkzettel. Ein paar Protokolle. Es ist nicht so, daß wir gar nichts hätten. Leider, fürchte ich, ist nichts davon für Sie wertvoll. Myoki war ein Schuhputzer, ohne Verbindung zu schwereren Kalibern. Belanglos.«

»Also auch keiner Ihrer V-Männer?«

»I wo. Ach? Wo denken Sie hin? V-Mann? So einer? Den Sie für ein Mittagessen kaufen können? Der Gedanke belustigt mich. Naja. Wars das? Kann ich sonst noch irgendwie helfen?«

Nabel stellte ein paar Fragen allgemeiner Art, hauptsächlich, um dem ranghöheren Kollegen Zeit zu stehlen. Beim Verlassen des Büros kam es ihm dennoch vor, als sei soeben eine Audienz beendet worden, und er habe vergessen, den Ring des Regenten zu küssen.

Lidia saß in ihrer hübsch langgeschnittenen Zwei-Zimmer-Wohnung nicht weit vom Marheinekeplatz, einer Gegend voller Geldwaschanlagen, die sich als kleine Restaurants, Imbisse oder Bistros tarnten. Keine Stadt konnte so viel essen, die Hälfte der Lokale hätte längst pleite gemacht haben müssen, wären sie wirklich auf Gäste angewiesen gewesen. Immer mehr Russen, Kroaten und Ukrainer kamen nach Berlin und gruben türkischen, serbischen und einheimischen Gangs das Wasser ab. In diesem Viertel, dem Bergmannstraßenkiez, war noch nicht allzuviel davon zu spüren, es hatte sich seinen multikulturellen, in Maßen geldigen Charakter bewahrt, den Hauch von Mittelmeer und Bazar, von Antiquariaten und Boutiquen, von schwul-lesbischer Subkultur, renoviertem Altbau, revolutionärer Vergangenheit und preiswertem Nahrungsangebot. Lidia lebte zwei Stockwerke über dem Keller in der Schenkendorffstraße, in dem die Bewegung 2. Juni einst den entführten CDU-Spitzenkandidaten Lorenz festgehalten hatte. Der Mythos blühte immer noch ein wenig, wenngleich die Jugend zum größten Teil kaum noch wußte, wer Rudi Dutschke gewesen war. Zum Kotzen fand Lidia die seichten Flegel der Medien- und Werbebranche, die langsam aus dem gesichtslosen Stadtviertel Mitte hierher abwanderten und ihre widerliche Starbucks-Coffee-Mentalität mitbrachten. Der Bergmannkiez veränderte sich zum Schlechteren, und es schien, als könne man nichts dagegen tun.

Lidia überlegte, welche Meinung Kai wohl von ihr hatte. Sicher war er ihr für vieles dankbar, ebenso sicher sah er in ihr auch eine Streberin. Dabei tat sie, was sie tat, doch nur, weil sie sonst nichts zu tun hatte. Normale Menschen haben Hobbys oder gehen wenigstens hin und wieder ins Kino. Lidia konnte mit Freizeit wenig anfangen. Alleine ins Kino zu gehen machte sie traurig. Mit ihrem Freund traf sie sich inzwischen nur noch einmal die Woche, sonntags, manchmal schliefen sie noch miteinander, zur Befriedigung angestauter Grundbedürfnisse. Frank hatte seit neuestem wohl eine andere, er gab es nicht zu, und Lidia war es so gut wie egal. Sie trennte sich nicht von ihm, in der Hoffnung, daß er sich endlich von ihr trennen würde. Sie legte viel Wert auf Harmonie, emotional aufgeladene Szenen waren ihr ein Greuel und heulende Männer eine größere Zumutung als brüllende.

Die Arbeit, die sich Lidia auflud, hatte sie irgendwann unter sich begraben, nur das Koks, manchmal ein wenig Speed, schaufelten ihr einigermaßen den Kopf frei. David, ein ehemaliger Klassenkamerad, hatte es ihr besorgt, das Thema war zufällig darauf gekommen, beim Klassentreffen im letzten Jahr, er hatte sie danach angerufen und ihr etwas angeboten, sie hatte eingewilligt, wollte einfach mal probieren, eine Vorstellung bekommen, um was es da ging. David war achtundzwanzig, strafversetzter Streifenpolizist, ein verpickelter Leptosom und auf Lidia scharf. Er bekam nie, was er von ihr wollte, doch die Lieferungen wurden bald wöchentliche Regelmäßigkeit. Anfangs fand Lidia, daß man um die Droge viel überzogenes Gedöns machte, sie stellte keinerlei Abhängigkeit an sich fest, das Zeug half ihr dabei, wach zu bleiben und bei Verstand. Manchmal bekam man durch die Reizung der Nasenscheidewände eine Art Schnupfen, das war alles.

Und war eben nicht alles. Nabel hatte recht. Die Abhängigkeit entwickelte sich schleichend. Die Droge verführte dazu, sich überlegen zu fühlen; jenen Glauben an die eigene Omnipotenz wollte man bald nicht mehr missen. Lidia war nicht stark abhängig, sie gab von ihrem Lohn gerademal fünfzehn Prozent für die Droge aus, was nicht ins Gewicht fiel, da sie ansonsten mit Geld haushielt und ihre Freizeit am liebsten auf dem Sofa verbrachte.

Nabels Standpauke war zur rechten Zeit gekommen. Sie wollte selber etwas verändern. Ihr Leben gefiel ihr nicht mehr. Schluß mit dem Freund machen, Schluß mit dem Koks. Und etwas finden, ein Gegengewicht zum Alltag ihres Berufes, etwas, das ihr wirklich Spaß bereitete. Was konnte das bloß sein? Lidia kam sich vor, als sei sie krank oder behindert. Wieder beugte sie sich über die Akte mit den Fallanalysen.

Das Handy klingelte. Es war David. Ob er vorbeikommen solle?

Sie sagte: »Ja, komm vorbei.« Wenn er erst hier war, würde sie ihm sagen, daß er von nun an nie mehr vorbeikommen müsse. Aber als er dann da war, gab sie ihm den Freundschaftspreis von hundert Euro für zwei Gramm, die eine Woche lang ausreichen würden, sich allen Anforderungen gewachsen zu fühlen.

»David?«

»Ja?«

»Woher beziehst du das Zeug?«

»Fällt aus Hosentaschen. Man schreit *Razzia!*, und nachher liegt es aufm Boden rum.«

»Du prüfst das aber auf Beimischungen?«

»Naja, nicht ich, n Kumpel in der Chemie. Wieso? Machst du dir Sorgen?«

»Belieferst du außer mir noch andere?«

»Hee, was soll das? Glaubst du, ich habn Ring aufgemacht oder was? Das ist ne Sache zwischen dir und mir.« David gab sich Mühe, harmlos auszusehen. Lidia hakte sich bei ihm ein.

»Hör mal, ich hab n Problem. Mein Chef.«

»Chefs sind immer ein Problem.«

»Er hat mir auf den Kopf zu gesagt, daß ich schniefe.«

»Wer? Nabel? Na, der muß gerade reden, wie der sich zuschüttet. Weiß doch jeder. Was hast du geantwortet?«

»Ich habs zugegeben.«

»Was? Spinnst du? Biste bescheuert? Nie etwas zugeben! Nie!«

»Es ist in Ordnung. Kai ist in Ordnung. Aber weißt du was? Ich fühle mich vor ihm nicht sicher.«

»Aha. Und?« David wußte nicht, worauf Lidia hinauswollte. Ihm wurde mulmig.

»Könnte sein, daß er rumschnüffelt. Nicht aus Bosheit, sondern weil er sich Sorgen um mich macht.«

»Muß ich mich vor ihm in acht nehmen, oder was?«

»Auch. Ich wollte dich eher fragen, obs okay ist, wenn ich ihm deinen Namen nenne.«

David wurde bleich. »Hast du sie nicht mehr alle?«

»Nein, laß mich erklären, ich glaube, es geht ihm nur darum, daß ich sauberen Stoff bekomme, er würde nichts gegen dich unternehmen. So ist er nicht drauf.«

»Laß das! Laß das ein für alle Mal. Bringt nichts.«

»Aber David …«

»Lidia, tut mir leid. Tschö, so läuft das nicht, ich hoffe, wir bleiben in Verbindung, Paris, Athen, auf Wiedersehn.«

David verließ die Wohnung fluchtartig, wie tief ins Knochenmark hinein beleidigt. Unsicher, was sie tun sollte, tun durfte, betrachtete Lidia den Berg Akten auf ihrem Wohnzimmertisch. Und portionierte mit einer alten EC-Karte ein Häufchen Pulverschnee zur dünnen Linie. Die letzte. Versprochen.

Mit einem toten farbigen Kleindealer erzielten die Zeitungen deutlich geringere Auflagen als mit einem bürgerlichen Opfer. Den Großteil der Bevölkerung kümmerte das Schicksal Asante Myokis herzlich wenig, an etlichen Stammtischen wurden Äußerungen laut, daß der Killer ruhig dort weitermachen könne, wo er gerade unterwegs war.

Die Berichterstattung fiel demgemäß nicht gerade hysterisch aus, wirkte in ihrem Verzicht auf Versalien nüchtern, beinahe enttäuscht.

Einzig Jimmy Kistner in der Schweinezeitung gab sich Mühe, seine Leser davon zu überzeugen, daß auch dieser Tote irgendwie Teil des umfassenden Kosmos sei und alle anginge, nicht zuletzt, weil ausnahmslos jeder der Nächste sein könne. Insgeheim war er unzufrieden mit dem Killer und warf ihm fehlendes dramaturgisches Geschick vor. Zwischen den Zeilen strotzte seine Kolumne vor mehr oder minder sublimen Verbesserungsvorschlägen.

Liebe Leser!
Die Serie abscheulicher Morde hält an, die Polizei tappt im dunkeln, auf dem Leben in dieser großartigen Stadt liegt der Schatten der Gewalt und des Irrsinns.
Wir haben es mit einem Geisteskranken zu tun, der Angst säen und Haß ernten möchte. Ein Geisteszwerg, der Gott spielen möchte, Herr über Leben und Tod. Vermutlich ist er ein unscheinbarer Mensch, der im Leben nichts erreicht hat, ein gesellschaftlicher Versager mit hoher

krimineller Energie, doch ohne jeden Stil, wie seine ruppig infantilen Bekennerschreiben zeigen. Ein ungebildeter Mann von nebenan, äußerlich vielleicht blaß, vielleicht sogar häßlich, über den man als Kind schon gespottet hat. Möglicherweise ist er impotent oder visuell derart gezeichnet, daß niemand mit ihm etwas zu tun haben will. Vielleicht ist er selbst all das, was er seinen Opfern vorwirft: geil, fett, dreckig. Es gibt keine mildernden Umstände, keine Entschuldigung. Dieser Wicht tötet andere, weil ihm die Traute fehlt, mit seiner eigenen gescheiterten Existenz Schluß zu machen. Der Mord in der Hasenheide war besonders feige, er suchte sich ein risikoloses Opfer tief im Buschwerk des Großstadtdschungels. Wahrscheinlich geschah die Tat nicht vordringlich aus rassistischen Tendenzen, sondern einfach nur, weil sich die Bestie unter dem großen Fahndungsdruck mehr nicht leisten konnte. Vermutlich merkt der Mörder bald selbst, daß seine Eitelkeit nach schwierigeren Vorgaben verlangt. Er wird, steht zu befürchten, erneut zuschlagen, wird sich diesmal wohl keinen so krassen gesellschaftlichen Außenseiter auswählen. Wie die Polizei versichert, ist jemand, der Bekennerschreiben hinterlegt, prinzipiell daran interessiert, irgendwann gefaßt zu werden, um sein klägliches Dasein künftig mit dem Ruhm der Verruchtheit zu bemänteln, seinen belanglosen Namen hervorzuheben aus dem Müll der Menschheit.

Ich muß ehrlich sagen, liebe Leser, daß es mir ein Hochgenuß wäre, bald berichten zu dürfen, das Monster sei, als es sich seiner Festnahme entziehen wollte, abgeknallt worden. Jegliches Verständnis endet irgendwo, ich spüre das berechtigte Bedürfnis, mir Luft zu machen, um nicht zu platzen.

Die Aussicht, ein solches Schwein könne den Gerichtssaal zur Plattform seines kranken, talentlosen Egos mißbrauchen, ekelt mich an.

Herzlich und voller Wut, Ihr
Jimmy Kistner

Das war die Art, mit der Kistner beim Massenpublikum Punkte sammelte. Gezielt leistete er sich politische Inkorrektheiten, sprach aus, was angeblich viele so nur dachten. Und es kam an, weil tatsächlich viele so dachten. Von Kistner abgesegnet, beteten sie seine Parolen nach, wurden mit dem Gefühl belohnt, endlich etwas vom Herzen weg hinausgesagt zu haben, mutig und ehrlich gewesen zu sein. Sie bedachten dabei nicht, daß die Schweinezeitung vor allen anderen den Namen des Killers veröffentlichen und jeden Winkel seiner Herkunft im grellsten Licht beleuchten würde, wäre er erst einmal gefaßt.

Lidia wartete den Moment ab, als sie mit Nabel allein im Büro saß. Die minzgrünen Lamellen waren zum Schutz gegen die drückende Hitze heruntergelassen, die daraus entstehende Düsternis trug nicht gerade dazu bei, beider Stimmung zu heben.

Kistners Kolumne, in Millionenauflage gedruckt, hatte eine Flut von Denunziationen zur Folge. Anonyme Anzeigen nannten die Namen von unscheinbaren Menschen nebenan, die bitte unter die Lupe genommen werden sollten, entweder weil sie Hasenscharten, Brandnarben, eine kindliche Handschrift oder angeblich zu kleine Penisse hatten, arbeitslos, Säufer oder zu wenig mitteilungsbedürftig waren. Wahnwitzig. Kistner hatte die Stadt zur Jagd aufgefordert und jeden seiner Leser zum Blockwart befördert. Aus diesem Berg von Anschuldigungen sinnvolle Informationen herauszufiltern, war schier unmöglich.

Lidia kam immer noch nicht mit dem Täterprofil klar beziehungsweise hatte sie, von Kollegen dazu gedrängt, ein provisorisches erstellen müssen, feilte aber dauernd daran herum, nie mit sich zufrieden. Das alles ergab kein rundes Bild.

»Kai?«

»Hmmhm?«

»Ich hab aufgehört.«

»Was?«

»Du weißt schon, womit.«

»Gut. Danke.«

Lidia log ihn an, sie hatte ja noch nicht aufgehört, würde es erst versuchen müssen. Aber sie war wild dazu entschlossen, empfand sich deshalb nicht als Lügnerin.

»Sag mal –«, fragte Nabel, »Kistner klingt in seiner Kolumne heute so psychologisch. Woher hat er das?«

»Ich finde nicht, daß das psychologisch klingt.«

»Für die Verhältnisse der Schweinezeitung schon. Hast du nicht selbst mal erwähnt, sexuelle Impotenz könnte der Schlüssel für die Motivation des Killers sein?«

»Das liegt doch nahe. Sexuelle Frustration ist ein Hauptmotor für Aggressivität.«

»Du hast also nicht mit Kistner geredet?«

»Nein.«

Nabel wurde mißtrauisch. Ein simples Nein? Kein empörtes Dementi?

Aber er sprach die Sache kein zweites Mal an. Allein schon, weil er von Lidia zu abhängig war. Wozu das Arbeitsklima ohne Not mit Verdächtigungen vergiften?

»Irgendwo«, sagte er stattdessen, »hat Kistner ja recht.«

»Wie bitte?«

»Naja, was er über den Mord in der Hasenheide sagt, stimmt. Diese Tat wirkt doch wie nachgeschoben, um sich wieder mal ins Spiel zu bringen. Und was die angebliche Feigheit der Tat angeht: Für einen im Töten ausgebildeten Menschen ist es leichter, jemanden, der das nicht erwartet, mit einem gezielten Stich ins Herz umzubringen, als ihn mit einem Schal zu erdrosseln.«

»Du glaubst, daß der Täter eine Nahkampfausbildung hatte?«

»Ich glaube alles, was mich weitermachen läßt.«

»Schön.« Lidia tippte mit ihrem Bleistift ein Stakkato auf die lederne Schreibtischplatte.

»In einem anderen Punkt«, rief sie quer durch das Büro, »hat Kistner, glaub ich, nicht recht.«

»In welchem?«

»Daß der Täter Bekennerschreiben hinterläßt, um irgendwann gefaßt zu werden. Dazu sind seine zu wenig phantasievoll, zu schlicht. Nein, ich glaube, daß der Täter seine Taten quasi signiert, aber kein Interesse dran hat, aufzufliegen.«

»Das hat Kistner also nicht von dir?«

»Kai! Liebst du mich denn gar nicht mehr?«

»Doch. Ein bißchen.« Nabel flüsterte, sein Blutdruck stieg. Er mochte es nicht, wenn Lidia auf diese Art ironisch wurde.

»Gutes Stichwort. Ich glaube, der Täter will ein *bißchen* Geisteskrankheit vortäuschen.«

»Was bedeutet?«

»Pure Lust am Töten.«

»Und das ist nicht geisteskrank?«

»Anders.« Lidia hätte gern konkreter werden wollen. Und ließ, verstummend, ihren Kopf hängen.

Seidel rief zur Krisensitzung, forderte Ergebnisse. Am Ende mußte selbst er zugeben, daß von nichts nichts kommen kann. Nabels Leute, die Soko war inzwischen auf zwölf Ermittler aufgestockt worden, vergeudeten ihre Zeit damit, anonymen Hinweisen nachzugehen, nur, um irgend etwas zu tun. Die Bekennerschreiben wurden auf Internetseiten gezeigt, in der Hoffnung, daß jemand die Handschrift wiedererkennen würde. Fachleute waren sich inzwischen einig geworden, daß die Kindlichkeit der Buchstaben eine vorgetäuschte war. Das Alter des Urhebers schätzten sie mit fünfundzwanzig bis fünfundfünfzig äußerst vorsichtig ein. Niemand schien sich die Finger verbrennen zu wollen.

Betrachtete man die Tatorte, ergab sich kein Muster. Charlottenburg, Neukölln, Schöneberg Grenze Tiergarten und wieder Neukölln an der Grenze zu Kreuzberg und Tempelhof.

Wenigstens konnte man von einem männlichen Täter ausgehen. Messermorde werden so gut wie nie von Frauen ausgeübt, es sei denn, sie greifen während einer emotional eruptiven Situation, sozusagen außer sich, halb unbewußt, nach etwas Stählernem.

Nabel fühlte sich in die Steinzeit zurückversetzt, als es noch keine DNA-Analysen gab. Weil an den Tatorten keinerlei DNA-Spuren gefunden wurden, mußte er vorgehen wie ein Steinzeitkriminaler. Demütigend. Nichtmal im Buschwerk fanden sich Abdrücke der Schuhe des Mörders, dazu war der Boden im August zu trocken. Nabel war sich sicher: Würde der Mörder jetzt aufhören, er würde nie gefunden werden, nie.

Nabel führte Selbstgespräche, nachts, angetrunken auf dem Balkon, während er auf den Körnerpark hinuntersah, in dem eine Horde Jugendlicher Frisbee spielte, unter dem fahlen Schein der Laternen.

»Es muß dir klar sein: Irgendeinen Menschen zu töten ist furchtbar einfach, solange die Betonung auf *irgendeinen* liegt. Zusammenhänge, nur Zusammenhänge knüpfen das Netz, worin man sich verfängt. Wo kein Zusammenhang, da Auseinanderhang. Diaspora.«

Hinter ihm ertönte aus kleinen Boxen das Streichquartett op. 96 von Dvořák, das sogenannte *amerikanische*.

»Die Welt ist schlecht, geschieht ihr recht.« Seine Zusammenfassung der Lage kleidete sich in zunehmend simplere Weisheiten.

Er wollte, daß Lidia endlich einmal stolz auf ihn war. Andererseits war sie ihm unheimlich geworden. Seit der Sache mit dem

Schnee war Lidia kein leuchtender Schrein mehr, hatte einen Hintergrund, einen doppelten Boden bekommen, war eine ehemals monochrome, nun schillernde Persönlichkeit. Das besaß einen gewissen Reiz. Und auch wieder nicht. Gegen vier Uhr, völlig betrunken, legte sich Nabel schlafen.

»Die Welt ist schlecht, ich bin es auch.«

Ich bin ein beschissener Polizist, dachte er kurz vorm Wegsacken. Schade. Aber der Kosmos, durch Fernrohre betrachtet, ungeachtet der vielen schwarzen Löcher, ist bunt und sehr hübsch. O ja. Der Kosmos kennt keine Mörder. Derlei Detailkram hat im Big Picture keinen Platz. Dort würd ich gern mal Urlaub machen.

Intermezzo in der Garage.

Ich bewundere dich.
Das solltest du. Immer und überall.
Mach ich. Es entwickelt sich alles genau so, wie du es vorhergesagt hast.
Wir sind ein gutes Team, nicht wahr?
Das beste.
Dennoch. Nentwig hättest du in Ruhe lassen sollen.
Ich war mir bei ihm nicht sicher.
Jetzt bist dus?

Jimmy Kistner suchte noch zweimal Kontakt zu Ahmed, den er für das schwächste, weil schlechtestbezahlte Mitglied in Nabels Team hielt. Ahmed machte seinem Chef deswegen Meldung. Die Reaktion war eigenartig. Nabel erlaubte ihm nicht nur ein Treffen, er ermutigte ihn sogar, eine gewisse Gesprächsbereitschaft zu signalisieren, solange dabei keine wichtigen Fahndungserkenntnisse über den Tisch wandern würden.

»Ähmm, Chef, ich will nicht frotzeln, aber – welche wichtigen Fahndungserkenntnisse meinen Sie genau? Wir haben doch kaum was.«

»Bedauerlicherweise, aber das mußt du ihm nicht auf die Nase binden. Hör dir mal an, was er anbietet. Vielleicht gibt uns das irgendwann mal ein Druckmittel gegen ihn in die Hand.«

»Wozu?«

»Für den Fall, daß er noch weiter ausflippt. Und gegen uns hetzt. Und das wird er, wenn wir nicht bald vorankommen. Wenn wir dann den Versuch einer Beamtenbestechung entgegenhalten könnten, wäre das enorm hilfreich.«

»Schlau. Aber – ich darf keine Kohle annehmen?« »Selbstverständlich nicht. Laß ein Mikro mitlaufen.«

Nabel hatte das Manöver mit Seidel abgesprochen, der von Kistners ›gemäßigter‹ Berichterstattung ziemlich enttäuscht war und zugab, einen fragwürdigen Kurs gefahren zu sein. Aufgrund Kistners Bevorzugung hatte man Sympathien seitens des Kälberjournals und des Hühnerblatts verloren.

Ahmed rief Kistner im Verlag an und schlug eine Unterhaltung vor. Die beiden trafen sich keine halbe Stunde später auf einem Kinderspielplatz nahe dem U-Bahnhof Prinzenstraße, spazierten den Kanal entlang Richtung Kottbusser Brücke.

Ahmed war sehr aufgeregt, hatte nie zuvor Theater gespielt und bekam Angst, etwas falsch zu machen, wofür letztendlich er dann den Kopf hinhalten müßte. Das Gespräch glich einem vorsichtigen Abtasten. Nabel hatte ihm einige Sätze vorgeschlagen, die Ahmed mehr aufsagte als sagte. *Ich bin nur daran interessiert, daß die Harmonie zu den Medien stimmt. Ich würde sicher nichts erzählen, was den Fahndungserfolg in Frage stellen könnte. Kleine dreckige Details für Ihre Leser, darüber könne man reden. Mit welcher Aufwandsentschädigung könnte ich in so einem Fall rechnen?*

Kistner war zu lange Profi, um den Braten nicht zu riechen. Seine Antworten lauteten:

Ja, selbstverständlich, das bin ich auch. Natürlich nicht, wir wollen alle den Kerl hinter Gittern. Kleine dreckige Details kann ich mir aber auch ausdenken. Naja, Aufwandsentschädigung – so direkt ist das nicht zu beantworten. Sie verlangen ja nicht etwa Geld von mir, oder doch?

Von diesem Moment an war Ahmed hilflos und wußte nicht, wie er das Gespräch fortsetzen sollte.

Kistner klopfte ihm jovial auf die Schulter und riet ihm, er solle sich noch mal in aller Ruhe überlegen, was er genau geben und was er genau nehmen wolle, danach könne man sich ja erneut unterhalten. Sprachs und ließ Ahmed auf Höhe der Synagoge stehen, kehrte um und strich grüßend mit dem Zeigefinger über die Stirn.

Nabel ließ sich die Unterhaltung erst im Wortlaut nacherzählen, bevor er die Aufnahme abhörte und feststellte, daß Ahmed den Wortlaut sehr präzise wiedergegeben hatte. Immerhin etwas. Allzuviel Geschirr war nicht zerschlagen worden. Ein junger Beamter bei seinem ersten Auftritt auf dem Informationsstrich durfte ruhig ein wenig unsicher wirken.

»Gut gemacht.«

»Wirklich, Chef? Ich finde, er hat mich auflaufen lassen, das ist ne aalglatte Figur.«

»Tja. Vergessen wirs. Wir können uns nicht mit Spielereien abgeben. Hat die Obduktion was über das Messer ergeben?«

Ahmed kramte ein Fax hervor, in dem es hieß, die Klinge sei anderthalb Zentimeter breit und etwa zehn Zentimeter lang gewesen. Typische Maße für ein Springmesser, wie es in der Gegend jeder zweite Jugendliche trug.

»Tja. Vergessen wirs.«

Jimmy Kistner, ein bäuerlich wirkender Hüne mit Pferdegebiß und strohfarbener, halblang getragener Frisur, war nicht sicher, was dieses Treffen für einen Zweck gehabt haben sollte, aber er hatte sicher nichts Kompromittierendes gesagt, also konnte er seiner Assistentin, Frau Hagenheck, für den Tagesüberblick diktieren, er habe gegen 14 Uhr KK Ahmed Müller-Dogan am Kanal Höhe Baerwaldbrücke getroffen, dafür sei ihm an Spesen zweimal Taxi, zusammen achtzehn Euro, zu erstatten. Die Quittungen legte er in einem Ordner ab. Kistner hielt es in solchen Dingen für nötig, akkurat zu sein. Verlorene Zeit mußte nicht auch noch verlorenes Geld bedeuten. Kistner entstammte kleinbürgerlichen Verhältnissen. Als er reich zu werden begann, schwor er sich, nie die Wertschätzung für Kleingeld zu verlieren. Zu diesem Zweck rechnete er Beträge in *Pizzas mit allem* um. Eine Pizza mit allem war ein großer Luxus, ein kleines Fest für ihn gewesen, als er als Volontär bei seiner ersten Zeitung anfing. Achtzehn Euro wären damals *vier Pizzas mit allem* gleichgekommen. Nicht auszudenken. Frau Hagenbeck lächelte, sie fand diesen Zug an Kistner sympathisch, ihrer Ansicht nach zeugte er von Bodenhaftung mehr als von Geiz. Manchmal stellte sie ihm einen bunten Strauß Feldblumen auf den Schreibtisch, den sie von ihrem eigenen Gehalt bezahlte. Er zeigte sich dafür regelmäßig an Weihnachten großzügig, wenn er ihr, wie im letzten Jahr, per Gutschein einen Dreitageaufenthalt in einer Beautyfarm mit Schlammpackungen und Wellnessprogramm schenkte. Sie fand, für eine Frau in schon reiferem Alter würde ein solches Geschenk keine Beleidigung darstellen, und sicher war es lieb gemeint. Daß er den Gutschein selber geschenkt bekommen hatte, weil er als Prominenter tausenderlei Dinge geschenkt bekam, und ihn nur an sie weiterreichte, weil ihm sonst kein geeigneter Adressat einfiel, daran dachte sie keinen Augenblick. Und selbst wenn – es wäre für sie völlig in Ordnung gewesen.

Während Kistner an seiner Kolumne für die morgige Ausgabe arbeitete, durfte man ihn unter keinen Umständen stören, außer etwas *Wichtiges* passierte. Es lag in Frau Hagenbecks Kompetenz, zu entscheiden, was wichtig war, was nicht. Grenzfälle konnte sie nicht ausstehen, weil die sie zwangen, Verantwortung zu übernehmen.

Kurz vor Feierabend kam ein Mail von Ahmed Müller-Dogan herein. Genau so ein Grenzfall.

Ich habe es mir überlegt. Es gibt etwas Wichtiges. Wollen wir uns noch einmal treffen, selber Ort, 22 Uhr?

Frau Hagenbeck, die die eintreffenden Mails sortierte und grobe Beschimpfungen einfach löschte, hatte zwar im Gefühl, daß dieses Mail nun gerade nicht so besonders wichtig sei, allerdings behauptete der Text frech und anmaßend das Gegenteil. Sie rang mit sich, schnaufte, seufzte, stand auf, klopfte, trat ein und las Kistner die Nachricht laut vor. Der dachte kurz nach, seufzte auch, dann ließ er in rekordverdächtiger Kürze antworten: *Okay*.

Lidia wollte vor sich selbst ein Zeichen setzen, streute den Restinhalt des Kokstütchens ins Klo, spülte und nahm sich einen Tag frei bzw. meldete sich krank. Zum ersten Mal in ihrer Laufbahn beschloß sie, ihre Pflichten zu vernachlässigen, einfach auszuschlafen, und ging noch vor Mitternacht zu Bett.

Das Täterprofil, das sie mit zwei Kollegen angefertigt hatte, mußte nicht unbedingt auf objektiven, gesicherten Fakten beruhen, anders als die Tatort-, Tathergangs- und Fallanalyse. Es gab einen Aspekt bei der Arbeit, der unwissenschaftlich genannt werden konnte, der sich auf Erfahrungswerte und Einfühlungsvermögen berief und einen gewissen Unsicherheitsfaktor in Kauf nahm. Was die einen Sensibilität nannten, war für die anderen Phantasie, auch spielte die psychologische Glaubensrichtung des Profilers eine Rolle. Unterschiedliche Lehrmeinungen konkurrierten in wichtigen Fragen, zum Beispiel, ob bei Vergewaltigungsdelikten an Frauen Homosexuelle, wie man früher geglaubt hatte, als Täter grundsätzlich auszuschließen seien.

Es bedurfte langer Diskussionen, um ein Profil zu erstellen, das wenigstens keinen Schaden verursachte, indem es die Ermittlungen in eine grundfalsche Richtung lenkte.

Das Alter des Täters, dessen Geschlecht, sozialer Status, Beruf, sein Bildungsstand, seine Lebensweise, all das sollte auf vernünftige Parameter eingegrenzt werden. Der vorliegende Fall ließ nur Spekulationen zu, doch die Dienststelle drängte allzubald auf *etwas Handfestes.* Also einigte man sich auf *männlich, Ende zwanzig bis Mitte vierzig, sozial unterprivilegiert, aber vor sich selbst zu Höherem berufen, ein Beruf der mit Schreibarbeit zu tun hat, durchschnittliche Bildung, unscheinbare Lebensweise ohne Hang zu physischen Exzessen, einhergehend mit unausgelebten Triebbedürfnissen.*

Lidia war so unzufrieden mit sich selbst wie selten zuvor in ihrem Leben. Dieses Profil war sein Papier nicht wert. War dahergebrabbeltes Gewäsch. Sie hatte darauf plädiert, der Täter müsse überdurchschnittlich intelligent sein, war aber gegenüber den Kollegen nicht überzeugend genug aufgetreten. Vielleicht, mutmaßte sie selbstkritisch, hatte sie ihr eigenes Versagen kaschieren wollen, indem sie dem Killer übermäßige Raffinesse attestierte. Mochte sein. Wußte Kai, oder ahnte er wenigstens, in welchem Dilemma sie sich befand? Zuweilen waren ihre Gefühle für ihn beinahe töchterlich, dann wünschte sie sich, er fände niemals Grund, an ihr zu zweifeln, könne vielmehr auf sie vertrauen, immer.

Lidia, am Ende ihrer Kraft, fiel in tiefen Schlaf, für vierzehn Stunden.

Kistner nahm diesmal seinen eigenen Wagen, das Porsche-Cabrio, parkte an der Baerwaldbrücke und marschierte zum Kinderspielplatz. Am Kanalufer gegenüber saßen Hunderte meist jugendlicher Menschen, die im Gras über kleinen Feuern Würste und Marshmallows grillten oder auf den beiden von bunten Lichterketten illuminierten Restaurantschiffen die Sommernacht feierten. Geschrammel schlecht gestimmter Gitarren klang über das Wasser, das zu schmutzig war, um darin zu baden. Einige angesoffene Idioten störte das nicht, sie machten Kopfsprünge mitten zwischen die fett dekadenten Schwäne hinein, die, ohne wirklich Hunger zu haben, um Futter bettelten.

Den Kinderspielplatz fand Kistner menschenleer vor, und er setzte sich auf eine der Schaukeln, wippte ein bißchen. Eine klare Nacht, mit vielen Sternen. Er sah Ahmed Müller-Dogan den fast unbeleuchteten Uferweg herankommen und blieb lässig auf der Schaukel sitzen, sehr gespannt darauf, aus welchem Grund der angebrannte Halbkanake erneut seine Zeit stehlen wollte. Wehe, wenn das kein guter Grund sein würde. Ahmed hielt etwas in der Hand, ein Päckchen, nein, kein Päckchen, einen, Kistner setzte seine Brille auf, einen Ziegelstein, aha. War das überhaupt Müller-Dogan?

Dann ging alles zu schnell, um gedanklich verarbeitet zu werden, der Ziegelstein kam in seltsam überhöhter Geschwindigkeit auf Kistner zu, traf ihn an der Stirn. Schwarz und stumm. Schreien, bitte. Protestieren. Leben. Verbindung gekappt. Null und nichts. Nichts, nichts. Ein winziger Blitz am Horizont. Dunkel. Fettes, aufdringliches, endloses Schwarz.

Fernes Rumoren, wie stotternde Motorengeräusche. Schmerz, aber körperlos fern, wie ein Schatten, der zum Körper nicht mehr vordringt. Als tiefer Bordun unter feindlichem Schwarz. Das winzige Bild von zitternden Lichtern auf unbewegtem Wasser. Kistner erlangte noch einmal das Bewußtsein und schrie, hatte aber das beängstigende Gefühl, dieser Schrei sei nicht mit der dazu passenden Lautstärke verbunden. Sein Mund, der atmen wollte, lag unter Wasser, und während er schrie, ließ er aus seinen Lungen Luft ab, die er zum Weiterleben bitter nötig gehabt hätte, allerletzte Luft, die durch Wasser ersetzt wurde, bis sein Kopf noch einmal zuckte und für immer Ruhe gab.

Am anderen Ufer waren die Menschen zu sehr mit sich selbst beschäftigt, um vom Geschehen etwas mitzubekommen, zudem lag der Tatort im Dunkel, und selbst wer seine Augen angestrengt hätte, hätte höchstens Konturen wahrgenommen. Der Tote wurde erst gegen fünf Uhr morgens von einem alkoholisierten Penner gefunden, der Mühe hatte, mit gelallten Fragmenten von Worten seinen Fund glaubhaft zu machen.

Auf Kistners linkem Oberschenkel klebte ein Schildchen. *Zu laut, die Drecksau, für Gott. Aussortiert. Gloria in excelsis.*

Endlich kam Bewegung in den Fall. Vielleicht zuviel Bewegung auf einmal. Hier lag ein Motiv vor. Ein Motiv! Der Killer hatte seinem Kritiker auf direkteste Art geantwortet. Das würde nicht nur Schlagzeilen, das würde Verfilmungen nach sich ziehen.

Die Journaille überschlug sich mit erschüttert tuenden Nachrufen, mit Solidaritätsbekundungen für den toten Kollegen, wie verhaßt er den meisten zuvor auch gewesen war. Selbst überregionale Blätter stellten fallbezogene Berichterstatter ab. So bestürzt sich die Medien auch gaben, im Hintergrund war Jubel zu hören. Das alles auch noch im Sommerloch! Erste Vergleiche mit Jack the Ripper konnte man lesen.

Nabel wurde um sechs Uhr morgens herausgeklingelt. Er mußte ›*die ganze Scheiße*‹ ohne Lidias Hilfe durchstehen, hielt sich kaum auf den Beinen, delegierte, was zu delegieren möglich war, und verweigerte jedes Interview.

Kistners Leiche lag im Uferbuschwerk, mit dem Oberkörper im Wasser. An den Knöcheln waren Rattenbisse zu erkennen. Ein ungefährer Todeszeitpunkt wurde mit *vor Mitternacht* angegeben. Wäre Ahmed nicht so solariumsgebräunt gewesen, hätte man sehen können, daß es ihm nicht gut ging.

»Chef, das gefällt mir überhaupt nicht. Ich habe Kistner gestern mittag hier, genau hier getroffen. Hier, verstehst du? Hier, auf dem Boden, auf dem wir jetzt stehen.«

»Was du nicht sagst?«

»Das kann doch kein Zufall sein, oder?«

»Nö. Was weiß ich? Versuch mal, Kistners Terminplan zu bekommen, ja?«

Ahmed fuhr zum Verlag, stellte sich vor und sprach mit Kistners Assistentin. Es kam zu einer skurrilen Situation. Ahmed fragte, ob Kistner spät noch einen Termin gehabt habe.

»Ja doch«, sagte die verwirrte Frau Hagenbeck. »Was fragen Sie denn?«

»Mit wem und wo?«

»Na hören Sie mal, mit Ihnen!«

»Verzeihung, Sie haben mich nicht verstanden, ich meinte keine Termine *tagsüber*, sondern spät, spätabends.«

»Was? Wie bitte?«

»Ähmm …«

Ratloses Schweigen auf beiden Seiten.

Frau Hagenbeck griff hinter sich und öffnete die Mailablage, druckte das Mail aus, das Ahmed gestern um 17.07 Uhr in den Verlag gesandt hatte. Ahmed starrte lange darauf, versuchte zu verstehen, was er da las. Dann rief er Nabel auf dem Handy an.

»Chef, können Sie herkommen?«

»Was gibts?«

»Ganz große Dampfkacke. Es sieht so aus, als hätten wir einen dringend Tatverdächtigen.«

»Wen?«

»Mich.«

Anita, geborene Gräfin von Schönfels, verbrachte den Morgen in der Feinkostabteilung des KDW, dem mondänen und leicht überteuerten Kaufhaus des Westens am Wittenbergplatz. Für die nächste der monatlichen Soireen, die in ihrer Stadtvilla in Wilmersdorf stattfanden und sich bei den geladenen Gästen enormer Beliebtheit erfreuten, bestellte sie Wein und Spirituosen und verlangte vom Verkäufer etwas zur Abwechslung wirklich Originelles, anstelle der, wie sie es nannte, plumpen Einheitsware, mit der sie bisher beliefert worden war. Obwohl in Anitas Paß (ihr Gatte hatte bei der Hochzeit darauf bestanden) seit ein paar Jahren der hierzulande blasse Name *Tschutschelow* zu lesen war, hatte sie ihren wohlklingenden Adelstitel nie abgelegt, fungierte im täglichen Umgang weiterhin als Gräfin von Schönfels, verheiratete Tschutschelow, und genoß etwaig damit verbundene Vorteile, zum Beispiel den, ungestraft einen jungen Verkäufer zur Sau machen zu können, weil ihm nicht gleich etwas passend Extravagantes einfallen wollte. Das war aber auch dessen eigene Schuld. Es lag eigentlich nahe, der Gräfin von der Bergung des Schiffes *Esperanza* zu erzählen, das, mit einer Ladung Champagner an den Zaren von Russland an Bord, 1912 in der Ostsee gesunken war. Das KDW bot eine jener Flaschen für 700 Euro an, ein, angesichts der historischen Dimension, geradezu moderates Preis-Leistungs-Verhältnis. Anita zeigte sich dementsprechend versöhnt, als der Verkäufer doch noch darauf zu sprechen kam. Das würde Igor gefallen, Ruslan wohl auch. Zugleich orderte sie den seltenen weißrussischen Wodka, der, mit dem Saft junger Birken angesetzt, selbst profunde Wodka Kenner dazu bringen mußte, Loblieder zu singen. Der Verkäufer schien erst jetzt zu begreifen, daß er keine Angeberin vor sich hatte, er führte sie zu einer leuchtenden, abgeschlossenen Vitrine. Auf den Hennessy Ellipse, präsentiert in einer glitzernden Baccalat-Kristallkaraffe, 0,7 Liter für 5999,– Euro, verzichtete die Gräfin nach einigem Nachdenken, das Angebot schien ihr doch ein wenig zu dekadent, außerdem kannte sie Igors Einstellung zu Cognac nicht.

Danach wechselte sie in die Fleischabteilung und sah in eine Kühltruhe, prüfte das Sortiment. Von der anderen Seite sah sich David Pfeifer das frische Kalbfleisch an und flüsterte *hallo*, mit Betonung auf der zweiten Silbe.

Ohne die Begrüßung zu erwidern, vollführte die Gräfin von Schönfels eine dezente Geste, sie wedelte mit den Fingern der rechten Hand, woraufhin ihr Pfeifer ein Tütchen in die Kühltruhe legte, das sie mit zwei Fingern hochhob und in ihrem Prada-Handtäschchen verschwinden ließ. Pfeifer fand, daß Pradahandtaschen oft sowohl billig als auch kitschig aussahen, es stand ihm fern, zu begreifen, wie Damen der höheren Gesellschaft auf diesen Plunder hereinfallen konnten. Es ging ihn andererseits nichts an, und nie hätte er in irgendeiner Weise an seinen Kundinnen Kritik geübt. Mit der Zicke von Schönfels jenseits der üblichen Floskeln zu reden vermied er, wo es immer ging. Nur heute hatte er etwas zu sagen.

»Ümal ist einverstanden. Wenigstens nicht von vornherein abgeneigt. Unter gewissen Bedingungen.«

»Aha? Als da wären?«

Pfeifer kam sich mächtig vor. Und zugleich unsicher, da seine neue Position erhebliche Risiken barg, die bislang unüberschaubar blieben. Anita hatte von seinen Verbindungen zu den Türken gehört und ihn gebeten, ihm eigentlich mehr befohlen, diese für eine Kontaktaufnahme auszunutzen. Pfeifer war folgsam gewesen, der große Ümal hatte ihn empfangen, hatte ihm zugehört, hatte ihm schließlich gesagt, daß alles soweit bedenkenswert sei, bis auf Tschutschelow, den könne er nicht leiden. Und die Augen der Gräfin von Schönfels begannen zu leuchten. Ohne das Thema weiter zu verfolgen, bat sie mit knappen Sätzen Pfeifer darum, erneut anschreiben zu dürfen, sie trage wenig Bargeld bei sich, er zeige dafür sicher Verständnis. Pfeifer grummelte lächelnd was von wegen Verständnis gewiß, aber daß die Summe nun doch ganz beträchtlich geworden sei, er wagte es, dezent, mit aller gebotenen Höflichkeit zu fragen, bei welcher Gelegenheit sie denn jemals soviel Bargeld bei sich tragen würde.

»Wie bitte?« Die Gräfin, die noch vor nicht allzu vielen Jahren kaum in der Lage gewesen wäre, im KaDeWe ohne seelische Not auch nur einen Bleistift zu erwerben, stemmte in eher unaristokratischem Gestus beide Fäuste in die Hüften. Ihr Gesichtsausdruck war mit nahezu fassungslos zu umschreiben. Sie höre wohl nicht recht, was er sich einbilde, er solle sich hüten, mit ihr zu reden wie mit dem Geschmeiß auf der Straße. Pfeifer versuchte, abzuwiegeln, er habe das so nicht gemeint, auf keinen Fall, sie möge sich bitte beruhigen, er zweifle nicht an ihrer Liquidität. Aber letztere Feststellung schien die Gräfin nur noch mehr zu erbosen, sie nannte Pfeifer einen kläffenden Hund, der anscheinend vergessen habe, wo seine Hütte sei.

»Bitte, Anita ...«

»Für Sie immer noch Frau Gräfin! Wagen Sies nicht noch einmal, mich beim Vornamen anzusprechen! Soweit kams einmal und nie wieder!«

Der völlig verdatterte Pfeifer wußte nicht, wie ihm geschah. Diese Frau brachte das Kunststück fertig, sich gleich einer Wahnsinnigen zu echauffieren, ohne deshalb mit wilden Bewegungen oder zu großer Lautstärke Aufsehen zu erregen. Das Hysterische vermittelte sich einzig durch die Bewegung ihrer Augen und der rotgeschminkten Lippen Sie wirkte zugleich außer sich und dabei doch völlig kontrolliert, fast steif.

Er sei nicht länger vonnöten, ließ ihn die Gräfin wissen, sie werde fortan selbst mit Ümal reden, und jetzt solle er ihr aus den Augen gehen, aber plötzlich, ansonsten sie ihn hochgehen lasse. Sprachs und ließ Pfeifer stehen, drehte sich um, warf mit geübtem Schwung ihr Pradahandtäschchen vom Bauch auf den Rücken und stolzierte davon. Pfeifer fühlte sich nicht mehr mächtig, nur mißbraucht und gelinkt, aber irgendwie, als die Demütigung nach Stunden langsam abklang, auch erleichtert.

Wie sollte man das gegenüber der Presse behandeln? Nabel bat Frau Hagenbeck um absolute Diskretion. Gegen 15 Uhr erreichte er die wiedererwachte Lidia und bat sie dringend in den Verlag, nicht so sehr, weil er sie brauchte, sondern weil er die beispiellose Angelegenheit gewissermaßen mit ihr teilen wollte.

»Also, Frau Hagenbeck, nochmal: Sie sagen, Sie haben ein Mail erhalten. Absender: Mueller-Dogan@gmx.de. Ahmed, hast du dieses Mail verschickt?«

»Nein, natürlich nicht, Chef.«

»Ich nehme an, es gibt nicht allzu viele Müller-Dogans in dieser Republik. Daß es sich um einen Namensvetter handelt, kann wohl ausgeschlossen werden. Weiterhin nehme ich an, daß sich jeder unter dem Namen Müller-Dogan bei gmx.de anmelden darf, ohne daß da irgend etwas nachgeprüft wird.«

»Klar, Chef.«

Der Fall nahm eine brisante Wendung. Eine sehr brisante.

»Frau Hagenbeck, würden Sie uns einen Moment entschuldigen?«

»Bitte sehr!« Die schon über fünfzigjährige, dickliche und resolut wirkende Frau blieb auf ihrem Drehstuhl sitzen. Stille Tränen kullerten aus ihren Augwinkeln.

»Ich meine, würden Sie so freundlich sein und das Zimmer für einen Moment verlassen? Wir rufen Sie dann wieder herein. Und bitte: Keine Äußerungen gegenüber der Presse.«

Frau Hagenbeck räumte ihren Arbeitsplatz nur unter Seufzen,

Schluchzen und Murren; gerade als sie das Zimmer verließ, trat Lidia durch die Tür.

Nabel erklärte ihr mit wenigen Worten den jüngsten Stand der Dinge, behandelte sie ansonsten wie eine Zuspätgeborene, der das Entscheidende leider entgangen war. Insgeheim, also sehr tief in seinem Inneren, war er wütend, weil Lidia ihre Telefone, Festnetz wie Handy, ausgesteckt bzw. ausgeschaltet und ihn im Stich gelassen hatte.

»Ahmed, denk nach: Der Mörder hat dich bzw. deinen Namen dazu benutzt, Kistner an den Tatort zu locken. Wie kann das sein?«

»Jemand muß uns zusammen gesehen haben«, schlug Ahmed kleinlaut vor.

»Unwahrscheinlich, aber nicht völlig unmöglich. Ich meine, daß euch irgendwer zusammen sieht, ist nicht unwahrscheinlich, aber ausgerechnet der Mörder? Es sei denn, er hätte Kistner oder dich observiert.«

»Naja«, stotterte Achmed, »für mich ergibt das Sinn. Der Killer hatte Kistner auf dem Kieker, weil der ihn zur Sau gemacht hat, er hat ihn beobachtet und verfolgt und hat mich mit ihm zusammen gesehen. Und dann – dann hat er dieses Mail geschrieben, dessen Text geschickt gewählt ist, finde ich. Es macht neugierig, ganz unabhängig davon, wie unser erstes Gespräch verlaufen ist.«

»Woher«, warf Lidia ein, »wußte er deinen Namen?«

»Hmm. Vielleicht hat er danach *mich* verfolgt.«

Lidia und Nabel sahen sich an und zogen Fratzen.

»Das ist ne Räuberpistole.« Nabel tat den Vorschlag ab.

»Es sei denn«, meinte Lidia, »der Mörder hat Ahmed gekannt. Das ist nicht *völlig* unwahrscheinlich. Wenn er schon mal mit dem Gesetz zu tun hatte, kann es sein, daß …«

»Jaja, kann sein. Aber ein großer Zufall wäre es doch.«

»Hmm.«

»Hmm.«

Ein paar Minuten lang herrschte intensives Schweigen im Raum. Dann schnalzte Nabel mit der Zunge und ließ Frau Hagenbeck wieder hereinkommen und Platz nehmen.

Ob Kistner das Treffen mit Herrn Müller-Dogan irgendwo notiert habe?

Selbstverständlich, Herr Kistner habe streng Buch geführt und sich jede Taxiquittung bezahlen lassen.

»Hat er das schriftlich gemacht?«

»Wie soll man denn sonst Buch führen?« Die arme Frau begann erneut zu weinen und entschuldigte sich mit Gesten für ihren zu unwirsch geratenen Einwand.

»Jaja, schon gut, ich meine: in welcher Form schriftlich? Handschriftlich, getippt, PC?«

»Er hat mir das diktiert, nicht wahr, und wenn ich Zeit dazu hatte, hab ichs in den PC getippt.«

»Und? Hatten Sie die Zeit?«

»Ja, sicher.«

»Würden Sie uns das einmal zeigen? Die Datei?«

Frau Hagenbeck zögerte, dann tippte sie das Paßwort ein, so schnell, daß ihren Fingern kein Auge folgen konnte. »Hier bitte: sein persönlicher Ordner mit Terminplan.«

»Verzeihung: Sagen Sie mir das Paßwort bitte?«

»Muß ich das?«

»Ja, das müssen Sie.«

Frau Hagenbeck setzte einen Blick auf, als habe man von ihr gefordert, den Toten posthum zu verstümmeln.

»Also gut: *Samantha*. Er stand früher mal auf Samantha Fox, wissen Sie …«

»Er hatte bestimmt aber auch eine noch persönlichere Datei, zu der nur er selbst das Paßwort wußte?«

»Ja, wahrscheinlich. Da kann ich Ihnen allerdings nicht weiterhelfen. Dieses Paßwort hat er mit ins Grab genommen.«

»Vorerst nur in die Kühlkammer.«

»Was?«

»Nichts. Frau Hagenbeck, halten wir fest: Es gibt eine Datei, mit Paßwort *Samantha*, da steht der Name Ahmed Müller-Dogan drin.«

»Ja.«

Nabel telefonierte mit dem Revier und ließ zwei Leute kommen, die Kistners beschlagnahmten PC abholen sollten. Dies rief bei der dicklichen Frau harsche Proteste hervor. Ihr wachsgelbes Gesicht verfärbte sich tiefrot, sie hämmerte mit Fäusten auf den Schreibtisch.

»Das dürfen Sie nicht! Sowas geht gegen die, die Presse-, die Journalisten-, die Gedankenfreiheit, was auch immer.«

Nabel schüchterte die Dame ein. »Doch, liebe Frau, bei ermordeten Journalisten dürfen wir das.«

»Ich werde dies auf jeden Fall umgehend in der Chefetage melden. Umgehend.«

»Bitte sehr. Vielen Dank für Ihre Hilfe. Ich bin sicher, daß Sie ebenso an der Aufklärung des Falles interessiert sind wie wir. Oder etwa nicht?«

»Werden Sie nicht gemein, Sie …«

Nabel wartete, bis die beiden Beamten eingetroffen waren. Frau Hagenbeck telefonierte derweil mit dem Ressortchef und erklärte ihm die Lage. Er kam sofort und entschied, daß die Polizeiarbeit durch nichts behindert werden solle. Fortan gab die nun wieder wachsgelbe Dame, wenn auch tief beleidigt, Ruhe. Bevor sie weinend zusammenbrach und Klagelaute ausstieß, die wer weiß welches Tier nachzuahmen versuchten.

Abends gab es eine Besprechung, zu der auch Seidel stieß, mit durchgeschwitzem Hemd, sichtlich erregt und verwirrt. Man mußte ihm alles zweimal erklären. Bisher hatte es keine Pressekonferenz gegeben, und die Medienvertreter lungerten wie Zombies um das Revier.

Nabel blühte zusehends auf und sprach davon, daß der Mörder einen Fehler begangen habe, daß man endlich in die Phase der Vorwärts-Ermittlung eingetreten sei. Das könne man der Presse mitteilen, auf Details solle man vorerst verzichten. Der Tod des Kolumnisten war sogar der Tagesschau anderthalb Minuten Sendezeit wert.

Seidel schien überaus nervös. Kistners tragisches Ende sei schließlich eine Folge der Kontaktaufnahme durch Ahmed gewesen, man müsse schwer aufpassen, daß hier keine seltsamen Gerüchte entstünden, er sehe die Schlagzeile schon vor sich: *Was hat die Polizei zu verschweigen?*

»Also, lieber Herr Doktor Seidel, für mich ist alles klar ...«

»Was?«

»Ganz klar: Der Mörder ist ...«

»Wer?«

»Frau Hagenbeck.«

Alle, bis auf Seidel, brachen in Gelächter aus.

»Ich verbitte mir solche Scherze.«

»Verzeihung, tut mir wirklich leid, in Wahrheit ist natürlich Ahmed der Mörder, wir sollten ihn in U-Haft nehmen.«

Das wiederum fand Ahmed nicht lustig.

Seidel herrschte Nabel an, mit diesen Kindereien aufzuhören. »Was passiert jetzt, sagen Sies mir!«

Nabel deutete auf Kistners PC. Lidia solle den in den kommenden Tagen und Wochen auswerten. Ahmeds Kontaktaufnahme zu Kistner könne man schwerlich geheimhalten, man solle der Presse mitteilen, Kistner habe sich bedroht gefühlt und von sich aus Schutz bei der Polizei gesucht, das könne nie ganz falsch sein, denn jemand wie Kistner habe sich bestimmt immer von irgendwem bedroht gefühlt.

»Gut.« Soweit war Seidel einverstanden.

Nabel begann über das Paßwort *Samantha* nachzudenken. Schon ein ganz gutes Paßwort, von der Länge her, allerdings kein ideales Paßwort, da es vermutlich in irgendeinem Wörterbuch zu finden sei und nur aus Buchstaben ohne dazwischengestreute Ziffern bestehe.

»Für Hacker ist das leicht knackbar. Was meinst du, Lidia?«

»Deiner Meinung. Die lassen Programme mit allen Begriffen und Eigennamen laufen, so lange, bis die Tür sich öffnet. Und mit Eigennamen von Frauen fangen die bei männlichen Usern selbstverständlich an. Der Hack hat wahrscheinlich keine drei Minuten gedauert.«

»Ich glaube, daß Lidia recht hatte, als sie den Täter im Profil intelligenter einschätzen wollte als ihre Kollegen.

Ich glaube, daß der Täter Ahmeds Namen aus Kistners Computer hatte.

Das bedeutet, er besitzt Hacker-Knowhow.«

»Entschuldigung, aber –« Seidel wußte über Computer so gut wie nichts, deswegen fürchtete er, seine Einlassung könne peinlich wirken. »Ist es denn möglich, daß jemand einfach so die Schweinezeitung anzapft?«

»Mit der Schweinezeitung hat das nix zu tun. Vielleicht wird das

Paßwort zu Kistners Geheimdatei komplizierter zu knacken sein. Aber mit genügend Zeit kriegen wir auch das hin. Oder?«

Die Frage richtete Nabel an Lidia, die erst eine vieldeutige Grimasse zog, dann nickte. »Bessere Hackprogramme als unsere gibts nicht.«

»Schön«, meinte Seidel und strich sich nicht existente Krümel vom Jackett, »dann geben wir jetzt eine Pressekonferenz? Und geben uns siegessicher?«

»Ja«, bestätigte Nabel. »Danach Feierabend.«

Die Pressekonferenz verlief chaotisch. Seidel machte sich wichtig und tat so, als wäre der Täter praktisch überführt, man müsse nur den »elektrischen Zugang« zu Kistners PC nachverfolgen, was eine Sache von Stunden, höchstens Tagen sei. Nabel mußte ihm vor allen Leuten widersprechen, um die Polizei nicht als völlig verblödet dastehen zu lassen, es gebe schließlich Programme, mit deren Hilfe man den Zugang zum Internet zumindest stark verschleiern, sogar, praktisch gesehen, anonymisieren könne. Bei der Aufklärung würde es sich also mehr um Wochen als um Tage oder Stunden handeln, aber man habe eine klare Spur und verfolge diese konsequent.

Ein Vertreter des Kälberjournals wollte wissen, ob es stimme, daß Kistner sich zweimal mit einem Polizisten getroffen habe, davon einmal zur Tatzeit.

»Nein, das ist so nicht richtig.«

Frau Hagenbeck hatte natürlich geplaudert, wie nicht anders zu erwarten. Nabel dachte, daß die Polizeiarbeit um einiges einfacher wäre, wenn es nur Ermittler, Täter und Opfer gäbe. Und nicht so viele mitteilungsbedürftige Zaungäste.

Lidia fuhr ihn heim. Beide waren derart geschafft, daß während der Fahrt keinerlei Smalltalk zustande kam. Als er ausstieg, sagte Lidia: »Du warst heute richtig gut.«

Den Satz nahm Nabel wie einen Bund roter Rosen mit hinauf in seine Wohnung. Ohne noch ein auch nur kleines Gläschen Wein zu trinken, fiel er ins Bett.

Beim Einschlafen dachte er daran, daß im Grunde nichts erreicht war, nur ein Ansatz war gegeben. Alles so kompliziert. Aber, und das war sein letzter Gedanke, bevor der Schlaf ihn überkam – umso komplizierter alles scheint, desto einfacher ist es meist. Naja. Manchmal.

Die Schlagzeilen anderntags fielen fast so verheerend aus, wie Seidel befürchtet hatte.

Toter Starreporter von Polizei zum Tatort gelockt?
Dubiose Verstrickungen eines Polizisten.
Hat die Polizei etwas zu verschweigen?
Bekam Kistner keinen ausreichenden Schutz?

Ausgerechnet die Schweinezeitung blieb relativ moderat, erschien mit Trauerflor und der Zeile:
Tod eines Unerschrockenen.

Ahmed sah sich in der Wohnung Kistners um, nahm sich dessen zwei Notebooks mit. Später wurde festgestellt, daß sie dieselben Dateien enthielten wie der Büro-PC, nur nicht die neuesten Updates.

Kistner besaß eine wunderschöne Penthousewohnung in Mitte, mit Whirlpool unter Plexiglasdach, Ausblick auf den Gendarmenmarkt und insgesamt vier (!) kleinen Wintergärten. Es fand sich sonst kaum Interessantes. Kistner hatte keine Hinterbliebenen zurückgelassen, ein Testament ebensowenig. Wie so viele seines Schlages schien er sich für unsterblich gehalten zu haben.

Nabel nahm sich nochmal Frau Hagenbeck vor. Wollte wissen, woran Kistner zuletzt gearbeitet habe. Die Frau konnte ihm kaum in die Augen sehen, sie war von den Reportern unter Druck gesetzt worden, mit sicher nicht unerheblichen Summen.

Kistner sei überall gleichzeitig gewesen, habe Augen hier und Ohren dort gehabt, immer auf der Jagd nach dem Detail, ein obsessiver Wühler. In Vorbereitung bzw. auf Halde lagen einige Klatschgeschichten, die auf den passenden Anlaß warteten, gedruckt zu werden.

Kistner habe ihr nicht alles erzählt, eigentlich nur sehr wenig, er sei ein tief mißtrauischer und, was kaum jemand wußte, sensibler Mensch gewesen. Manchmal habe er Andeutungen gemacht, welches Chaos er lostreten könnte, wenn ihm alles egal wäre, sein Lieblingsausruf sei gewesen: *›Sumpf und Hölle!‹*

»Haben Sie ihn gemocht?«

Frau Hagenbeck zog ihre Stirn in noch mehr Falten. »Natürlich hab ich ihn gemocht. Gut, er konnte manchmal sehr herrisch sein und jähzornig. Dann wieder ganz sanft und zuvorkommend. Jimmy hatte Angst, Angst vor dem Alter, wissen Sie? Angst, die Lust und die Leidenschaft zu verlieren, die *innere Rakete*, wie er das nannte. Angst vor der Altersmilde. Dabei war er gerade fünfzig.«

»Verstehe. Er hatte sicher viele Feinde?«

»Nein, gar nicht so sehr. Er war schnell zu Versöhnungen bereit, und wissen Sie, nicht wahr, es bedeutete eine gewisse Ehre, von ihm angegriffen zu werden. Wenn er irgendwann zu weit gegangen war, merkte er das und fuhr einen Schmusekurs. Das Spiel, wenn Sie so wollen, beinhaltete ja, daß er es sich mit niemandem völlig verdarb. Bestimmt gab es Menschen, die so eitel waren, daß sie mit ihm grundsätzlich nichts zu tun haben wollten, dafür zeigte er letztendlich Verständnis und fast so etwas wie Respekt. Zuwider waren ihm schleimerische Halbpromis, die um seine Gunst warben, das konnte er nicht ab. Er hatte ein untrügliches Gespür für Stil und konnte seine Feinde bewundern, solange sie Haltung bewahrten.«

Nabel hörte der Heiligsprechung gelangweilt zu, machte nur wenige Notizen und fuhr aufs Revier zurück.

Taucher suchten den Kanal nach dem schweren Gegenstand ab, mit dem Kistner durch stumpfe Gewalt außer Gefecht gesetzt worden war, bevor man ihn ertränkt hatte. Eine übertriebene Maßnahme, aber man wollte sich nicht untätig zeigen. Wie durch ein Wunder fand man in drei Metern Entfernung vom Ufer den Ziegelstein, sogar mit Hautfetzen des Opfers daran, aber der Ziegelstein war ein Ziegelstein, auf keine Weise spezifizierbar.

Lidia war dabei, die Daten von Kistners PC auf einen anderen PC zu laden, für alle Fälle.

Der Täter hätte zwar ein enormes Hacker-Knowhow haben müssen, um in destruktiver Weise auf die Daten der Festplatte einzuwirken, aber sicher war sicher.

Jede Menge heruntergeladene Pornobildchen mußten gesichtet werden. Es fand sich darunter nichts Abartiges oder Verbotenes. Es gab nur drei codierte Word-Dateien, die Lidia an die um Hilfe gebetenen Spezialisten vorn BKA sandte und schon nach wenigen Stunden entschlüsselt zurückbekam.

Nabel befahl ihr, das alles mal ausdrucken zu lassen, er wolle sich damit beschäftigen, aber nicht am Bildschirm, da bekomme er Kopfschmerzen.

Lidia ließ die knapp 4000 Seiten ausdrucken, was sich über Stunden hinzog. Inzwischen wurde das Täterprofil in Lidias Sinne verändert.

Gloria in excelsis. Wer *excelsis* richtig schreibt, ist nicht ganz ungebildet.

Das könne der Täter doch einfach nachgesehen und abgeschrieben haben, warf Nabel entrüstet ein. Natürlich, antwortete Lidia, aber wenn man nur winzige Anhaltspunkte habe, müsse man eben von denen ausgehen. Nabel schüttelte den Kopf. Er hielt das für Küchenpsychologie nach Vorschrift, wollte Lidia jedoch nicht kränken.

Gegen 22.30 ließ er sich von Ahmed an den Kanal fahren, er wollte sich davon überzeugen, daß man vom anderen Ufer aus nicht viel sehen konnte, und dem war tatsächlich so. Hinten in Ahmeds Wagen lagen die 4000 Seiten. Ahmed half dabei, sie in Nabels Wohnung hinaufzuschleppen.

»Willste das wirklich alles durchackern, Chef?«

»Nee. Muß.«

»Soll ich dir helfen?«

»Schon gut. Danke dennoch. Sag im Revier Bescheid, daß ich morgen was später komm.«

»Klar, Chef.«

Die Aufgabe erwies sich als gar nicht so schwer. Zwei Dateien waren betitelt mit Dossier A–K und Dossier L–Z. Nicht gerade Sprengstoff, aber unappetitlich. Hier waren von über siebentausend Prominenten, die meisten aus Deutschland, Karteien abgelegt, mit biographischen Daten und Sonderinformationen, die teilweise Intimstes festhielten, gut Vergessenes ebenso wie künftig noch Verwertbares. Stand ein Fragezeichen dahinter, mußte es sich um wilde, bislang unbewiesene Spekulationen handeln. Manches war albern, anderes verfänglich, einiges durchaus justiziabel. Einmal hieß es, der Schiedsrichter H. unterhalte Kontakt zur kroatischen Mafia, ein andermal, der Kolumnist K. liebe es, von Knaben in HJ-Uniform ausgepeitscht zu werden, oder, ein harmloses Beispiel, Schauspielerin P. leide unter starkem Harndrang und müsse am Set alle zwanzig Minuten Pinkelpause machen.

Nabel konnte die Dossiers nur überfliegen, aber er fühlte sich als ihr neuer Besitzer amüsiert und mächtig. Wer weiß, wozu ihm das in der Zukunft noch dienen konnte. Sogar seinen eigenen Namen fand er darin. *KHK Nabel. Hängt an der Flasche. Geschieden von Anna N. – seither bindungslos und beruflich desorientiert. Zyniker. Hang zum Sentimentalen. Zur Mordkommission gewechselt aufgrund übertriebener emotionaler Opferidentifikation beim Dezernat Raub und Erpressung.*

Nabel wurde bleich und erhob sein Glas Chianti auf den Mörder. »Grazie!«

Die beiden Dossiers umfingen etwa 3800 Seiten. Die dritte Datei war *T. V. B. T.* betitelt und nicht so leicht zu begreifen. Hier standen Abkürzungen von Namen, FP, HK, LZ, AC, JI usw. neben Ziffern, die irgendwas bedeuteten, und Ziffern, die man leicht als Datierungen deuten konnte, z. B. 10/01/02.

Am Ende der Datei fand Nabel eine Liste mit Vornamen und abgekürzten Nachnamen.

Über der Liste stand, in Fettschrift: **Krüge**.

Nabel ging die Liste, es war kurz vor fünf Uhr morgens und schon hell, vorm Schlafengehen durch, sie enthielt an die hundert abgekürzte Namen, manche mit einem Kreuz oder einem Buchstaben dahinter, zum Beispiel R. M. – +. oder M. F-c.

Das sagte ihm nichts, aber instinktiv fühlte er, daß diese Liste von enormer Wichtigkeit war.

Stand da etwa Kai N.? Nein, zum Glück nein, aber Lidia R. KOK.

Nabel beschloß, auf Schlaf in dieser Nacht zu verzichten. Der Alkohol indes stützte sich väterlich und schwer auf seine Schultern und legte ihm nahe, den Beschluß zu überdenken.

Lidia hatte nunmal das Pech gehabt, einen italienischen Vater zu haben, der sie Lidia, nicht Lydia getauft hatte, eine recht seltene Schreibweise, und sie war eine KOK, eine Kriminaloberkommissarin. *Keine vorschnellen Schlüsse*, ermahnte sich Nabel, *keine vorschnellen Schlüsse.*

Ihm wurde schlecht. Stand Lidia tatsächlich auf Kistners Informantenliste? Und wenn? Würde er sie deshalb weniger lieben? Er erfand bereits passable Entschuldigungen für ihr Handeln, den bitteren Geschmack auf der Zunge wurde er davon nicht los. Viel schlimmer war, daß er sich rasender Kopfschmerzen erwehren mußte, denen auch drei Gläser Single Malt Whiskey nichts entgegensetzen konnten. Im Gegenteil.

Ahmed, als Jüngster im Team, nahm sich die Hackerszene vor, wobei er sich kaum an einen Fall erinnern konnte, in dem ein Hacker als Gewaltkrimineller aufgefallen wäre. Diese Stubenhocker und Bildschirmnerds waren gewöhnlich, selbst wo sie bösartig waren, quasi an ihren Tastaturen festgeschraubt und mieden überflüssige Frischluftzufuhr.

Das mache die Sache doch nur einfacher, meinte Nabel, um nach der einen großen Ausnahme zu suchen.

Die Schweinezeitung schickte ihren Staranwalt Dr. Kessler aufs Revier, der darauf hinwies, daß die persönlichen Aufzeichnungen Jimmy Kistners, wo sie in keiner Verbindung zum Mordfall stünden, höchster Diskretion unterliegen und nach Sichtung unter Verschluß bleiben müßten. Da ein Testament fehlte, war es nicht leicht, einen Rechtsnachfolger zu ermitteln. Kessler argumentierte, die Dateien, sofern sie sich auf dem Bürocomputer von Kistner befänden, seien Eigentum der Schweinezeitung. Sie den Behörden zu überlassen sei reine Kulanz, die keinesfalls ausgenutzt werden dürfe. Der Chefredaktion schwante wohl, welcher Vorrat an Dreck hier in zwanzig Jahren angesammelt worden war. Kessler hatte Angst, ein korrupter Polizist könne Material Kistners an ein Konkurrenzblatt verticken, das sagte er zwar nicht in diesen Worten, er drückte sich diplomatischer aus: »*... wollen wir, daß der Zugang zu den Dateien wenigen bewährten und vertrauenswürdigen Beamten vorbehalten bleibt.*«

Nabel beruhigte ihn. Es gebe hier nur bewährte und vertrauenswürdige Beamte, für die er beide Hände und Füße ins Feuer legen könne.

Die Aussprache mit Lidia schob er ein paar Stunden vor sich her, dann nahm er sich ein Herz und Lidia bei der Hand, schloß die Bürotür und schnaufte tief durch.

»Mädchen.«

»Mann?«

»Es gibt ein Problem. Würdest du mir helfen?«

»Wo ich kann.«

»Setz dich. Sag mir bitte, ob und wenn welche Verbindungen du zu Kistner hattest.«

Lidia reagierte nachdenklich, sah zur Zimmerdecke, kratzte sich an der Wange.

»Ich hab manchmal seine Kolumne gelesen.«

»Überleg noch mal.«

»Okay … ich überlege. Nein, da ist nichts weiter, Kai, was willst du?« Sie beugte sich vor, das Kinn auf den Handrücken gestützt. Das gehörte nicht gerade zum Gestenkatalog von jemandem, der sich ertappt fühlt oder beengt. Aber das wußte sie selbst natürlich viel besser als er.

»Ich habe gestern in den Ausdrucken eine Liste gefunden und weiß nicht, was sie bedeutet. Dein Name taucht darin auf. Gut, nicht dein ganzer Name, aber Lidia R. KOK, ich gehe davon aus, daß du das bist.«

»Davon habe ich keine Ahnung, Kai, ehrlich. Wenn ich lüge, will ich dich heiraten.«

Nabel mußte grinsen und gab die strenge Haltung auf, zu der er sich gezwungen hatte.

»Also schön, hier ist die Liste, erklär mir das bitte.«

Lidia sah sich die Liste an, lange, schweigend. Hinter manchen Namen standen Datumsangaben. Hinter ihrem eigenen nicht.

»Ich muß passen. Sorry.«

»Streng dich an, Mädchen.«

»Tu ich, Mann.«

Für einen Moment kippte die Stimmung ins Unangenehme. Plötzlich kam Nabel sich arrogant vor, seine Kollegin einem Verdacht auszusetzen, der, näher betrachtet, auf nichts gründete als einigen Abkürzungen.

»Die Datei ist überschrieben mit T. V. B. T. Was kann das sein?«

»Weiß ichs? TV Berlin, Türkenkanal. Keinen Schimmer.«

»*Krüge*. Was sagt dir das?«

»Gehen so lange zum Brunnen, bis sie brechen?«

»Naja ...«

»Warte mal. Kai.«

»Was?«

»Schau mal«

Lidia zeigte auf einen Eintrag. *David P. PM.*

»Ich kenne einen David P. Polizeimeister.«

»Wer ist das?«

Lidia setzte ein gequältes Gesicht auf. »Behältst du das für dich?«

»Solang es irgendwie geht, Lidia.«

»Das ist wirklich nicht leicht für mich, Kai, David ist in Ordnung, bitte, du mußt mir das glauben ...«

»Ich glaube dir alles, du mußt mich nur überzeugen.«

»David hat mir mein Koks geliefert. Können wir seinen Nachnamen da raushalten? Bitte, ich sehe hier lauter Abkürzungen für Prominente. Ein Kreuz dahinter bedeutet vielleicht, daß derjenige tot ist, ein c könnte für clean stehen, Kai, das ist eine Liste von Drogenkonsumenten. Ich weiß wirklich nicht, wie Kistner von mir erfahren hat, ehrlich, bitte, glaub mir, was wir hier besprechen, kann mich meinen Job kosten, ich häng an meinem Job, ich würde dir alles sagen, alles, was ich weiß, nur, bitte, vertrau mir!«

Nabel sank tief in seinen Sessel und war einen Moment lang nicht mehr Herr seiner selbst, so sehr hatte ihn Lidias Flehen berührt, einerseits pathetisch, andererseits fast peinlich. Er stand vor der Entscheidung, Lidia zu vertrauen oder, ein für alle Mal, die Dinge zu trennen, die Dienstpflicht von der Liebe und die Berufsauffassung vom Gefühl. Konnte es sein, daß Lidia verlogen und rücksichtslos war? Nabel kämpfte darum, einen klaren Gedanken zu fassen.

»Schön. Ich vertraue dir. Auf Teufel komm raus, wenn die Hölle gefriert. Und wenn du mich angelogen hast, mußt du mich heiraten.«

»Abgemacht.«

»Wer ist dieser David P.? Hast du was mit ihm?«

»Nee. Er wollte zwar, aber ich wollte nicht.«

»Sag mir seinen vollen Namen. Bitte.«

»David Pfeifer. Fährt Streife. War früher beim Drogendezernat, dann mußte er wechseln. Laß ihn in Ruhe, ja? Ich hab die Verbindung zu ihm gekappt. Er hat mir das Koks immer weit unter Marktpreis verkauft.«

Nabel holte noch einmal tief Luft. »Sumpf und Hölle!«

»Was?«

»Lidia, begreifst du, auf welchem Pulverfaß wir hier sitzen? Die Datumsangaben hinter den Namen – Kistner hat Buch geführt, wer hier wann beliefert wurde.«

»Aber – entschuldige, das hat doch mit unserem Fall gar nichts zu tun. Kann uns egal sein.«

»Ja?« Nabel hörte sich den Einwand an, wie jemand, der gerade aus einem Alptraum aufwacht und feststellt, es war nur ein Traum. »Mag sein. Vielleicht. Entschuldige. Ich funktioniere nicht mehr richtig. Sag mir, was soll ich mit diesen Dateien nun machen? Untern Tisch fallen lassen geht nicht.«

»Nein, aber daß das was mit Drogen zu tun hat, zu tun haben könnte, hab *ich* dir erzählt. Da wärst du von selbst nie drauf gekommen.«

»Ist ja auch noch gar nicht restlos klar. Nur eine Theorie. Okay, ich stell mich doof. Die Dateien bleiben erstmal unter Verschluß. Nun beruhige dich wieder.«

Lidia zitterte. Man sah es, wenn man ihre gepflegten Fingernägel betrachtete.

Jemand klopfte an die Tür.

Nabel legte den Finger auf die Lippen und ging öffnen. Draußen stand Ahmed.

»Hab ich euch beim Koitieren gestört?«

»Klappe, ja? Gibts was Neues?«

Ahmed verneinte. Kein in dieser Stadt verurteilter Hacker sei in den letzten Jahren durch physische Gewalt auffällig geworden, jedenfalls nicht über kleine Schlägereien hinaus.

»Sag mal, sagt dir Tevaubete etwas?«

»Nö. Was soll das sein?«

»Nur ne Frage.«

»Meinst du vielleicht Tivibiti?«

Nabel wurde kleinlaut. »Schon möglich, warum?«

»Die spielen diesen Monat in der Columbiahalle.« Ahmed vollführte ein paar Tanzschritte.

»Echt? Würdest du uns vielleicht in den Stand der Gnade setzen?«

»Womit?« Ahmed rieb sich den Bauch.

»Tivibiti. Was ist das?«

»Ne Hip-Hop-Band. Schwer angesagt.«

»Danke. Ist das eine Abkürzung oder wie?«

»The Very Big Thing. Seit wann interessierst du dich für sowas?«

Am nächsten Tag besuchte Nabel erneut Frau Hagenbeck.

Kein Testament, keine letzte Verfügung. Kistner mußte sich extrem sicher fühlen, wenn er ein *very big thing* laufen hatte und es nicht für nötig fand, irgendwo etwas zu hinterlegen.

Nabel rief Dr. Dr. Ewers an. Die Obduktion hatte ergeben, daß der Tote zu Lebzeiten zwar regelmäßig, doch nicht übertrieben viel Kokain konsumiert haben mußte, über einen längeren Zeitraum hinweg.

Was zu erwarten gewesen war, schließlich wollte Kistner Zugang zu den Kokskreisen der Society erhalten. Das konnte man gutwillig unter *Recherche* abbuchen.

Auf die Frage, ob sie etwas über Kistners Verhältnis zu Genußgiften aller Art wisse, reagierte Frau Hagenbeck abweisend, darüber sei ihr ja nun gar nichts, nein, überhaupt nichts bekannt.

Konfrontiert mit dem Obduktionsbericht, meinte sie recht schnippisch, ein Pathologe könne in einen Menschen hineinsehen, sie leider nicht.

»Und er hat nie von einem großen Ding, ich meine, Projekt geredet, das er am Laufen hatte?«

»Nein. Ich war nicht seine Geliebte, nur seine Schreibkraft.«

»Wer war denn seine Geliebte?«

»Die Arbeit.« Frau Hagenheck sagte es mit denn Brustton der Überzeugung, es kam einer Fanfare gleich.

Nabel bemerkte, daß im Büro ein Foto des Toten hinter Glas hing.

»War er vielleicht schwul? Oder bi?«

»Woher soll ich das wissen?«

»Na, ein bißchen was müssen Sie doch wissen.«

Die Frau wehrte sich nach Kräften, mit Händen und Füßen, Gedanken und Worten. Nabel zielte auf ihre Eitelkeit und meinte, daß sie so gar nichts wisse, lasse einzig den Schluß zu, Kistner habe keinerlei Vertrauen zu ihr gehabt. Dies wollte sie denn doch nicht auf sich sitzen lassen.

»Es gibt, es gab Gerüchte, gut, nur Gerüchte, daß er gerne … ach … Frauen, junge Frauen von der Straße … das wurde hie und da kolportiert. Mehr weiß ich wirklich nicht. Er war ein gradliniger Mensch.«

»Sie meinen: beziehungsunfähig?«

»Nein, wieso? Beziehungsfaul, das vielleicht. Ich sag Ihnen mal was ins Gesicht, Herr Kommissar! Sie mochten Jimmy nicht, und jetzt versuchen Sie, ihm was anzuhängen. Jetzt, wo er sich nicht mehr wehren kann. Das finde ich erbärmlich.«

Nabel ließ Kistners Penthouse nochmal durchsuchen, gründlicher diesmal. Man fand in einem Versteck im Bad ein Heftchen mit zwei Gramm Kokain, gerade wenig genug, um vermutlich unter die Geringfügigkeitsgrenze zu fallen. Allerdings wurde an dem Koks ein erstaunlich hoher Reinheitsgrad festgestellt. Das war kein gewöhnlicher Stoff von der Straße.

Dr. Seidel ließ sich jeden Tag über den Fahndungsfortschritt Mitteilung machen. Das BKA arbeitete daran festzustellen, von welcher Adresse aus Zugriff auf Kistners PC genommen worden war, aber der Täter hatte keine Anhaltspunkte hinterlassen. Seine Spurenverwischprogramme mußten erklassig und auf allerneuestem Stand gewesen sein.

»Dann gibt es also keinen Fortschritt?«

»Kann man so nicht sagen.« Nabel berichtete von dem Koks mit dem hohen Reinheitsgrad.

»Na und? Was hat das mit dem Mord zu tun?«

»Vielleicht nichts.«

»Nabel, ich sag Ihnen was, lassen Sie die Toten ruhen, was Drogen betrifft. Das bringt nur die Schweinezeitung gegen uns auf. Stellen Sie sich vor: die würden bestimmt nicht gerne Schmutz über einen ihrer toten Helden schreiben müssen. Nichtmal die würden das gerne tun. Ich sehe nicht, was ein bißchen Schnee mit diesem durchgeknallten Killer zu tun haben könnte.« Seidel war ein Nervenbündel und versuchte erst gar nicht mehr, seinen Zustand vor irgendwem geheimzuhalten. Nabel beschloß, ihn weitestgehend zu ignorieren. Durch diesen simplen Kunstgriff wurde die Welt gleich viel erträglicher.

Abends schwenkte Nabel Selbstzweifel, aufgelöst in einem guten Schluck Sassicaio, langsam hin und her im Mund. Womöglich war der ganze Ansatz falsch und führte zu nichts. Aber es gab keinen anderen, der deswegen vernachlässigt worden wäre.

Er beschloß, David Pfeifer aufzusuchen, heimlich, ohne Lidias Wissen. So von Kollege zu Kollege. Nach Feierabend. Nabel besaß immerhin einen plausiblen Vorwand.

Also zog er sich nochmal an und fuhr mit dem Taxi zu Pfeifers Wohnung, die nicht weit entfernt lag, Gneisenau- Ecke Schleiermacherstraße.

Pfeifer war zu Hause und öffnete per Summer. Nabel stellte sich mit Namen und Dienstgrad vor, er sei aber privat hier, in einer vertraulichen Angelegenheit. Er wolle sich unterhalten, ohne daß das gleich offiziell werden müsse.

Pfeifer war ein schlaksiger Typ, bleich, mit dünnem Hufeisenschnurrbart. Man hätte ihn sich gut in schwarzem Leder vorstellen können, mit Schirmmütze, protzigem Hodenschutz und Motorradstiefeln. Allerdings hatte Lidia behauptet, er habe sie angebaggert. Pfeifer wirkte nervös, kaute ständig auf seiner Unterlippe herum. Sie gingen in die Küche, deren Fußboden überhäuft war von Kartons mit leeren Linsen-, Erbsen- und Raviolidosen.

»Was liegt denn an?«

»Ich hab Ihren Namen von Lidia. Schon gut, regen Sie sich nicht auf. Es geht nicht um *das.*«

»Aha?« Pfeifer schien nachzudenken, wie er sich verhalten solle. Er öffnete den Kühlschrank und bot Nabel ein Dosenbier an.

»Nein, danke. Es geht um den Tod von Kistner. Wir haben Koks bei ihm gefunden, von ungewöhnlich hohem Reinheitsgrad.«

»Aha? Wieviel?«

»Dienstgeheimnis.« Nabel wollte sich nicht lächerlich machen. »Wir fragen uns jetzt, wie er an so relativ unverschnittenen Stoff kommen konnte. Das in aller Diskretion. Deshalb wollte ich Sie bitten, ob Sie mir ein paar Auskünfte geben könnten.«

»Aha?«

Der Typ ging Nabel schwer auf die Nerven mit seinem unverbindlichen, irgendwie frechen *Aha.* Wie er da in der Küche stand und an seinem Büchsbier schlürfte, eine Allegorie der Verweigerung. Und wie er sich zwischendurch am Sack kratzte in seiner spekkigen Jogginghose. Widerlich.

»Nun?« fragte Nabel, und in die noch freundliche Tonart seiner Stimme schlichen sich erste Dissonanzen der Ungeduld.

»Was soll ich dazu sagen?«

»Mal Tacheles. Sie sind doch gar kein Streifenpolizist, Sie arbeiten in Wahrheit verdeckt für die Drogenfahndung.«

»Ich? Nein, schön wärs. Ich bin zur Streife rübergewechselt. Gewechselt worden.«

»Weswegen?«

»Das wissen Sie bestimmt.«

Nabel wußte es, er hatte in den Personalakten geblättert. Verbotenerweise. Pfeifer war letztes Jahr dabei erwischt worden, wie er nach einer Razzia ein Tütchen einschob. Man hatte die Sache nicht an die große Glocke hängen wollen, hatte Pfeifer nahegelegt, den

Kriminaldienst aufzugeben, für einen Posten bei der Streife. So die offizielle Version.

Nabel glaubte nicht recht daran. Welcher Bulle wird je dabei erwischt, wenn er ein Tütchen einschiebt? Und gesetzt den Fall, daß – wozu Milde walten lassen? Seiner Meinung nach war es möglich, daß man für Pfeifer eine Legende erfunden hatte. Vielleicht war er inzwischen bei der Polizei der Polizei und bot Kollegen Drogen an, als Lockvogel mit geschwärzter Vergangenheit. Ob er dabei nur im Auftrag arbeitete oder auch für die eigene Tasche, blieb undurchschaubar. Vielleicht, diese Möglichkeit bestand, war er tatsächlich zum Streifendienst abgestellt worden, und Nabel geheimnißte in diesen verkorksten Typen unnötig was hinein.

»Wie auch immer. Sie können mir beispielsweise erzählen, was mit beschlagnahmten Stoff geschieht. Solchem Stoff, den die Zwischenhändler nicht erst noch strecken müssen.«

»Wandert in die Asservatenkammer.«

»Und dann?«

»Wird er vernichtet. Irgendwann, nach justiziellem Beschluß. Verbrannt auf freiem Feld.«

»Schade eigentlich.«

»Naja. Ansichtssache. Kommen Sie, Nabel, was wollen Sie von mir?«

»Wo?«

»Wo was?«

»Wo werden die Drogen verbrannt?«

»Weiß ich gar nicht so genau. Irgendwo bei Hannover.«

»Und bis dahin lagern sie wo?«

»Hab ich schon gesagt. In einer besonderen Asservatenkammer im LKA.«

»Wer hat da Zutritt?«

»Keine Ahnung. Wenige, nehm ich an.«

Nabel fand, es sei genug. Weiter in diesen Menschen zu dringen, konnte er sich sparen. Pfeifer zeigte mit jedem Blick, daß er sich belästigt fühlte.

»Gut. Mehr wollte ich gar nicht wissen. Unser Treffen hat nie stattgefunden.«

»Wenn Sie das sagen. Soll mir sehr recht sein.«

»Auf Wiedersehen.«

»Schönen Abend noch.«

Nabel trat auf die Gneisenaustraße mit ihren wundervoll breitstämmigen Pappeln. Ein Hauch von Paris lag in den Baumkronen, das Parfüm der großen Boulevards. Ihm fiel ein Satz ein, den Lidia kürzlich gesagt hatte.

»*Bessere Hackprogramme als unsere gibts nicht.*«

Nabel sah zum Mond hinauf. Phantasierte er sich da etwas zusammen? Verfolgte er ein haltloses Hirngespinst?

Anita Tschutschelow, geborene Gräfin von Schönfels, strich zur gleichen Zeit zärtlich über den Kopf ihres Chauffeurs, der die Limousine auf einem beinahe unbeleuchteten Parkplatz der Berliner Stadtautobahn abgestellt hatte, in der Hoffnung, sich von ihr vor Feierabend noch einmal mit dem Mund befriedigen zu lassen. Stattdessen entstand nach und nach eine ihm unangenehme Diskussion.

»Ich hab mit Ümal geredet. Er mochte mich. Glaub ich.«

»Gut.«

»Er will dich bald mal treffen. Du mußt Eindruck machen, hörst du?«

»Gut. Mach ich.«

»Übrigens. Dieser Pfeifer ist mir eklig geworden. Unerträglich. Können wir den künftig entbehren?«

Der Chauffeur richtete sich auf, nahm Anitas Hand von seinem Nacken. »Muß das sein? Er ist immerhin Bulle.«

»Er weiß zuviel. Son Riesenbulle ist er ja auch nicht.«

»Keine Ahnung, der Kerl hat mir nie gefallen. Anita, wir müssen aufpassen. Später vielleicht. Laß uns erstmal das Notwendige erledigen. Erst die Pflicht, dann die Kür. Einverstanden? Wozu ohne Grund eine zweite Front eröffnen?«

»Du bist so verdammt vernünftig, Ruslan!«

»Das soll doch bitte kein Vorwurf sein? Ich bin genau das, was du brauchst, Anita.«

»Weiß ich ja. Ganz klar! Ich bin unvorsichtig und böse, du bist vernünftig und hast Ehrgeiz. Igor macht sich bestimmt schon Sorgen. Laß uns fahren!«

»Bist du jetzt sauer?«

»Nein. Wir fahren einfach nur heim. Ich bin müde.«

Am nächsten Tag ließ Nabel sich einen Termin geben, um die Asservatenkammer für beschlagnahmte Rauschgifte zu besuchen. Dies bedurfte der schriftlichen Empfehlung Dr. Seidels, der ihm ein berufliches Interesse konzedieren mußte. Seidel tat das widerwillig, er fand, daß es purer Zeitverschwendung gleichkam, in diese Richtung zu ermitteln.

Nabel betrat das Tempelhofer LKA, mußte drei Formulare ausfüllen und eine wenn auch moderate Leibesvisitation über sich ergehen lassen, nicht penetranter als ein Check-in am Flughafen, danach durfte er bereits den Vorraum zum Allerheiligsten betreten. Zugang zum Tresor bekam er nicht.

Der gutmütige Beamte nahe der Pensionsgrenze wich ihm keinen Moment von der Seite. Ein freundlicher, glatzköpfiger Mann mit kullernden blauen Augen und einer enormen Wampe.

»Bitte sehr! Sehen Se sich um!«

»Hier gibts aber gar nichts zu sehen.«

Der Raum war beinahe leer, bis auf einen Tisch und zwei Stühle und ein Stahlregal mit Aktenordnern, in denen Ein- und Ausgang der Drogen protokolliert wurden. Eine große Stahltür führte zum Tresorraum. An der Decke hingen zwei Videokameras.

»Na, wat dachten Sie?«

»Und wer darf in den Tresor?«

»In ganz Berlin nur zwei Beamte. Es sei denn, es gibt mal viel zu schleppen. Dann sinds sechs Beamte.«

»Wer sind die zwei Beamten?«

»Dienstgeheimnis, Herr Kollege.«

»Aber diese beiden Beamten haben einen Schlüssel zum Tresor?«

»Nee, wat glauben Sie denn? Daß die den Schlüssel ständig spazieren tragen? Schlüssel gibts nur einen. Der ist bei mir.«

»Dann könnten doch auch Sie an den Tresor?«

»Nee, kann ich nich. Der Schlüssel zum Giftschrank, so heißt der nämlich bei uns, liegt in einem eigenen kleinen Tresor, den kamma nur mitm Zifferncode öffnen. Einer der Beamten stellt den Zifferncode, der übrigens täglich wechselt, ein, ich öffne den Kleinen und händige dem Beamten den Schlüssel aus. So läuft et. Der Beamte schließt sich im Vorraum ein, öffnet den Tresor, macht, wat er zu tun hat, dann sperrt er zu und gibt mir den Schlüssel wieder. Ick tu den Schlüssel in den Kleinen, der Beamte überwacht mich bei, so läuft det.«

»Wird dieser Beamte am Ausgang durchsucht?«

»Stichprobenartig wird Taschenkontrolle gemacht, ja klar. Mißtrauen ist der Papa der Porzellankiste.«

Nabel setzte ein schlechtgelauntes Gesicht auf. Das System schien auf den ersten Blick sicher. »Und wie geht der Abtransport vor sich?«

»Abtransport?«

»Der Drogen, die verbrannt werden sollen.«

»Au ja! Na, das ist jedesmal n ziemlicher Zirkus. Die Ware wird unter Aufsicht runtergeschleppt in einen vom BKA bewachten Transporter, mindestens sieben Mann hoch sitzen drinne, ein Wagen fährt voraus, n anderer hinterher, mehr weeß ick ooch nich, der Rest ist die Fahrt zur Hinrichtung.«

»Eine Frage noch.«

»Bitte.«

»Angenommen, ein Beamter will nur an die Akten hier, nicht in den Tresor. Wird das protokolliert?«

»Na klar. Videoüberwachung ist immer eingeschaltet. Wissen Se, ick weeß doch, worauf Se hinauswollen. Ob hier unterm Händchen was abhanden kommen kann. Nich? Und ick sach Ihnen, nee, det geht nich. Sind wa hier in Hamburg?«

Der Alte spielte auf einen Vorfall an, bei dem es einem jungen Hamburger Polizisten gelungen war, 900 Gramm Kokain aus der Aufbewahrung zu klauen. *Gelungen* ist das falsche Wort, er war ja schließlich doch erwischt worden, wenn auch erst Wochen später.

Nabel dachte nach, gab dem Glatzkopf die Hand, dankte für dessen Erläuterungen und fuhr in sein Büro zurück.

Lidia konfrontierte ihn mit den jüngsten Zeitungsartikeln. Die Presse gierte nach Stoff, mehr mehr mehr wurde gefordert. Entweder neue Details, neue Erkenntnisse oder neue Morde. Zwar schrieb das niemand so wortwörtlich, aber der Tonfall mancher Artikel erinnerte an die Hysterie eines Junkies auf Entzug. Nabel kotzte dieses System an, er fühlte sich zum Aushilfsentertainer einer blutgierigen Gesellschaft rekrutiert. In Tel Aviv hatte es zwei Selbstmordattentate gegeben und in Tschetschenien ein Massaker, damit trösteten sich die Zeitungen notdürftig über die Stagnation der Berliner Ermittler hinweg.

»Wir sind im Kolosseum, Lidia, und das Volk will Spiele.«

»So ist das eben, Kai. Unsere Spezies ist grausam. Und nur eingeschränkt lernfähig.«

»Wird sich das irgendwann bessern? Was meinst du?«

»Schon möglich. Wir beide werden es kaum mehr erleben. Solltest dich abfinden damit.«

»Ich sollte eher den Fall abgeben.«

»Warum?«

»Wegen erwiesener Unfähigkeit. Ich glaube aus irgendeinem Grund nicht mehr an einen geisteskranken Killer, aber wahrscheinlich haben wirs genau damit zu tun. Wie soll ich einen Fall lösen, an dessen offensichtliche Grundlagen ich nicht glauben kann?«

Lidia versuchte ihn zu trösten. Niemand könne aus Scheiße Gold machen oder aus Luft einen Kuchen. Nabel entgegnete, daß in dieser Kultur doch dauernd aus Luft Kuchen gebacken würden und aus Scheiße Gold, das könne man an jeder Hitparade ablesen.

»Kai, wir sind hier nicht in Sachen Kultur unterwegs. Wir sind gewissermaßen der Sportteil. Hier ist ein Zwei zu Eins ein Zwei zu Eins, nicht wie im Feuilleton. Du mußt das auseinanderhalten.«

Nabel sprach sich schuldig, im Team eine defätistische Stimmung zu verbreiten, er konnte es kaum erwarten, nach Hause zu fahren und sich zu duschen, innen wie außen, ein paar Stunden Urlaub zu nehmen von all diesem Dreck. Aber noch war er in demütigender Weise nüchtern.

Lidia, die für die niederen Gemütslagen ihres Vorgesetzten eine Art Frühwarnsystem entwickelt hatte, entschloß sich zur freundlichen Geste, schon um ihrer selbst willen. Ein Kai in solcher Stimmung konnte seinem Stab die Arbeit mit deprimierendem Gerede unmöglich machen. »Kommst du mit, was essen? Du bist eingeladen.«

»Du mußt mich nicht einladen. Aber essen ist okay. Essen ist immer wieder okay. Wo auf der Welt, egal, nur weg von hier!«

Sie gingen zu Fuß ins *Chico*, eine kleine, exquisite, dabei preiswerte Tapas-Bar. Lidia nahm, wie beinahe immer, die Fleischbällchen mit Erbsen in Tomatensoße, dazu Patatas Fritas in Knoblauchcreme. Nabel bestellte den Fisch des Tages, gegrillte Dorade. Die Bar war zum Glück noch ein Geheimtip, vor 21 Uhr kaum frequentiert. Hier konnte man reden, ohne Trittbretthörer fürchten zu müssen.

»Mädchen, laß mich mal zusammenfassen, was ich glaube: Da ist dieser Pfeifer, ich kann mir nicht vorstellen, wie du drauf sein mußt, daß du den für in Ordnung hältst. Das ist doch ne ganz schmierige

Type. Seine Jogginghose hat der im 20. Jahrhundert zum letzten Mal gewaschen.«

»Ich hab gesagt, er ist in Ordnung, ich meinte damit: er ist, was mich betrifft, korrekt. Mehr weiß ich auch gar nicht über ihn. Er saß in meiner Abiturklasse, in der letzten Bank, damals war er sehr schweigsam und introvertiert.«

»Sieh ihn dir bloß mal an. Dieser Scheißschnauzbart!«

»Jetzt mach bitte nen Punkt!«

»Okay, also, er hat einen kleinen Handel mit gutem Stoff, du hast doch immer guten Stoff von ihm bekommen, oder?«

»Nich so laut! Aber – ja, ich glaube. Ich hab ja von niemandem sonst je was bekommen.«

»Hast du noch was davon?«

»Hab alles ins Klo gespült.«

»Du bringst mich zum Weinen, Lidia!«

Das Essen wurde serviert. Nabel setzte seine Meditationen fort.

»Wir haben einen toten Reporter, der womöglich an irgendeinem großen Ding saß und ungestreckten Stoff im Bad hatte. Aber den toten Reporter überhaupt mit Drogen in Verbindung zu bringen, darauf bin ich eigentlich nur durch dich gekommen, Mädchen, das war reiner Zufall, ein glücklicher Zufall …«

»Worauf willst du hinaus? Nenn mich nicht immer Mädchen! Hin und wieder ist ja okay, aber nicht den ganzen Abend!« Lidia stocherte in ihren Patatas herum und starrte ihren Vorgesetzten mißmutig an. Der hatte sein Essen unterbrochen, um eine Zigarette zu rauchen, hier, am Tisch, während sie aß. Er bemerkte sein Fehlverhalten gar nicht, so tief war er in Gedanken versunken, und erst als sie ihren Kopf bis auf zehn Zentimeter zu seinem hinschob – »Hallo? Bist du noch hier?« –, erschrak er und zermahlte die Kippe im Aschenbecher.

»Was denn?«

»Ich fragte vor etwa drei Minuten, worauf du hinauswillst?«

»Ähmm ...« Nabel kratzte sich mit zwei Fingern die Oberlippe. »Es ist eigenartig, aber wir müssen uns dessen bewußt sein ...«

»Wessen bewußt sein?«

»Wenn wir was haben, dann haben wir was, von dem der Feind gar nichts ahnt. Einen glücklichen Zufall auf unserer Seite. Diesen Vorteil müssen wir konservieren.«

»Würdest du mir erläutern, was du meinst?«

»Ich glaube, ich hab eine Idee. Laß mich mal schnell telefonieren!« Nabel stürzte vor die Tür und rief den freundlichen Glatzkopf vom LKA auf dessen Privatnummer an.

»Nabel nochmal. Verzeihen Sie die Störung, eine Frage. Werden die Drogen, wenn sie erst in der Asservatenkammer sind, jemals wieder chemisch überprüft?«

Am anderen Ende der Leitung zuckte der Beamte mit beiden Schultern, und es kam Nabel vor, als könne er dieses Zucken akustisch wahrnehmen.

»Is mir nix von bekannt. Gäb hier ja gar keine Gerätschaften dafür. Nur nachgewogen werden se. Das ja. Aufs Zehntelgramm genau.«

»Danke!«

Nabel setzte sich und schnitt merkwürdige Muster in den inzwischen fast erkalteten Fisch. Lidia hatte zwei doppelte Espresso bestellt. Draußen auf der Straße heulte eine Feuerwehrsirene.

»Ich glaube, sie machens vorher.«

»Wer bitte macht was?« Lidia fand, daß Kai ein wenig weggetreten wirkte, vielleicht auch wirken wollte, ähnlich einem Wissenschaftler, der für eine große Idee schnell ein Stück Schreibpapier braucht, ansonsten er im nächsten Moment durchdreht. Sie hatte im Folgenden auch gar nicht das Gefühl, daß er mit *ihr* redete, es hörte sich eher an, als müsse Kai seinen Gedanken grundsätzlich Atem geben, müsse Sätze wie Möbel in den Raum stellen, bevor man sie dann hin und her schieben konnte.

»Sind die Drogen erstmal in der Asservatenkammer, ist das System relativ sicher, es sei denn, viele, zu viele Leute würden zusammenarbeiten. Das ist unwahrscheinlich. Der Stoff wird vorher ausgetauscht, schon auf dem Weg zum LKA. Ich glaube, viel von dem Zeug, das am Ende im Giftschrank landet, ist Mehl oder Gips oder Aspirin. Ich glaube, der beschlagnahmte Stoff wird, nachdem er die chemische Prüfung passiert hat, von irgendwem gegen wasweißichwas ausgetauscht und erneut in den Verkehr gebracht. Eine Art Luxusstoff für die High Society. Kistner hat sich da eingeschleust und Namen gesammelt und Daten und Datumsangaben, er hatte alles beisammen für eine riesengroße Story. Aber vielleicht wollte er die Story gar nicht veröffentlichen, vielleicht wollte er lieber *Geld*. Vielleicht benutzte er die Informationen, um Druck auszuüben. Vielleicht war er sogar selbst Teil des Syndikats und der oberste Verteiler. Jedenfalls, für irgendwen war Kistner eine Gefahr. Oder ein unliebsamer Mitesser. Lidia, das ist genial.«

»Was genau? Ich habe keine Ahnung, wovon du redest.«

»Total krank, aber genial. Das erste Opfer, Zisska, was war der von Beruf?«

»Er war leitender Angestellter in der Firma Brosche & Söhne.«

»Wir haben ihn nie ganz ernst genommen. Was stellen die her?«

»So ziemlich alles vom einfachen Türschloß bis zum Tresor.«

»Warum hat uns das nie interessiert?«

»Gab keinerlei Anhaltspunkt.«

»Jetzt weißt du, warum die ersten drei Morde so schnell aufeinanderfolgten. Damit wir bloß nie auf den Gedanken kommen, hier seien vielleicht auch rationale Motive im Spiel. Wahrscheinlich waren Wilkins und Nentwig tatsächlich zufällig ausgewählt, aber ich bin sicher, Zisska wußte was, hat irgendwas geliefert, egal, und bei dem toten Schwarzen –«

»Farbigen!«

»Bin ich mir auch nicht so sicher, ob man da nicht irgendeine Verbindung zu Pfeifer herstellen könnte.«

»Du denkst, Pfeifer ist …«

»Nein, Pfeifer ist ein kleiner Wichser, kein Killer. Kein Mensch mit einem solchen Schnauzbart ist wichtig. Er ist wohl mehr zufällig auf Kistners Liste gelandet. Irgendein unbedeutender Verteiler, oder ein korrupter Fahnder. Das Geniale an der Sache ist: Von Anfang an war Kistner im Fadenkreuz. Der Täter wußte, daß sich Kistner ein solches Thema niemals entgehen lassen würde, daß er darüber schreiben würde und, leicht vorauszusehen, in populistischer, stammtischumschmeichelnder Weise, mit vielen boshaften Spitzen gegen den Täter. Genial!«

»Ja?«

»Das Faß kommt ins Rollen, dann wird Kistner ersäuft und jeder denkt, es sei der Racheakt des beleidigten Psychopathen gewesen. Perfekt! Und nur, weil zufällig Pfeifers und dein Name auf einer Liste steht und meine Phantasie eine blühende ist herrje, Lidia, weißt du, was das bedeutet?«

»Ähmm?« Lidia ahnte ungefähr, was Kai sagen wollte, fand es aber netter, wenn sie noch ein bißchen die Begriffsstutzige gab. Erstens begriff sie seine Theorie bislang tatsächlich nicht hundertprozentig, zweitens gefiel ihr, welche Energie er plötzlich zeigte, gestisch und verbal; das war zuletzt vor vielen Monaten der Fall gewesen.

»Zwei Dinge. Erstens: Der Täter hat sich in Kistners Computer gehackt, und zweitens – er selbst hat, oder seine Verbindungsmänner haben – Zugang zu beschlagnahmtem Stoff. Es muß jemand sein, der Personalakten einsehen kann, der sich schwarze Schäfchen raussuchen kann, kleine Sünder wie zum Beispiel Pfeifer, die macht er dann zu seinen Handelsvertretern, beteiligt sie an dem Deal, jeder vertickt ein bißchen was, damit es nicht nach viel aussieht und den Banden auffällt, aber durch die Qualität des Stoffes bekommt Mister X bekannte Namen in seine Kundenkarte, Promis, Reiche, schöne Menschen, Eminenzen. Vielleicht war Kistner sogar daran beteiligt und hat dem Täter die Tür zur Schickeria erst geöffnet. Einerlei – hier gehts um Millionen. Um Machtstrukturen höchster Ebene. Und der Täter weiß genau, wie er die Profiler in den Wahnsinn treibt, er weiß, auf welche Spuren es letztlich ankommt und wie man sie vermeidet.«

»Worauf willst du hinaus?« Lidia wußte jetzt, worauf Kai hinauswollte und bekam Angst davor, es aus seinem Mund zu hören.

»Der Täter ist ein Polizist. Nicht irgendeiner. Er ist ein hohes Tier.« Nabel holte tief Luft.

Lidia war nicht sicher, ob sie ihm gratulieren oder ihn lieber beruhigen sollte. Das war zwar eine alles verknüpfende Theorie, zugegeben, aber sie basierte auf wenigen Fakten, die zueinander nur durch wüste Vermutungen eine Beziehung bekamen. Und die Auswirkungen einer solchen Lösung des Falles würden katastrophal sein. Niemand wünschte sich, gegen eigene Leute vorgehen zu müssen, vor allem nicht, wenn diese nichts zu verlieren hatten. Abgesehen von allem Skandal und dem Schaden an der Reputation der Polizei, solche Ermittlungen bedeuteten Todesgefahr. Zumindest konnten sie – auf beiden Seiten – jede Karriere abrupt beenden.

»Kai, dimm dich mal runter. Das müssen wir alles ganz still und subtil untersuchen, und erst wenn wir konkrete Beweise haben, können wir zuschlagen.« Lidia redete sehr leise. Sie war blaß geworden, so wie Nabel sie am liebsten sah, wenn ihre Haut zum kupferroten Haar am besten kontrastierte.

Ich werde Seidel nicht einweihen«, beschloß er laut.

»Bloß nicht. Der Schwätzer könnte nichts für drei Tage für sich behalten. Du solltest besser überhaupt niemanden einweihen.«

»Wir werden ganz auf uns gestellt sein. Sollen wir uns das wirklich antun? Wahrscheinlich ist die Serie jetzt vorbei. Mädchen, wenn du mir sagst, das ist dir zu unheimlich, zu groß, du willst das nicht machen, dann sags, gradhinaus – und ich überleg mir, wie ich dich aus der Schußlinie bekomme.«

Nabel griff unwillkürlich nach Lidias Hand. Sie zog sie nicht weg. In ihrem Gesicht lagen Zweifel und Staunen eng beieinander. Sie war sich über ihre Meinung und ihre Gefühle nicht im klaren.

»Du selbst machst in jedem Fall weiter?«

Nabel zuckte mit den Achseln. »Was bleibt mir übrig?« Er steckte sich eine Zigarette zwischen die Lippen, und ohne daß er dies beabsichtigt hätte, wirkte es auf altmodische und fast pathetische Weise lässig, cowboylike schicksalsergeben wie aus einer verblichenen Tabakwerbung oder einem Film mit Belmondo oder Jean Gabin.

Lidia mußte schmunzeln, dann lachte sie laut und kniff ihm in die Backe. »Ich hoffe ernsthaft, daß du spinnst!«

Am nächsten Morgen rief Nabel Ahmed zu sich und wollte von ihm wissen, wie viele Geisteskranke hiergewesen seien und die Morde gestanden hätten.

Ahmed blätterte in den Akten. Es seien insgesamt sieben gewesen.

»Ist irgendeiner dabei, der nicht völlig unglaubwürdig aussieht?«

»Oh, also, wenn du mich fragst – nein.«

»Nicht ein einziger?«

»Naja, wenn man seeehr großzügig ist, dann womöglich der Frührentner mit dem Tourette-Syndrom.«

»Gut. Verhaften!«

»Wie bitte?«

»Verhaften. Wir haben immerhin sein Geständnis.«

»Aber, Chef, wie sieht das aus? Wir haben den Kerl nach Hause geschickt.«

Der Einwand wog schwer. Nabel hatte sich die Präsentationstheorie Seidels zu eigen machen wollen, um ein wenig Ruhe im Karton zu haben. Er wollte den Täter in Sicherheit wiegen und den Druck der Medien lockern. Dem Frührentner würde kein Unrecht geschehen, im Gegenteil, der Kerl würde bestimmt freudig erregt reagieren über soviel Zuwendung. Lohnte es sich deswegen, die Soko dem Spott preiszugeben? Nabel fand die Idee, die ihm am frühen Morgen noch brillant erschienen war, mehr und mehr blödsinnig. Warum hatte er in der vergangenen Nacht so viel getrunken? Er hatte so viel trinken müssen, um einschlafen zu können. Ein wenig Schlaf – zu welchem Preis?

»Okay, vergiß es. War doof.«
»Was, Chef?«
»Was ich eben vorgeschlagen habe.«
»Längst vergessen, Chef.«

Unter dem Vorwand, mit jedem aus Kistners Bekanntenkreis sprechen zu müssen, interviewte Nabel in den folgenden Tagen diverse Persönlichkeiten, deren Namen auf Kistners Liste zu finden waren. Das Thema Drogen vermied er dabei, jedoch erkundigte er sich hartnäckig nach Orten und Zeiten, an denen die Betroffenen mit Kistner zusammengekommen waren. Er hoffte, es würde sich dadurch automatisch eine Art Koordinatensystem ergeben, das Rückschlüsse auf Events mit sozusagen gemeinschaftlichem Drogenkonsum zuließ.

Nabel fühlte sich gut wie seit langem nicht mehr. Der Umstand, mit Lidia ein Geheimnis zu teilen, wirkte in beinahe erotischer Weise stimulierend. Ahmed und der Rest vom Stab wurden nicht eingeweiht. Man teilte ihnen leidlich sinnvolle Aufgaben zu, aber die dahinterstehende Theorie behielten Lidia und Nabel für sich. Alle Mitglieder der Soko Lila ermittelten weiterhin in jede Richtung.

Leider gab es bald schon erste Rückschläge für Nabels Theorie. Die Firma Brosche & Söhne, bei der Zisska beschäftigt gewesen war, hatte nie einen Polizeiauftrag gehabt, weder für Schlösser noch Tresore, geschweige denn Asservatenkammern. Das stimmte Nabel sehr mißmutig. Und was, bei aller Phantasie, sollte der amerikanische Banker Wilkins mit hiesigen Kreisen zu tun gehabt haben? Oder ein Heizungsbauer?

Konnte es sein, daß der Killer wirklich viermal nur Dummies getötet hatte, ohne jeden effektiven Hintergedanken? Hätten nicht zwei oder drei genügt? Im Fall des erstochenen Kleindealers ergaben sich keine Hinweise, daß er je etwas mit Pfeifer zu tun gehabt hatte. Aber wie sollten sich auch Hinweise finden lassen, wenn man den Namen Pfeifer kaum in den Mund nehmen durfte? Nabel recherchierte unter dem Vorwand, sich um Lidia zu kümmern, um eine Mitarbeiterin, die sich einen bedauerlichen Fehltritt geleistet hatte. Das war ein guter Vorwand, um Pfeifer ein wenig auf die Nerven zu gehen. Ihn auf irgendeine Weise mit den Morden in Verbindung zu bringen, hätte die Theorie verraten und den Killer gewarnt.

Und wenn Pfeifer gar nichts mit dem *very big thing* zu tun hatte? Bestimmt gab es einige kleine korrupte Bullen in der Stadt, die hier und da ein Auge zudrückten und mit Stoff bezahlt wurden, den sie dann weitervertickten, um ihr geringes Gehalt aufzubessern. Das einzige, was Pfeifer verdächtig machte und in Kistners Dunstkreis bugsierte, war ja die Qualität des Stoffes, den er Lidia zukommen ließ. Sie hatte das Zeug – leider – ins Klo gespült, den Reinheitsgrad konnte man nun nicht mehr feststellen, aber anhand ihrer Berichte mußte es ziemlich guter Stoff gewesen sein, sie war mit zwei Gramm pro Woche ausgekommen, hatte außer dem üblichen Schnupfen nie über Nebenwirkungen zu klagen gehabt – eine zugeschwollene Nase, Depressionen oder einen unangenehm beißenden Waschmittelgeschmack. Bestimmt hatte Pfeifer nichts zu verschenken, bestimmt war auch sein Zeug gestreckt gewesen, aber eben nicht stark und nur mit ungefährlichen Substanzen.

»Hast du wirklich nichts mehr davon? Nichts? Kein Krümelchen?«

Lidia schüttelte den Kopf. Sie stand abends gebückt vor ihrem Wohnzimmertisch und servierte aus einem großen Kochtopf Pasta Arrabiata, die Nabel zu schmecken schienen. Sie hatte ihn zu sich eingeladen, um ohne Zeugen die Lage zu besprechen. Um seine Theorie ganz zu begreifen. Nebenbei, um festzustellen, ob sie nicht doch ein wenig kochen konnte. Für jemanden zu kochen machte ihr Spaß, sie hatte es sich nie eingestanden, nicht zuletzt, weil das Klischee der Frau am Herd ihrem Selbstbild abträglich war. Aber die Pasta Arrabiata waren ein Anfang, vielleicht würde sie beim nächsten Mal etwas Risikoreicheres probieren.

»Schmeckts dir wirklich?«

»Ja. Klar. Kann man ja auch nicht viel falsch machen.«

»Ich finde, da kann man durchaus viel falsch machen.« Lidia zog eine beleidigte Schnute.

»Tut mir leid, wenn ich dich nicht genug gelobt habe.«

»Du sollst mich nicht genug loben, es soll dir wirklich schmekken.«

»Das tut es. Ich schwörs!«

Lidia mußte lachen. Ihre gute Laune verflog gleich wieder, als Nabel ihr nahelegte, künftig frisch geriebenen Parmesan zu bevorzugen, das Zeug aus der Tüte schmecke nach Schuhsohle. »Apropos Zeug aus der Tüte. Hast du nicht wenigstens irgendwo noch ein leeres Tütchen?«

»Nein«, schnaufte Lidia entnervt, »hab ich nicht. Und wenn? Was würde das bringen?«

»Jeder Stoff ist auf seine Weise einzigartig. Wir könnten mit einem Milligramm das Herkunftsland bestimmen. Und aufgrund der Art, wie er verschnitten ist, könnte man feststellen, aus welchem Glied der Verteilerkette er stammt. Weißt du, beim Ottonormalkonsumenten landet ein Anteil von 30 Prozent reinem Koks, der Rest ist beigemischte Scheiße.«

»Wenn dir so viel daran liegt, kann ich ja noch was bei Pfeifer bestellen.«

Nabel sah sie an. Ein Lächeln riß seine Lippen für einen Sekundenbruchteil auseinander.

»Glaubst du denn, er gibt dir noch was?«

»Er mag mich.« Lidia sagte es so neutral wie möglich. Er ist scharf auf mich, hätte sie ebensogut sagen können.

Nabel schnippte mit zwei Fingern, ließ die Hand ausgestreckt, deutete mit dem Zeigefinger auf einen imaginären Punkt über Lidias Stirn.

»Das wäre gar nicht schlecht. Würdest du ein Mikro tragen?«

»Wozu? Kai, ich glaube nicht, daß Pfeifer für die Sache relevant ist. Ich käme mir mies dabei vor, ehrlich.«

»Na schön, dann geh ohne Mikro zu ihm. Was wir haben, haben wir. Bitte ihn um einen Nachschlag. Guck nicht so griesgrämig! Ich piß deinem Klassenkameraden schon nicht ans Bein.«

»Versprochen?«

Versprechen wollte Nabel aber gar nichts. Dazu war der Fall zu heiß.

Pfeifer, soviel hatte er über diverse Kanäle erfahren, war von keinem anderen als Kriminalrat König zum Streifendienst verdammt worden. Eigentlich logisch. Ein so diskretes Unter-den-Teppich-Kehren-von-etwas-ganz-ganz-Heiklem, eine so stille Übereinkunft, um den guten Ruf des Drogendezernats zu schützen, dergleichen mußte von einem hohen Vorgesetzten abgesegnet werden, der eine gewisse Flexibilität genoß, der Spielraum besaß, sich nicht allzu streng an die Vorschriften halten und im Personalakt nicht ins Detail zu gehen brauchte.

König zum Beispiel. König verfügte über alle Voraussetzungen, um jene graue Eminenz zu sein, hoch oben im Polizeiapparat, nach der Nabel suchte. Im Grunde war er Nabels erster und einziger Verdächtiger. Dabei gab es neben König in der Abteilung 2a vom Rang her ein halbes Dutzend ähnlicher Kaliber. Bloß hatte er diese nie persönlich kennengelernt.

Über allen thronte Kriminaloberrat Ludwig, berlinweit Chef der

Rauschgiftbekämpfung, aber Ludwig war zweiundsechzig Jahre alt, festgewachsen an seinem Schreibtisch, und Nabel hing dem bequemlichen Glauben an, ab einem gewissen Alter lasse die kriminelle Energie nach, proportional zur Sexualität. Lidia hätte ihm sagen können, daß diese These purer Unfug war, ebenso widersprach ihm seine eigene Berufserfahrung. Der tiefere Grund für Nabels Denken beruhte wohl auf der Scheu, einen Kriminaloberrat finsterer Umtriebe zu verdächtigen. Dessen Macht war im Vergleich zu der von Nabel so überwältigend groß, daß es aussichtslos schien, eine solche Front zu eröffnen. Prompt wurde Nabel depressiv. Der Umstand, daß in dieser korrupten Welt rechtsfreie Zonen existierten, daß gewisse Menschen von ihren Titeln behütet wurden, sofern man sie nicht gerade mit der Glocke um den Hals in flagranti überraschte, das Wissen darum raubte Nabel einen Großteil seiner frischen Emphase.

»Lidia?«

»Ja?«

»Wir beide werden nichts erreichen. Wir sind zwei schmale Würstchen. Das wird mir eben klar. Wir brauchen Unterstützung. Von oben. Sonst können wir das Ganze vergessen.«

Lidia servierte eine Flasche Montepulciano und hoffte auf Kais zustimmenden Kommentar.

Er schien den Wein nicht ganz abstoßend zu finden, aber auch keiner Bewertung würdig.

Gierig trank er sein Glas in einem Zug aus.

»Und an wen denkst du da?«

»Ich weiß nicht. Vielleicht setze ich alles auf eine Karte und geh nochmal zu König.«

»Und falls König genau der ist, den wir suchen?«

»Haben wir dennoch die Initiative auf unsrer Seite. Ich muß ja nicht gleich alles auf den Tisch legen. Ich kann ein bißchen über

Kistner erzählen und dessen Drogenkonsum. Im schlimmsten Fall wecken wir den Löwen in seiner Höhle.«

»Schmeckt dir der Wein?«

»Was? Ja. Du telefonierst morgen mit Pfeifer. Bittest ihn, dir noch mal ein, zwei Gramm vorbeizubringen. Du kriegst das hin, oder?«

»Glaub schon.«

Pfeifer kam am Kleistpark vorbei, sah sich unauffällig um und spazierte gemächlich, beide Hände in den Hosentaschen, die ziegelroten Arkaden entlang. Die Pergola machte einen ungepflegten Eindruck. Stellenweise ausgetrocknet, steif und bleich, hingen die Äste herab, doch paßte das zum morbiden Charakter des kleinen Parks. Pfeifer nahm auf einer Bank Platz, auf der bereits ein hagerer, etwas älterer Mann saß, den Kopf zwischen zwei Seiten der Schweinezeitung verborgen.

»Tag, Chef.«

»Gibts was Neues?«

»Wenig. Die Rauch hat angeblich aufgehört und ihrem Chef alles gebeichtet. Ich hab den Kontakt zu ihr daraufhin abgebrochen. Sie ist sauber. In doppelter Hinsicht. Kleine Konsumentin, ausschließlich zu privaten Zwecken. Im übrigen ein sehr fleißiges Bienchen. Karrierebewußt.«

Der ältere Mann tat, als ob er lesen würde. »Rauchs Chef, das ist dieser Nabel, nicht?«

»Ja. Seit sie gebeichtet hat, nervt der mich. Er hat Instinkt. Fragte mich einfach so, mitten zwischen die Augen, ob ich verdeckt für die Drogenfahndung arbeite.«

»Naja«, meinte der ältere Mann, »du hast sein bestes Pferd im Stall mit Koks versorgt. Da würde ich dich auch ein bißchen nerven. Bei mir war er auch.«

»Mir macht diese Aufgabe keinen Spaß mehr, Chef. Ich will zurück.«

»Spaß hat nun mal keine Priorität in unserem Beruf.« König pulte eine Packung Zigaretten aus der Jackentasche und bot Pfeifer eine an. Der fühlte sich gedrängt, die Zigarette zu akzeptieren, obwohl er das Rauchen vor Wochen aufgegeben hatte. König ließ sich selten zu einer solch vertraulichen Geste herab.

Pfeifer, verdeckter Ermittler in der relativ originellen Tarnung als korrupter Streifenpolizist, hatte unter anderem die Aufgabe, in Kriminalerkreisen ein wenig Stoff anzubieten und festzustellen, wer seinen Lockungen erlag. Er sollte schwarze Schafe und mögliche Schwachstellen aufspüren. Pfeifer war im persönlichen Auftrag Königs unterwegs, und außer König wußten nur Kriminaloberrat Ludwig und der Innensenator von Pfeifers wahrer Kompetenz.

Was er an Dreck aufstöberte, wurde in der Geheimschublade von Königs Schreibtisch gesammelt und nur in gravierenden Ausnahmefällen benutzt. Kleine Sünder wie Lidia Rauch interessierten König nicht. Er war Verteilerringen auf der Spur.

Um an die Quellen zu kommen, hatte er manches Tabu durchbrochen, z.B. die Verhaftung des bekannten Serienschauspielers im letzten Jahr, die im nachhinein auch ihm selbst maßlos überzogen schien und keineswegs die erhofften Erkenntnisse gebracht hatte. Künstler ließ König im allgemeinen in Ruhe. Künstlern gegenüber empfand er eine Art natürlichen Respekt – die sollten mit ihren Körpern machen, was sie für richtig hielten. In dieser Hinsicht konnte man König eine fast romantische Ader attestieren.

»Sag mal, David ...«

»Ja?«

»Kennst du eine gewisse Gräfin von Schönfels?«

Pfeifer dachte angestrengt nach. »Nee. Warum?«

»Fiel mir auf. Die ist mit Tschutschelow verheiratet.
Den kennst du bestimmt.«

»Hab ich schon mal gehört. Der fällt doch nicht in unser Ressort?«

»Genaugenommen nicht, nein. Eigentlich Sache der Kollegen von der Sitte. Der Drecksack hat bisher nie was mit Drogen zu tun haben wollen, schlau wie er ist. Aber –«

»Aber?« Pfeifer lauschte seinem Chef mit verschränkten Armen, spürte das Zittern der eigenen Hände auf seinem Brustkorb.

»Naja. Weiß nicht recht. Getratsche. David, was denkst du? Könntest du bei soner Gräfin mal unverbindlich anklopfen?«

»Ausgerechnet ich? Bei so einer? Anklopfen? Wie denn bloß, mit meiner Legende? Kann ich mir, ehrlich gesagt, nicht vorstellen. Käme sicher nicht gut an.«

»Ja? Wieso?«

»Es ist doch was anderes, ob man in den eigenen Reihen mit jemandem ins Gespräch kommt, mit jemandem von der Straße, oder mit ner Gräfin, die noch dazu mit Tschutschelow verheiratet ist. Da fehlt der gemeinsame Nenner, da fehlt jede gemeinsame Schnittmenge.« Er schien über den Vorschlag nahezu empört.

König seufzte und nickte, bat Pfeifer jedoch darum, die Ohren offen zu halten. Irgend etwas sei mit dieser Gräfin nicht koscher. Pfeifer versprach es. Beinahe hätte er sich danach erkundigt, woher König seine Verdachtsmomente bezog, aber er fand, es sei vorläufig besser, erstmal gar nichts zu fragen oder auch nur zu äußern. Daß König außer ihm selbst offenbar über noch andere Informanten verfügte, schockierte Pfeifer jedesmal von neuem.

Am nächsten Morgen besuchte Nabel das Kriminalchemische Institut Kreuzberg, wo beschlagnahmte Rauschgifte gewogen, in ihrer Zusammensetzung bestimmt und für die Endlagerung verpackt und versiegelt wurden. Das Labor befand sich im ersten Stock eines ehemaligen Fabrikgebäudes an der Urbanstraße, ein in sich abgeschlossener Trakt, dessen Eingang videoüberwacht wurde. Man mußte im Aufzug einen sechsstelligen Zifferncode eingeben, damit sich oben die Stahltür öffnete. Im Labor arbeiteten derzeit fünf Chemiker, Zugang hatten sonst nur hohe Beamte des Drogendezernats. Leibesvisitationen am Ausgang gab es hier nicht. Im Erdgeschoß sorgten einige Polizisten dafür, daß man den Lift zum ersten Stock nur mit der nötigen Legitimation betreten durfte. Ein bewaffneter Überfall schien Nabel aussichtslos, ein Unterschleif von innen her dagegen möglich. Zwar wurde auch das Labor selbst videoüberwacht, doch existierten tote Winkel, die keine der beiden Kameras einfingen. Der Institutsleiter Dr. Fischer gab prompt zu, daß es in jedem System Freiräume gebe, in denen die Observierungsmöglichkeiten begrenzt seien. Manches könne eben nur auf der Basis des Vertrauens funktionieren, oder, wie er es metaphorisch ausdrückte, jede Schlange könne in ihren Schwanz beißen, aber nie in den eigenen Nacken.

Nabel wollte nicht plump danach fragen, aber im weiteren Gesprächsverlauf wurde auch so deutlich, daß er hier auf einen wunden Punkt gestoßen war. Die Chemiker hätten sich jederzeit einen kleinen Teil des beschlagnahmten Stoffes in die eigenen Nasen ziehen können. Größere Teile aus dem Gebäude zu schmuggeln schien ebenfalls nicht völlig unmöglich, wenn auch sehr riskant. Dafür sorgte im Erdgeschoß ein Hund der Drogenstaffel, an dem alle, die das Gebäude verließen, vorbeimußten. Nabel lächelte, als er das hörte, andererseits fiel ihm kein besserer Überwachungsschutz ein. Und er mußte wieder lächeln, weil alle noch so ausgefeilte Technik in diesem Falle bislang nicht fähig gewesen war, tierischen Spürsinn zu ersetzen.

Dr. Fischer, ein kleingewachsener mittelalter Mann mit perlgrauem Haar und verkrümmtem Rücken zeigte Nabel die verschiedenen Wannen, in denen beschlagnahmte Drogen, leichte und harte, auf ihre Analyse warteten, oft sehr geringe Mengen, dann wieder kiloschwere Pakete. Fischer war ein zotiger Mensch, erzählte von den Zuständen etwa in New York, wo kolumbianische Drogenkuriere pro Flug bis zu 120 Kondome voller Koks im Magen transportieren.

»Wenn die am Flughafen erwischt werden, müssen sie ihre Lieferung unter polizeilicher Aufsicht ausscheißen, das ist brutal. Für beide Seiten, nicht? Nach Europa kommt das meiste Zeug über die Niederlande rein, auch das, was am Ende die Türken hier verticken. Die Niederlande sind der perfekte Umschlagplatz. Die kassieren und geben die Ware weiter. Sehr, sehr bequem.«

»Sind Sie sauer auf die Niederländer?«

»Ach was. Die garantieren mir meinen Arbeitsplatz.«

Im Frühjahr, als man dreihundert Kilo Koks im Maschinenraum unter dem Friedrichshainer Riesenrad beschlagnahmt hatte, der größte Fang in Berlin überhaupt, da habe man von der Universität weitere Chemiker entleihen müssen, es habe ja gegolten, den reinen Kokaingehalt zu bestimmen, eine Heidenarbeit sei das gewesen. Die Leute, die hier arbeiteten, würden nach Sondertarif bezahlt, sehr großzügig, bislang sei es nie zu einem protokollierten Fehlverhalten gekommen. Dr. Fischer bemühte sich, den Kommissar für die Gerätschaften zu interessieren, die anscheinend besonders raffiniert, auf neuestem technischen Stand sein mußten, aber Nabel hatte sich schon in der Schule nie für Chemie erwärmen können, er ließ sich stattdessen eine Liste der Angestellten geben, auch jener Leihkräfte vorn Frühjahr. Dr. Fischer kollaborierte in geradezu vorbildlicher Weise, man konnte sich über ihn wirklich nicht beschweren.

Als Nabel auf die Urbanstraße hinaustrat, faßte er für sich zusammen, daß kleinere Schweinereien wohl irgendwie möglich waren, größere aber eines Tricks bedurft hätten, auf den er aus dem Stand heraus nicht kam. Vor alle Fenster war dünner Maschendraht gespannt, es führte vom Labor kein heimlicher Weg ins nächste Stockwerk, sogar die Luftschächte waren plombiert worden. Kurz gesagt, die Exkursion verlief alles in allem enttäuschend.

Lidia paßte David Pfeifer um halb acht Uhr morgens vor seiner Haustür ab. Der reagierte reichlich erstaunt, er zuckte regelrecht zusammen. Kurz dachte Lidia, sie habe in seinem Blick die Angst gesehen, verhaftet zu werden. »Lidia? Was willst du?«

»Ich brauch nen kleinen Nachschlag. Mir wächst die Arbeit übern Kopf, ich schaffs einfach nicht ohne.«

»Ich schon. Ich hab aufgehört mit dem Scheiß.«

»Bitte, David!«

»Ich hab nix. Kannst mich durchsuchen.« Pfeifer setzte ein leicht obszönes Grinsen auf, als er den Vorschlag machte.

Lidia probierte es mit weit offenen, flehenden Augen. Überraschenderweise half das rein gar nichts. Pfeifer ließ sie einfach stehen, trottete an ihr vorbei und hob bedauernd die Schultern. Lidia überlegte, ob sie ihm Avancen erotischer Art machen sollte, dazu durchringen konnte sie sich jedoch nicht.

Mit dem peinigenden Gefühl, versagt zu haben, fuhr sie zur Arbeit ins Büro. Sie hatte in ihren Augen weniger als Kriminalistin denn als Frau versagt, das setzte ihr zu. Obwohl sie beruflich niemals, ums bloße Verrecken nicht, das hübsche Fräulein hatte geben wollen, um etwas zu erreichen, kam sie sich nun einfach nur unprofessionell vor.

Die Feste Burg, ein altgedienter Techno-Club in Mitte, hatte ihre guten Tage hinter sich. Jörg Claassen, der Betreiber des Clubs, dachte schon seit einiger Zeit daran, das verbliebene Häuflein Techno-Jünger gegen eine neue Klientel zu ersetzen und wieder das Disco-Stroboskop aus der Rumpelkammer zu holen. Es schien ihm verführerisch profitabel, auf die Retro-Welle aufzuspringen, schließlich wurde wieder viel auf Musik einheimischer Bands getanzt, der unverwüstliche Gitarrenpop mit Melodie, Refrain und Frontfrau feierte späte Triumphe. Die Technos soffen auch viel zu wenig, brachten stattdessen Ecstasy mit und tanzten stundenlang, ohne erwähnenswert zu konsumieren. Die Eintrittspreise weiter zu erhöhen war nicht mehr möglich, voll wurde der einst legendäre Club nur noch an Samstagen, prompt kam für ein paar Stunden die altgewohnte Stimmung auf, mit einem Schuß Wehmut durchsetzt. Heute war Samstag, und Claassen schwelgte in der Nostalgie vergehenden oder schon vergangenen Ruhms. *Feste Burg ist unser Gott* stand auf seinem vom vielen Waschen ausgemergelten T-Shirt. Er schenkte sich einen kleinen Whisky ein und sah auf die Tanzfläche hinab. Eben hatte DJ Pulver höchstpersönlich die Regentschaft über die drei Plattenspieler übernommen und peitschte die Kundschaft in Derwischtrance, bei gesundheitsgefährdender Lautstärke. DJ Pulver war gut und teuer, die Lichtanlage sowieso. Die Kundschaft schien begeistert, erneut haderte der Clubbetreiber damit, sich zum krassen Umbruch zu entschließen. Er dachte daran, wieviel Geld er mit dem Laden mal verdient hatte und wie wenig inzwischen dabei raussprang. Andererseits war er kein Gierhals, konnte durchaus sentimental werden und sich seinem Ruf und seiner Klientel verpflichtet fühlen. Claassen betrachtete vom Büro durch eine Art Bullauge die Tänzer und sinnierte hin und her. Der Club war eine Legende, aber auch Legenden altern, alles wird vergessen mit der Zeit.

Und doch – genügte es nicht, wenn einige Menschen eine Weile lang voller Wehmut und Dankbarkeit – Ausgerechnet in diesem schönen Moment ging im Saal das Licht an, die Musik wurde brutal abgewürgt, die Tänzer erwachten in die Stille hinein wie aus tiefstem Schlaf gerissen, reagierten mit haßerfüllten Flüchen und spastischen Zuckungen, wie um eine nicht mehr vorhandene Musik herbeizubefehlen. Die Tanzfläche war binnen Sekunden von zwanzig Mann Polizei umstellt. Claassen kippte den Whiskey hinunter. Eine Razzia am Samstagabend war ungewöhnlich. Es hatte jahrelang eine stille Übereinkunft geherrscht zwischen dem Club und den Cops, während der Haupteinnahmezeiten einander nicht in die Parade zu fahren. Anscheinend wurden die Zeiten rauher. Claassen schlug mit der Faust auf den Schreibtisch und warf sich entnervt in seinen Drehsessel. An diesem Abend würde im Club keine Stimmung mehr aufkommen, keine Chance.

Die Gäste wurden einzeln durchsucht. Weil es sich um eine Routinekontrolle ohne schweren Verdachtsmoment handelte, durften nur die aufgehängte Garderobe sowie die Taschen der Oberbekleidung kontrolliert werden, nicht etwa Unterwäsche und Körperöffnungen. Jeder mußte seinen Personalausweis vorzeigen. Die Unter-Sechzehnjährigen wurden, sofern sie außer sich selbst sonst nichts Ungesetzliches bei sich hatten, ohne Tamtam und Aufnahme der Personalien nach Hause geschickt. Auch geringe Funde von Hasch und Ecstasy blieben ungeahndet. Das Drogendezernat, vielmehr der Berliner Senat, hatte jüngst beschlossen, sich in Sachen Drogenbekämpfung nur noch auf das Wesentliche zu konzentrieren und das Kroppzeug durchrutschen zu lassen. Alles andere hätte zuviel Zeit und Papierkram gekostet.

Plötzlich geriet Unruhe in die Routine, Handschellen wurden gezückt. Einer der Gäste, ein etwa dreißig Jahre alter Mann südländischen Genpools, trug eine Pistole mit Schalldämpfer im Gürtel seiner Jeans. Eine scharfe Waffe, geladen. Man nahm sie ihm ab und führte den Verhandschellten hinaus, zum Wagen des Einsatzleiters. Der Mann hatte keine Papiere bei sich, geschweige denn einen Waffenschein. Er weigerte sich, seine Personalien abzugehen, blieb stumm und wurde aufs Revier gebracht, wo er sich einer präzisen Kontrolle unterziehen mußte. Alle ihm als Versteck zur Verfügung stehenden Körperöffnungen mit eingeschlossen.

Pfeifer traf sich etwa zwei Stunden nach jenem Ereignis mit einem Herrn von dunklem Teint, energischem Kinn und athletischem Körperbau. Namentlich kannte er den Schrank zwar nicht, über dessen Rang und Funktion hingegen war kein Zweifel möglich. Man hatte Pfeifer telefonisch zum Winterfeldtplatz bestellt, und er war der Einladung gefolgt, mit düsteren Befürchtungen. Dschanow lehnte es seit neuestem als unter seiner Würde ab, weiter persönlich mit dem kleinen Streifenpolizisten zu kommunizieren, stattdessen schickte er nun einen seiner primitivsten Totschläger. Kein verheißungsvolles Signal. Der keine dreißig Jahre alte Mann trug eine teure schwarze Lederjacke, darunter ein weißes Hemd und am Mittelfinger einen Ring, dessen scharfgeschliffener Saphir quasi eine Waffe war. Ums linke Handgelenk wie um den straffen breiten Hals glitzerten Goldkettchen, was als Klischee schon beinahe wieder ironisch wirkte, nur leider nicht so gemeint war. Er saß da in seinem BMW-Cabrio am Straßenrand und winkte Pfeifer wie eine Straßenhure zu sich, ließ ihn auf dem Beifahrersitz Platz nehmen und schnaubte. Er gebrauchte keinerlei verständliche Wörter irgendeiner Sprache, er schnaubte laut, um auf diese Weise der Unterhaltung ein atmosphärisches Vorspiel zu geben und deren Gewicht und Bedeutung zu untermalen. Pfeifer fühlte sich fast erleichtert, hatte mit dem Schlimmsten gerechnet, er wußte, wann etwas wirklich bedrohlich und wann es nur Teil eines Showprogramms war. Hundertprozentig sicher konnte er nicht sein, solche Jungs waren für Überraschungen gut. Dieser hier schlug mit der Faust aufs Armaturenbrett und sprach plötzlich, wenn auch leicht gebrochen, deutsch.

»Der Boß hat gehört von Razzia. Was soll das? Wer ist dahinter?«

»Ich habe keine Ahnung.«

»Du willst sagen, hast keine Ahnung? Wer befiehlt Razzia? Dein Boß König. Du weißt nicht, was König befiehlt? Was bist du für eine Scheisepolizist, wenn du nicht weißt, was König macht! Jetzt Murat ist in Gefängnis. Zufall? Ach, Arschloch. Gib, was du weißt über Murat!«

»Ich kenne keinen Murat.« Pfeifer sagte die Wahrheit. Er blickte absolut nicht durch, zog aber ernsthaft in Erwägung, daß König vor ihm Geheimnisse haben könnte.

»Ach Scheise. Wenn du spielst doppelt, du bist tot, sofort. Alles klar?«

»Nein, gar nichts ist klar.«

»Du tot, König tot – und was ist diese Frau, da, heute morgen?«

Pfeifer zuckte. Dschanow ließ ihn beobachten? »Das ist nur eine Bekannte, eine Kollegin. Hat gar nichts mit der Sache zu tun.«

Der Goldkettenträger, der während der gesamten Unterhaltung mit offenem Mund schmatzend Kaugummi kaute, schlug Pfeifer ins Gesicht. Wenigstens nur mit der Innenfläche seiner Hand, daran konnte Pfeifer sehen, daß noch Spielraum blieb.

»Was soll das? Ich bin loyal. Sag das deinem Boß. Du kannst mich!«

Pfeifer entstieg dem BMW, war aber nicht so dumm, davonzulaufen. Die Debatte war noch nicht beendet.

»Wenn du spielst falsches Spiel und Murat auch – beide tot, sofort. Überleg dir gut!«

»Verdammt!« rief Pfeifer wütend in die Nacht und schmiß die Beifahrertür zu, »Ich kenne diesen Murat nicht! Und was hab *ich* überhaupt noch mit der Sache zu tun? Ich bin *raus!*«

Der Mann hinter dem Lenkrad nickte mehrmals bedeutungsvoll. »Raus bist du wenn tot. Besser du lernst kennen Murat und sagst, was ist los, klar? Du Scheisepolizist!«

Pfeifer hatte nicht die Traute, zurückzufluchen. Er begriff nichts, außer daß irgendwelche Dinge schwer aus dem Ruder gelaufen waren und ihn in eine äußerst labile Position zwangen. Der Motor des Cabrios heulte auf. Jetzt endlich war die Debatte beendet. Schluß machen, dachte Pfeifer, einzige Konsequenz. Schluß machen und zurück in den Alltag bei der Abteilung zwei A, und später, falls noch Dreck nachkam, alles abstreiten. Die Alternative war, Schutz bei Ümal zu suchen. Aber langsam und schmerzhaft wurde ihm bewußt, daß niemand ihm je vertrauen würde, genauso wie ihn jetzt ja auch niemand mehr brauchte. So war das, wenn man als Pionier in den Grauzonen, im Niemandsland zwischen den Parteien unterwegs war. Man konnte allen nützlich sein und blieb doch für jeden marginal, verdächtig und abkömmlich.

Wer war nur dieser Murat? Und wie sollte er König um Auskunft bitten deswegen? Pfeifer flanierte, nein, er taumelte über den nächtlichen Winterfeldtplatz. Seine Hände in den Manteltaschen bebten, er riß sie vors Gesicht, faltete die Finger ineinander und hob sie an die Stirn.

Sonntagmorgens, kurz vor acht, klingelte das Telefon. Das geduldige, beharrliche Bimmeln riß Nabel aus Schlaf und Tran. Er beschimpfte, während er durch den Flur zum Hörer wankte und ihn hochhob, eine bis obenhin zugekackte Welt und einen offensichtlich grausamen Gott. »Ja?«

»Nabel, sind Sie das?«

Die Stimme klang nicht völlig unbekannt, aber keineswegs geläufig.

»Bin ich. Wer ist da?«

»König. Von zwei A. Wir hatten neulich mal das Vergnügen. Tut mir leid für die frühe Störung.«

Wie an allen Fäden in Form gezogen, stand Nabel gerade, riß sich zusammen. König?

Den hatte er am nächsten Tag besuchen wollen. Jetzt rief der Mensch bei ihm an? So zugekackt bis obenhin die Welt auch war, für diverse Kapriolen schien sie noch gut.

»Was wollen Sie denn?«

»Ich hab hier etwas, das für Sie sehr interessant sein müßte. Kommen Sie zu mir?«

»Wann? Jetzt? Sofort?«

»Das wäre angemessen, in der Tat. Wenn es Sie nicht zu sehr beansprucht.«

Nabel hatte zuviel Restalkohol im Blut, um die Sottise als solche wahrzunehmen.

»In einer Stunde bin ich da.«

Er legte den Hörer auf, fühlte prompt das bohrende Bedürfnis, sich wieder hinzulegen. Sein Leben kam ihm vertan vor, in Knechtschaft verbracht, in rostige Ketten gelegt, aber vor den Fenstern wütete die Sonne eines neuen Tages, mit allem Licht und allem Glanz, den ein früher September jungen Tagen verleiht. So griff er mürrisch zur Zahnbürste und schaufelte sich literweise eiskaltes Wasser über den Kopf. Den Prosecco ließ er unberührt im Kühlschrank stehen und bestellte ein Taxi. Langsam, ganz langsam wich seine Wut der Neugier.

Das Handy sonderte ein Harfenarpeggio ab. *Nummer unbekannt*, meldete das Display.

»Ja?«

»Lidia? Hör zu!«

»Bist du das, David?«

»Hör zu! Bitte komm nie wieder bei mir vorbei. Kapiert? Du bringst mich in Schwierigkeiten damit und dich auch. Ich kann dir nicht mehr erzählen. Komm nicht mehr bei mir vorbei, nie mehr. Tschau!«

»David? Hallo?«

Nabel betrat Königs Büro nach einem kurzen, eher formellen Klopfen, ohne das *Herein* abzuwarten. König stand auf, ging ihm drei Schritte entgegen.

»G'n Morgen, Kollege. Tut mir leid, wirklich leid für die frühe Störung am Sonntag. Aber vielleicht gibt es Grund zur Freude.«

Mißtrauisch nahm Nabel die dargereichte Hand, ohne den festen Griff zu erwidern.

»Da bin ich aber gespannt.«

»Wir haben gestern einen Mann festgenommen. Er trug eine Pistole mit Schalldämpfer im Gürtel über seinem Hintern. Eine Razzia in der Festen Burg. Kennen Sie den Laden?«

»Dem Namen nach.«

»Bei der Durchsuchung auf dem Revier fanden wir in seiner Hemdtasche einen Aufkleber.«

König machte eine bedeutungsschwangere Pause.

»Ach was? Sie wollen mir sagen …«

»Ja. Ganz genau. Lila Tinte. Hier, ich hab ein Foto!« König nahm ein Polaroid von seinem Schreibtisch und hielt es Nabel unter die Nase.

Zu zappelig, die Sau, für Gott. Ruhe jetzt.

Nabel räusperte sich. »Was ist das für ein Mann?«

»Keine Ahnung. Er schweigt. Ich meine, wenn das nur jemand ist, der Lila-Tinten-Killer spielen möchte, dann belastet er sich durch sein Schweigen etwas zu sehr. Nachahmerfreaks reden für gewöhnlich Klartext, wenn sie in Bedrängnis geraten.«

»Wie alt?«

»Zirka dreißig, schlank, südländischer Teint, mittelgroß, schwarzes, kurzes Haar, vielleicht Türke.«

»Haben Sie von ihm kein Foto?«

»Doch. Klar.« König griff nach dem offiziellen Foto des Erkennungsdienstes und reichte es Nabel.

»Nie gesehen. Kann ich das behalten?«

»Na hören Sie mal! *Sie* sind Leiter der Soko. Es ist Ihr Fall. Sie dürfen alles behalten. Auch den Ruhm. Ich will Ihnen da nichts wegnehmen, Kollege. Gegenüber der Presse sagen wir schlicht: *Die Polizei* hat ihn gefaßt. Wer da genau, muß niemand wissen.«

Nabel gingen die pseudoloyalen Floskeln auf die Nerven, die im Grunde nur betonten, daß es nicht Nabels Fahndungserfolg gewesen war.

»Weswegen sitzt er jetzt ein?«

»Erstmal wegen verbotenen Waffenbesitzes. Wir lassen gerade klären, ob wir den Verdacht auf Mord bzw. Mordversuch beim Staatsanwalt durchkriegen.«

»Ach? Aufgrund eines Aufklebers mit lila Tinte drauf? Das meinen Sie doch nicht ernst?«

»Verzeihung?« König rückte ein wenig ab und hob entrüstet den Kopf. »Ich versteh Sie nicht. Der Technoclub ist doch ein ideales

Areal für einen weiteren Mord. Mordslautstärke, niemand hätte den Schuß gehört, und von den Ausgeflippten dort bricht schnell mal einer wegen zuviel Tabletten zusammen, das kratzt so schnell keinen, der Täter marschiert seelenruhig hinaus und macht sich dünn. Wir kamen gerade rechtzeitig, um das zu verhindern!«

Nabel wollte hämisch grunzen, schwieg jedoch lieber und gähnte. Er guckte da nicht durch. Die Zufälligkeit des Ganzen kam ihm spanisch vor, aber was sollte er sich beklagen? Man hatte nun einen dringend Tatverdächtigen, Futter für die Presse. Wenigstens eine Atempause. Vielleicht stimmte der Verdacht ja, und das Problem war gelöst. Vielleicht.

Nabel riß sich zum zweiten Mal an diesem Morgen schwer zusammen, murmelte schwankend und fast tonlos ein *Danke für die Zusammenarbeit*, ließ sich das Verhaftungsprotokoll aushändigen, *tschüs*, und ging mit dem neuen Material zum Staatsanwalt.

König sah ihm mit einer Mischung aus Mitleid und Abscheu hinterher und fuhr sofort nach der Unterredung auf sein Wochenendgrundstück in Spandau, um am eigenen kleinen Teich zu angeln und zu dösen, wobei er sich wieder und wieder fragte, ob er das Richtige getan hatte und von sich selbst wieder und wieder zur Antwort bekam, eine Alternative habe ja ernsthaft nicht bestanden.

Der Staatsanwalt vom Sonntagsdienst wartete statt im eigenen bereits in Nabels Büro, und es dauerte über eine Stunde, bis sich die beiden fanden. Lidia und Ahmed tuschelten, einige andere der Sonderkommission trudelten erst jetzt ein und empfingen die frohe Botschaft wie eine Flüsterparole. Nabel bat den Staatsanwalt in ein leeres Verhörzimmer, um erst einmal unter vier Augen mit ihm zu reden. Der Kerl schien zu jung für sein Amt, Ende Zwanzig, das machte ihn für Nabel sofort zum aalglatten Karrieristen. Dabei sah Mark Dreipfuhl, so sein Name, einfach nur jünger aus, als er war.

Ein leicht feminin gewachsenes Bürschchen mit randloser Brille und dürren blonden Haaren.

»Ich bin inoffiziell hier, Herr Kommissar. Können wir frei reden?«

»Sicher. Warum denn nicht?«

»Naja, dieser Fall ...«

Dreipfuhl machte den Eindruck, als sei er ein junger Priester, den ein theologisches Problem plagte. Ungefähr so verhielt es sich tatsächlich. Er könne sich als gewissenhafter Jurist nicht so recht dazu entschließen, die Anklage über den unerlaubten Waffenbesitz hinaus auszudehnen. »Wir können ihn vorläufig vierundzwanzig Stunden einkassieren. Und solange er seine Personalien nicht preisgibt oder nach einem Rechtsbeistand schreit, vielleicht noch etwas länger, ohne daß uns jemand einen Strick draus dreht. Aber ich habe nunmal enorme Schwierigkeiten damit, aufgrund eines Zettels ... Sie verstehen?«

»Verstehe vollkommen.« Nabel nickte. »Ein Zettel mit lila Tinte drauf ist als Haftgrund nicht arg ... *stichhaltig*, um es mal so auszudrücken.«

»Genau!« Dreipfuhl hatte mit dem entsetzten Widerstand eines beinharten Bullen gerechnet, nun fühlte er sich gleich wohler. Er mochte nicht als derjenige gelten, der aufgrund pedantisch ausgelegter Gesetzestreue mutmaßliche mehrfache Mörder auf freien Fuß setzte. Vielmehr, er wollte der Presse nicht als Buhmann zum Opfer fallen. Andererseits gab es das Gesetz, und das Gesetz war für ihn nicht nur die sichere Seite, es war ihm eine Art Religionsersatz.

Nabel gab sich durchweg pflegeleicht und kompromißbereit. »Das ist alles ganz allein Ihre Entscheidung, Herr Dreipfuhl. Die werde ich akzeptieren, wie immer sie ausfällt, was bleibt mir denn übrig?«

Dreipfuhl begriff, daß ihm hier der Schwarze Peter zugeschoben wurde, und wand sich hin und her auf seinem Stuhl. »Wir können ja immerhin Zeit schinden. Ich komme Ihnen ja gern entgegen! Identifizieren Sie den Mann! Das würde enorm helfen. Haben wir seine Fingerabdrücke nicht in der Kartei?«

»Nein, das wurde natürlich sofort überprüft.«

»Zum Glück ist heute Sonntag. Damit können wir tricksen. Der zuständige Staatsanwalt – also ich – ist einfach nicht aufzufinden. Nehm ich auf meine Kappe. Unter uns, das ist ein im Grunde fieser Trick aus finsteren Zeiten, aber damit verlegen wir die Anhörung erstmal auf Dienstagmorgen, gut?«

»Gut. Wir verstehen uns.«

Nabel unterrichtete seine Leute von der neuen Situation, bemühte sich, die Euphorie zu dämpfen und zeigte ein Foto des Verhafteten herum. Lidia zog eine skeptische Schnute, daraufhin angesprochen, schwieg sie jedoch, als habe man ihr die Lippen zugenäht. Ahmed meinte, ihm komme die Fresse irgendwoher bekannt vor. Nabel nahm die beiden mit in den U-Haft-Trakt des Gefängnisses Tegel, wo ihnen kurz nach 13 Uhr der Verdächtige in Handschellen vorgeführt wurde. Die Presse hatte bereits Wind von der Sache bekommen, lungerte vor dem Gebäude herum und forderte Statements, die verweigert wurden.

Der bullige Mann sah nicht ungefährlich aus. Auf deutsch, englisch, italienisch (Lidia), in gebrochenem Französisch (Kai und Lidia) und Türkisch (Ahmed) nach seinen Personalien befragt, schwieg er. Seine Augenbrauen waren zusammengewachsen, die Wangenknochen traten stark hervor. Fliehendes Kinn, kurzer Hals. Haarausfall im Zentrum des Schädeldaches, vulgo Platte, kaschiert durch quergelegte Scheitelsträhnen. Grüne Augen, breite Nase, volle fleischige Lippen. *Verbrechervisage*, hätte die Boulevardpresse eine solche Erscheinung flapsig kommentiert. Aber was der Boulevardpresse zu schreiben erlaubt war, war der Exekutive nicht mal zu denken erlaubt.

Ahmed zupfte seinen Vorgesetzten am Ärmel, die beiden gingen kurz in den Nebenraum, während drinnen Lidia dem Verdächtigen einen Schokoriegel anbot, den dieser kommentarlos ablehnte und zum Fenster sah.

»Ich hab den irgendwo schon mal gesehen, Chef.« Ahmed wurde zunehmend sicherer. Er ging nochmal rein, sagte laut etwas auf türkisch zu dem Mann, der reagierte darauf auf so konzentrierte Weise *nicht*, daß man das Gefühl bekommen mußte, er habe sehr wohl verstanden, halte sich aber, wenn auch mühsam, im Zaum.

Was Ahmed ihm gesagt habe, wollte Nabel wissen.

»Daß er große Ähnlichkeit mit ner Frau hat, die ich mal gefickt hab. Muß seine Schwester gewesen sein. Oder seine Mutter.«

»Ach, Kacke, laß das!«

»Wenns aber hilft?«

»Egal, Ahmed! Das ist nicht unser Stil. Kennst du ihn nun, oder nicht?«

»Ich müßte die Kartei durchforsten.«

»Es hat keinen Datenabgleich bei den Fingerabdrücken gegeben.«

»Ich versuch dennoch mein Glück, wenn ich darf.«

»Ich weiß zwar nicht, was das soll, aber bitte, von mir aus. Warte hier! Du fährst uns nachher aufs Revier zurück.«

»Na klar … ich stell mich da in die Ecke und verschränk die Arme auf dem Rücken.« Ahmed grummelte beleidigt, fühlte sich vom Brennpunkt ausgeschlossen und zum Fahrer degradiert.

Nabel und Lidia unterhielten sich noch eine Weile schweigend mit dem Tatverdächtigen. Das, indem sie ihm Fotos der bisherigen Opfer zeigten. Der Mann schloß einfach die Augen und machte sie nicht wieder auf, bis ihn der Vollzugsbeamte zurück in seine Zelle führte.

Man hatte dem Häftling noch keinen Pflichtverteidiger zugewiesen, eine grobe Inkorrektheit, gewiß, andererseits hatte er bisher nach keinem verlangt, noch war einer jener oft unvermeidlichen

Selbstdarsteller aufgetaucht, die solche Typen kostenlos verteidigten, nur um sich im Rampenlicht zu suhlen. Selbst dieser Bagage schien der Fall nicht wert, auch nur mit der Beißzange angefaßt zu werden.

»Ahmed, du kannst dich jetzt wieder umdrehen. Haben wir eigentlich eine Liste der Gäste?«

»Gäste?«

»Gäste, die samstagabend in der Festen Burg waren. Womöglich hatte er es auf ein bestimmtes Opfer abgesehen.«

»Nee, ham wa nich. War niemand sonderlich Auffälliges dabei, die gingen alle anonym nach Hause.«

»Scheiße. So eine Nachlässigkeit!«

Lidia trat zwischen die beiden, mit gesenktem Kopf. »Das ist er nicht.« Lidia flüsterte nur, als fürchtete sie, zu dezidiert zu klingen.

»Sicher?«

»Nein, gar nichts ist sicher. Aber wenn du mich fragst – keines der Opfer ging auf sein Konto. Ich sahs an seinem Blick.«

»Irgendwie hat er mit der Sache zu tun, sonst würde er doch reden.«

»Ich weiß es nicht, Kai. Vielleicht.«

In eines von Lidias übermüdet flackernden Augen hatte sich eine Träne gestohlen, die sie unauffällig wegzuwischen suchte. Nabel haßte seinen Job und nahm Lidia in den Arm. Sie wehrte diese Geste brüsk ab und verließ, ohne noch etwas zu sagen, das Gebäude.

»Ja was? Was hat sie denn? Fährt sie ohne uns?« Ahmed sah ihr entgeistert hinterher.

»Sieht so aus.«

»Ihr gehts nicht gut, was?«

»Wird schon wieder. Laß sie in Ruhe und fahr mich ins Präsidium. Ich muß verhindern, daß Seidel sich vor die Mikrofone stellt und Viktoria schreit.«

»Klar, Chef. Wer ist Viktoria?«

»Was?«

»Nur n Scherz.«

Seidel war schwer davon abzuhalten, eine Pressekonferenz einzuberufen. Er strahlte übers ganze Gesicht und ignorierte jeden Zweifel, den Nabel zu erwähnen wagte.

»Warum so defätistisch? Ich finde das Beweismaterial hervorragend.«

Nabel war anderer Meinung. »Wir sollten uns vor einer Blamage hüten, bitte, einer meiner Leute verfolgt eine Spur, die uns auf die Identität des Mannes bringen könnte. Bitte! Noch einen Tag! Einverstanden?«

Es ging viel schneller. Ahmed benötigte knapp viereinhalb Stunden, bevor er fündig wurde. Was folgte, war eine herbe Enttäuschung.

»Das ist, fürchte ich, nicht unser Killer, Chef. Lidia hatte leider mal wieder recht.«

»Was hast du rausbekommen?«

»In der Kartei war er nicht zu finden. Aber dann ist mir plötzlich was eingefallen, und ich hab mir die Akte zukommen lassen. Mein Gedächtnis sollten Sie bei Gelegenheit mal schwer loben, Chef. Vor allen Leuten.«

»Ich werde dir huldigen! Weiter!«

»Der Kerl heißt Murat Kursun. Er hat für alle Morde ein Alibi. Und gleich noch ein echt gutes. Kursun kommt frisch ausm Krankenhaus. Seit vier Tagen entlassen. Hat ein halbes Jahr im Koma gelegen wegen schwerer Körperverletzung. Nicht von ihm, sondern *an ihm* begangen. War Türsteher im Francis-Club. Daher kannte ich ihn. Einer, den er nicht reinlassen wollte, hat ihm vor Wut ne Flasche auf dem Kopf zerschlagen. Der Kerl ist mit zwei Jahren auf Bewährung davongekommen.«

»Was bedeutet das alles?«

Die Frage richtete Nabel wie einen Hilferuf in die Runde seiner Leute. Die meisten sahen zu Boden, der Rest an die Decke.

Seidel kreuzte am frühen Abend auf, telefonisch vom neuerlichen Rückschlag unterrichtet, den er ohne Palaver partout nicht hinzunehmen bereit war. Man könne jemanden wie diesen Kursun schlicht nicht laufen lassen. Völlig unmöglich, das sei ein Stecken mit soviel Dreck dran, dem müsse man irgendwas nachweisen können. Mehr oder minder subtil deutete er an, ein Kriminaler, der das nicht fertigbringe, habe den falschen Beruf ergriffen.

Nabel biß sich mehrmals auf die Zunge.

Seidel redete sich in Rage, verlor die Beherrschung und schreckte vor Sätzen nicht zurück wie: »Zu meiner Zeit wäre das kein Thema gewesen!«, womit er freimütig zugab, daß sogar er selbst seine Zeit für vergangen hielt.

Nabel debattierte lange und überaus geduldig mit seinem Vorgesetzten. »Rein formal, sagte mir der Staatsanwalt klipp und klar, können wir niemanden festhalten, bloß weil er einen mit lila Tinte geschriebenen Zettel bei sich trägt. Kursun ist nicht mal vorbestraft.«

»Ist er nicht? Ist das die Möglichkeit?« Der Kriminalrat röchelte affektiert.

»Tut mir leid. Auch wenn er so aussieht.«

Seidel, der nun einsah, Unmögliches verlangt zu haben, benutzte beide Hände, als wolle er die Luft erwürgen. »Wie verkaufen wir das der Presse? Nabel, denken Sie nach! Immerhin: Auch wenn er *nicht* vorbestraft ist. Er *schweigt*. Warum? Wenn er nichts auf dem Kerbholz hat.«

»Morgen verhören wir Kursun nochmal. Vielleicht ergibt sich ein neuer Gesichtspunkt. Mit Tricks können wir ihn bis Dienstag einbehalten. Aber das richtige Subjekt für Ihre Präsentationstheorie ist er langfristig nicht.«

»Wofür?« Seidel kniff die Augen zusammen.

»Na, was Sie mir auf der Weihnachtsfeier gesagt haben, wissen Sie doch …«

»Nein, weiß ich nicht! Keine Ahnung. Ich habe nie auf einer Weihnachtsfeier mit Ihnen geredet, Nabel, daß das klar ist! Lassen Sie sich was Konstruktives einfallen!«

Nabel traf sich später am Abend mit Lidia in deren Wohnung. Sie litt unter Verspannungen, Kopfschmerzen und Appetitlosigkeit, wie immer, wenn etwas hinten und vorn nicht zusammenpaßte und es ihr nicht gelang, hinter den Dreh zu kommen.

»Was«, fragte sie müde, »sagen die Graphologen?«

»Sagen, kann sein, kann nicht sein. Verstellte Handschriften sind schwer zuzuordnen.«

Lidia meinte, stutzig habe sie schon die Tatsache gemacht, daß es eine Pistole mit Schalldämpfer war, die gefunden wurde, das hätte es ja schon mal gegeben. Der Killer habe bisher seinen Variantenreichtum demonstrieren wollen. Apropos Pistole. Ob die Ergebnisse aus der Ballistik schon vorlägen?

Nabel nickte und warf sie auf den Tisch. Sehr interessant, meinte er, es sei eine absolut jungfräuliche Waffe, aus der noch nie geschossen wurde. Buchstäblich nie. »Jeder, der mit Waffen zu tun hat, würde eine neue erstmal ausprobieren, oder?«

»Vermutlich, Kai. Was schließt du daraus?«

»Keinen Schimmer. Laß uns mal überlegen. Zwei Möglichkeiten drängen sich auf: Erstens, Kursun ist ein rachsüchtiger Trittbrettfahrer und wollte wirklich jemanden töten, und zwar am wahrscheinlichsten den, der ihm ein halbes Jahr Koma verpaßt und dafür nur Bewährung bekommen hat. Dieser Mensch heißt Zoltan Vukovic, ein zwanzigjähriger Serbe. Durchaus möglich, daß er an diesem Abend in der Festen Burg zu Gast war. Paßt alles ganz gut zusammen, wenn auch die Razzia eine grobe Zufälligkeit bleiben würde. Die zweite Möglichkeit: Murat Kursun ist ein Strohmann. Jemand wollte uns einen Täter liefern. Jemand wußte, daß in der Festen Burg eine Razzia stattfinden würde und hat diesen schweigsamen Exkomapatienten hingeschickt, mit Pistole und Aufkleber. Jemand wollte uns damit ruhig stellen. An sich einleuchtend. Der Kerl wird gut bezahlt, schweigt einfach, wir beißen uns an ihm die Zähne aus und vertun unsere Zeit. Nach Wochen oder Monaten gibt er uns seinen Namen und sein Alibi und spaziert nach Hause. Hätte klappen können. Nur daß Ahmed ihn zufällig wiedererkannte, hat seine Identität so abartig schnell auffliegen lassen.«

»Eine Zufälligkeit, die nicht minder groß ist als in der ersten Möglichkeit.«

»Stimmt. Irgendwas ist da faul. Immerhin haben wir was zu tun. Scheinbare Zufälligkeiten erweisen sich oft als verdeckte stringente Verknüpfungen.«

»Das schreib ich mir auf!« scherzte Lidia, zog einen Notizblock hervor und schrieb es tatsächlich auf. Nabel nahm es hin, zündete sich eine Zigarette an und ließ sich aus dem Automaten einen Espresso bringen. »Ich will wissen, wem der Francis-Club gehört und was demjenigen sonst so gehört. Denken wir uns in Kursun hinein. Wenn man seit vier Tagen ausm Krankenhaus raus ist und Geld, Beschäftigung und Protektion braucht, wendet man sich zuerst an seinen alten Arbeitgeber. Der Francis-Club hat einen ziemlich üblen Ruf, nicht wahr?«

Lidia zuckte mit den Achseln. Dieses Milieu war ihr so gut wie unbekannt.

»Hast du noch was von dem guten Wein da?«

»Tut mir leid, Kai, ist alle. Könntest ja mal ne Flasche mitbringen.«

»Ja, stimmt, okay, ich –« Nabel stockte und ließ seinen Oberkörper gegen die Stuhllehne fallen, klappte den Kopf nach hinten.

»Was ist?«

»Wir sind ganz schön verblödet!« Nabel schlug mit beiden Handflächen auf die Stuhllehnen.

»Red schon!«

»Warte! Laß mich nochmal denken.«

Nabel zog die Knie hoch, bettete seine Backen dazwischen, murmelte immer wieder *genau* und *allerhand*. Lidia fand, daß er arg posierte, aber in seinem Alter hatten Männer das wohl nötig. Auch mißfiel ihr, daß er mit Straßenschuhen auf dem Polster ihres Stuhls herumscharrte.

»Hör mal zu, Frau. Wir denken doch, daß all das etwas mit Drogen zu tun hat. Denken wir weiter: Drogen machen zwar kirre, aber sie sind ein nachvollziehbarer Grund, um dies und jenes zu tun. Morde sind keineswegs irrational, sobald es um Drogen geht, also im Endeffekt um *Geld*. Wir zwei unterliegen von Anfang an einer Suggestion. Wir gehen von *einem* Serientäter aus. Sobald jemand ein unzerpflückbares Alibi für eine der Taten hat, schließen wir ihn als Verdächtigen aus. Aber was, wenn es keinen *einen* Serientäter gibt? Wenn es jedesmal ein anderer ist? Jedesmal ein anderer Auftragskiller, den sein Oberboß dahin oder dorthin schickt? Wenn es um Koks geht, dann steckt dahinter eine Bande, und jede Bande hat einen Kopf. Und Soldaten für die Drecksarbeit.«

»Was heißt das konkret, auf Kursun bezogen?«

Nabel kratzte sich am Kopf. »Ich weiß nicht genau. Vielleicht wollte er tatsächlich wen erschießen.«

»Wen und warum?«

»Einfach irgendwen. Damit die Serie Bestand hat und man danach wieder ein neues Nicht-Zufalls-Opfer einbauen kann.«

Lidia klappte ihren Notizblock zu. »Dann wird es aber kompliziert. Du redest von einem möglichen Boß, der *fünf* Auftragsmorde an *fünf* verschiedene Killer vergibt. Damit geht er enorm viel Risiko ein, denn es genügt, daß *einer* geschnappt wird, um *alle* hochgehen zu lassen.«

»Einverstanden. Es sei denn, wir haben es mit einer Mafia zu tun. Die sich auf das Schweigen ihrer Leute verlassen kann. Das Problem: Nur wir beide wissen, daß das alles was mit Drogen zu tun haben könnte. Und dürfen es laut nicht sagen, weil wir damit rechnen müssen, daß Einheiten der Polizei darin verwickelt sind.«

»Das macht es echt *sehr* kompliziert.«

»Du sagst es, Frau. *The very big thing* scheint ein richtig fettes Ding zu sein. Zu groß für uns. Lassen wir lieber die Finger davon?«

Lidia nahm das Scheinangebot erst gar nicht für voll, obgleich es sie gereizt hätte, zu tun als ob. Was hätte Kai wohl getan, wenn sie gesagt hätte, *ja, das ist zu groß für uns, geben wir auf.* Ihr Wesen wie auch ihr beruflicher Ernst ließen solche Optionen der Neugier nicht zu. Interessiert hätte es sie schon. Stattdessen murmelte sie, in nahezu beschwichtigendem Ton: »Du willst nur Rücksicht auf mich nehmen, Kai. Red nicht so. Du würdest es dir nie vergeben, jetzt das Handtuch zu schmeißen.« Dir nicht – *und mir auch nicht* – fügte sie in Gedanken hinzu.

Wäre Nabel zu diesem Zeitpunkt betrunken gewesen, er hätte Lidia zumindest auf die Wange geküßt, so aber, stocknüchtern, berührte er flüchtig, wie versehentlich, ihren Oberarm, um sich mit dürren Worten zu verabschieden.

Es wurde Montag. Gewitter suchten Berlin heim, vom Morgen bis zum Abend schüttete es runter, ununterbrochen. Nabel beschloß, wenigstens nach außen hin, enger mit König zusammenzuarbeiten. Der Bezug zum Francis-Club bot eine hervorragende Andockstelle. König zeigte sich kooperativ, stellte aber bisweilen Fragen, die in Nabels Ohren naiv bis provokant klangen.

»Sie glauben, daß Kursun nicht der Täter ist?«

»Haben Sie nicht davon gehört? Er lag ein halbes Jahr im Koma. War Türsteher im Francis-Club und bekam eins übergezogen.«

»Ach? Nein, bis zu mir ist das noch nicht vorgedrungen. Schade.«

»Vermutlich ist Kursun ein Trittbrettfahrer. Vielleicht nur ein Scherzbold. Es schadet jedenfalls nichts, seinen Hintergrund auszuleuchten. Was können Sie mir zu diesem Francis-Club sagen?«

Die Strohmann-These behielt Nabel für sich.

»Der Francis-Club, Gott, naja, ist eine üble kleine Angeberspelunke. Ein Zuhältertreff, vornehmlich zum Zocken nach Feierabend um große Beträge. Offiziell eine Disco für Mitglieder, oben gibt es einen Barbetrieb, mit Alibi-Tanzfläche, im Keller wird gewürfelt. Seven-Eleven, meistens. Der Club wird bevorzugt von Osteuropäern, in der Mehrheit Ukrainern besucht.«

»Gibt es Nutten im Francis-Club?«

»Ich bitte Sie. Wo Zuhälter verkehren, sind Nutten nicht weit. Aber der Francis-Club ist kein Bordell, wenn Sie das meinen.«

»Das Gezocke ist doch illegal. Tun Sie was dagegen?«

»Das Gezocke ist zwar illegal, aber schwer beweisbar. Und was würde das bringen? Unsere Politik ist eher, die Illegalität auf gewisse Etablissements zu begrenzen, wo sie überschaubar bleibt. Und wo man sie gegebenenfalls unterwandern kann.«

»Warum ist ein Türke Türsteher in einem ukrainischen Club?«

»Muslimische Türken – es gibt auch ein paar christliche, wußten Sie das? – genießen einen guten Ruf als Türsteher, weil sie im Verhältnis wenig Alkohol konsumieren. Es gibt zudem relativ wenige türkische Zuhälter, deshalb herrscht zwischen Ukrainern und Türken momentan ein entspanntes Verhältnis ohne viel Konkurrenzdenken. Die Türken sind eher im Drogengeschäft tätig.«

Nabel freute sich, daß das Stichwort gefallen war, ohne daß er selbst es hatte benutzen müssen. »Dann hat der Francis-Club mit Drogen nichts zu tun?« Nabel trug die Frage sehr beiläufig vor. König reagierte gelassen. »Drogen finden sich überall, wo gezockt wird. Das macht den Club ja für mich erst interessant, sonst müßten Sie sich eher bei den Kollegen von der Sitte erkundigen. Aber daß der Francis-Club ein florierender Umschlagplatz wäre, läßt sich kaum behaupten. Es hat mal Razzien gegeben. Ohne erwähnenswerten Ertrag. Kleinkram. Eigenkonsum für Goldkettenluden. Tolerierbar.«

»Sie sind in Ihrem Dezernat doch auch für Schleuser zuständig. Insofern auch für Zwangsprostituierte aus der Ukraine, oder liege ich da falsch?«

»Ich arbeite mit den Kollegen von der Sitte eng zusammen, das stimmt. Ich weiß bloß nicht, was das alles mit Ihrem Fall zu tun haben soll?«

»Weiß ich selber nicht. Ich bin einfach nur dumm und neugierig. Wem gehört denn dieser Club?«

König lächelte, wie über die Fragen eines hyperaktiven Kindes. »Der Francis-Club gehört, ach, ich weiß gar nicht auswendig wem, irgendwem, aber dahinter steht Tschutschelow, er hat die Patenschaft, zweifellos. Tschutschelow ist Ihnen sicher ein Begriff?«

Nabel vollführte eine Geste, die man sowohl irgendwie als Nicken wie als Kopfschütteln deuten konnte. Er wollte nicht vortäuschen, mehr als nur ein bißchen zu wissen, wollte gleichfalls nicht als völlig ahnungslos gelten.

König verfiel mit Genuß in einen belehrenden Tonfall. »Ohne Tschutschelow läuft in dieser Stadt bei den Ukrainern gar nichts. Er beliefert Bordelle mit weiblichem Frischfleisch, bundesweit, allerdings haben wir ihm nie Schleusertätigkeiten nachweisen können. Dank der laschen Visa-Vergabe der Regierung sind viele ukrainische Nutten ganz regulär hier, angeblich freiwillig, ohne jeden Zwang. Tschutschelow ist der Pate, dem niemand je etwas anhängen kann, weil alles, was in seinem Namen befohlen wird, erst am Ende einer langen Befehlskette Wirklichkeit wird. Aus dem Drogengeschäft hält er sich raus. Im Grunde ist er ein wertkonservativer Großkrimineller, auf der Suche nach dem schönen Schein, versessen auf gesellschaftliches Renommee. Er hat sich von der Mutter seiner Kinder scheiden lassen, um eine verarmte deutsche Adelige zu heiraten, die Gräfin Schönfels. Inzwischen besitzt er einen deutschen Paß. Offiziell führt er natürlich ein Export-Import-Unternehmen, das mit allem möglichen handelt, nur nicht mit Menschen.«

»Interessant. Merk ich mir.«

»Ja, aber jetzt sind wir vom Thema doch weit abgekommen. Was immer das Thema gewesen sein mag. So genau hat sich mir das nicht erschlossen.«

»Verzeihen Sie meine Aufdringlichkeit. Uns leidenden Menschen ist es gegeben, in seltsamen Nebeln zu wandern …«

»Schon gut, Nabel, bevor Sie noch lyrischer werden: Ich stehe Ihnen immer zu Diensten. Wenn Sie mich nun bitte entschuldigen würden …«

»Ich entschuldige Sie. Halt, eine Frage noch!«

König sah mit gehobenen Brauen auf. Die wirre, völlig planlose

Art dieses Kommissars, Themen mal dieser, mal jener Couleur aufs Tapet zu bringen, stieß ihn geradezu ab.

»Wer hat die Razzia in der Festen Burg veranlaßt?«

»Das war zufällig ich.«

»Gab es einen konkreten Grund? Ich meine, einem Clubbesitzer das Samstagabendgeschäft zu versauen, das macht man doch nicht so gern in Zeiten schwächelnder Konjunktur, oder liege ich da falsch?«

König sah Nabel für einen Moment grimmig an, dann wandte er den Blick von ihm ab und rieb sich das Kinn. »Lieber Kollege, das geht Sie offen gesagt nichts an. Ich will Ihnen dennoch antworten: Ja, es gab einen konkreten Grund. Den Hinweis eines unserer V-Männer, an diesem Abend würde im Club was Größeres laufen. Mehr bekommen Sie nicht aus mir raus.«

Nabel grinste. »Dann hat Ihr V-Mann Sie angelogen, ja? Oder hat er nur einfach nichts getaugt?«

König schob die Lippen zusammen und gönnte der Frechheit keine Antwort. Nabel drehte sich um, grüßte, indem er die flache Hand an die Stirn hob, danach drehte er sich mit einem eleganten Schwung aus dem Türkreuz in den Flur hinaus.

Lidia und Ahmed nahmen sich derweil noch einmal Murat Kursun vor. Sie konfrontierten ihn mit seinem Namen, seinem jüngsten Werdegang, stellten Hunderte Fragen und stießen doch immer nur auf eine Mauer des Schweigens. Der Pflichtverteidiger, der Kursun mittlerweile zur Seite saß, schwieg ebenso wie sein Klient, wohl aus Hilflosigkeit, denn der Klient weigerte sich, ihn auch nur wahrzunehmen. Man hätte noch nicht einmal von einem demonstrativen Ignorieren sprechen können. Kursun wippte fast unmerklich vor und zurück, als liefe in seinem Inneren ein Endlosmantra, manchmal summte er tief und sehr leise und schien Interesse für eine

Fliege zu zeigen, die am Fensterglas hockte. Hätten die Ärzte im Urban-Krankenhaus auf Anfrage nicht bestätigt, daß Kursun bei seiner Entlassung geistig voll zurechnungsfähig gewesen sei, man hätte glauben können, es läge eine Art Wachkoma vor oder ein Fall von extremem Autismus.

Ahmed, dem eingebleut worden war, sich lupenrein zu benehmen, ging im Geiste alle Folterinstrumente durch, die ihm in einem türkischen Provinzgefängnis zur Verfügung stehen würden, aber das entsprang keiner wirklichen Brutalität, es war vielmehr seine höchstpersönliche Strategie, drohende Wutausbrüche im Keim zu ersticken.

Nach dreieinhalb Stunden, die ohne jedes noch so winzige Ergebnis blieben, bat der Pflichtverteidiger um ein Einsehen. Er werde jetzt, sagte er beinahe kleinlaut, den Antrag auf Haftentlassung stellen, es sei bisher keine Anklage erhoben worden, was einen nicht hinzunehmenden Zustand darstelle.

Dreipfuhl, der Staatsanwalt, zögerte die Angelegenheit hinaus, soweit er es mit seinem beamtlichen Gewissen vereinbaren konnte, am späten Nachmittag entwarf er schließlich die Anklageschrift wegen unerlaubten Waffenbesitzes. In Anbetracht der zu erwartenden milden Strafe, einer Geldstrafe unerheblichen Ausmaßes, würde der zuständige Richter die Entlassung des Beklagten um sieben Uhr am nächsten Morgen anordnen. So lange blieb der Soko Lila Zeit, neue Aspekte vorzulegen, die eine Haftverlängerung wegen etwaiger Verdunkelungsgefahr zur Folge haben würden.

König und Pfeifer trafen sich am Nachmittag erneut im Kleistpark, saßen nebeneinander auf der Parkbank, um, hinter hochgehaltenen Zeitungen versteckt, Zwiesprache zu halten.

König berichtete von seinem Morgengespräch mit Nabel. Es war ihm unangenehm, daß Nabel in Richtung des Francis-Clubs ermitteln wollte. König war, wie er glaubte, einer ziemlich großen Sache auf der Spur, und die Soko Lila war dabei, seine Ermittlungen empfindlich zu stören.

»Was ist das bloß mit diesem, wie heißt er? Diesem Kursun? Weißt du irgendwas, David?«

»Ich hab keine Ahnung. Rätselhaft. Wollte eben Sie danach fragen.«

»Dieser Killer ist mir ehrlich gesagt egal, ich weiß nicht, worum sich das dreht. Ich muß mich um mein eigenes Ding kümmern. An Nabel hängt ein ganzer Schwanz von Presse, wenn diese Schweine in meine Gärten einbrechen, werde ich sauer. David?«

»Ja?«

»Ich muß dir was sagen.«

»Aha?« Pfeifer ließ für einen Moment die Zeitung sinken und sah seinen Vorgesetzten erwartungsvoll an.

»Wir haben uns doch über die Gräfin Schönfels unterhalten.«

»Ja.«

»Und über Igor Tschutschelow«

»Auch.«

»Um den geht es mir. Ich will Tschutschelow haben. Ich will dieses Vieh hinter Gitter bringen.«

Pfeifer öffnete den Mund. Eine längere Pause entstand.

»Da haben Sie sich ja was vorgenommen …«

König nickte selbstgefällig. Hätten sich die beiden Männer gegenüber gesessen, hätte König vielleicht die kleinen Schweißperlen auf Pfeifers Stirn wahrgenommen.

»Tschutschelow ist mein Primärziel. Verstehst du?«

»Nicht ganz, ehrlich gesagt. Was hat das mit –« Pfeifer beendete den Satz nicht, schnalzte stattdessen mit der Zunge. »Ach so! Kursun hat für Tschutschelow gearbeitet?«

»Genau.«

»Und wenn Tschutschelow mit den Morden zu tun hat …«

»Dann wär das nicht hilfreich, sondern eine Katastrophe! Schon allein, weil ich nicht durchblicke. Bei allem Respekt für die Toten – aber das wächst auch wieder nach. Was Tschutschelow sonst treibt, muß absolute Priorität haben.«

»Verstehe. Nabel zerrt da was in die Öffentlichkeit, was dort vorerst nicht hingehört.«

»So ungefähr. Und ich war auch noch gezwungen, ihm gegenüber den Namen zu erwähnen. Selbst wenn Tschutschelow was mit den Morden zu tun hat, *deswegen* kriegen wir ihn nie dran. Das sind Kollateralschäden.«

»Und wenn Sie Nabel in groben Zügen unterrichten würden, haben Sie daran schon gedacht?«

König verzerrte sein Gesicht, wie unter Zahnschmerzen.

»Davon geträumt hab ich heute nacht. Alpträume. Der Mensch ist hochgradig inkompetent, er würde unser Vorgehen ernsthaft gefährden. Das kann ich nicht zulassen.«

»Wir können ihm aber schlecht in die Parade fahren.«

»Nein, das nicht. Selbstverständlich nicht. Leider. So ein Dilemma!«

Pfeifer erwähnte mit keinem Wort, daß er gestern nacht bedroht worden war, von einem von Tschutschelows Raufbolden. Er konnte seinem Vorgesetzten auch schlecht zum Vorwurf machen, daß der ihn nicht von der Razzia in der Festen Burg unterrichtet hatte. Was sonst allerdings meistens der Fall gewesen war. König hatte ihm manchmal sogar ausdrücklich erlaubt, gewissen Leuten Hinweise zu geben, um sich deren Vertrauen zu erschleichen. So hatte das alles einst angefangen. Die ganze Misere. Nun gab es kein Zurück.

Gegen Mitternacht saß Nabel wie so oft im Sommer auf seinem Balkon über dem Körnerpark und beugte sich noch einmal über die ominöse Liste aus Kistners Nachlaß. Inzwischen ahnte er, daß ihre

Sprengkraft um einiges höher sein mußte, als bisher befürchtet. Wie über einem schwierigen Schachproblem saß er und probierte mögliche Züge, um jene einzige Zugfolge zu finden, die zum Matt des schwarzen Königs, zur Lösung führen würde.

Pfeifer hatte Lidia gegenüber einmal einen *Kumpel in der Chemie* erwähnt. Vielleicht mußte in diese Richtung noch härter ermittelt werden. Vielleicht hatte Pfeifer ein kleineres, privates Chemielabor gemeint. Aber wie etwas aus ihm herauskitzeln, das nicht einmal angesprochen werden durfte? So ging es nicht weiter. Nabel brauchte einen Verbündeten. Aber wen? Er genoß die sanfte, vorbeistreichende Brise, das leise Rauschen der Baumkronen, als das Telefon klingelte. Aus einer Konzentration gestört, die keine mehr war, eher ein metaphysisches Dämmern über dem Gedanken an die allgemeine Schlechtigkeit der Welt, profan herausgerissen aus einer fast idyllischen Melancholie, hob er den Hörer ans Ohr. Es war Lidia. Sie klang sehr aufgeregt.

»Komm! Komm bitte sofort!«

Lidia hatte den ganzen Tag, sofort nach Nabels Anruf, Informationen über den heimlichen Besitzer des Francis-Clubs, Igor Tschutschelow, zusammengetragen. Auch über dessen deutsche Gattin, die Gräfin Anita von Schönfels. Sie wurde in den Society-Spalten des Boulevards öfters erwähnt; in ihrer Wilmersdorfer Stadtvilla gab sie regelmäßig kleine *Bälle* und *Empfänge*, profan gesprochen *Parties*, spendete hier und da für gute Zwecke, war Dekoration bei fast jedem Promi-Event und zeichnete sich durch exquisite Garderobe und übertriebene Juwelenlast aus. Manchmal, jedoch selten wirklich greifbar, mehr zwischen den Zeilen, blitzte in der Berichterstattung leiser Spott auf, über die verarmte Gräfin aus der Weddinger Zweizimmerwohnung, die von einem über zwanzig Jahre älteren dubiosen

Geschäftsmann allein ihres Titels wegen geehelicht worden war und dadurch in die Scheinwerfer des öffentlichen Interesses zurückgefunden hatte.

In höchsten Tönen als Dame von Stil, Anmut, Güte und Geschmack gelobt wurde sie auffälligerweise in den Kolumnen Kistners, vor dem sich sonst eigentlich niemand je sicher fühlen durfte. Dem Bildmaterial nach zu urteilen, gab sie stets eine gepflegte und elegante Figur ab, wirkte ansonsten nicht übertrieben fotogen. Lidia sichtete und ordnete die Fotos chronologisch. Es existierten kaum Aufnahmen, die sie an der Seite ihres Gatten zeigten.

Über Igor Tschutschelow, sechzig Jahre alt, ließen sich im Boulevard nur Stichworte finden. Auch sonstige Quellen zeigten sich eher ratlos in der Frage, wie dieser Mann zu charakterisieren sei. Er mußte nach dem Fall der Sowjetunion viel Geld gemacht und es rechtzeitig ins Ausland geschafft haben, auf welche Weise, darüber waren diverse Meinungen im Umlauf. Alle basierten mehr oder minder auf Gerüchten. Im Grunde war hierzulande bisher niemand ernsthaft daran interessiert gewesen, Tschutschelow zu durchleuchten. Sein Name tauchte in Zusammenhang mit osteuropäischen Prostituierten nur ein einziges Mal auf. Ein Kölner Bordellbetreiber, wegen Steuerhinterziehung angeklagt, hatte Tschutschelow als Fleischlieferanten für seine drei allerdings völlig legalen Großbordelle enttarnt, zog diese Aussage aber nach wenigen Tagen wieder zurück, er sei mißverstanden worden. Mehr als eine Randnotiz im Lokalteil blieb von der Angelegenheit nicht haften.

Lidia erstattete Kai telefonisch Bericht, ging nach der Arbeit eine Nudelsuppe essen, bei ihrem Lieblingsasiaten in der Bergmannstraße, sie fühlte sich endlich besser, saß draußen, genoß die tiefe Abendsonne. Nach fünf Jahren Pause kaufte sie sich wieder eine Packung Zigaretten und inhalierte mit großem Genuß. Das Rauchen hatte sie damals ihrem Freund zuliebe aufgegeben. Morgen würde sie ihm das Ende der Beziehung mitteilen, etwas, das sie wochenlang immer wieder verschoben hatte.

Nach Sonnenuntergang machte sie einen Spaziergang über den Mehringdamm, zog Geld am Automaten, gönnte sich einen Cocktail in der Bar Dos Piranhas, dann noch einen Absacker im Promillchen, wo man als Frau ohne Begleitung mit hundertprozentiger Sicherheit angesprochen wurde, auf niveauarme Art, aber das störte Lidia nicht oder ließ sie kalt. Ihr gesamtes Wesen unterzog sich seit Tagen und Wochen einem ihr selber unheimlichen Wandel, ausgelöst durch den Fall, an dem sie arbeitete. Nie zuvor war sie an ihre Grenzen gestoßen. Der, wenn man es so ausdrücken kann, Zusammenprall mit ihren Grenzen hatte Lidias Selbstwertgefühl schwer angeknackst. Sie war sich bewußt geworden, von welcher Droge sie tatsächlich jahrelang abhängig gewesen war – der allabendlich euphorischen Gewißheit, funktioniert, mehr noch, brilliert zu haben.

Sie sah auf die Uhr, es war spät. Die Müdigkeit trieb sie nach Haus, obwohl es im Promillchen gerade lustig zu werden begann, zwei uralte Trinker mit verfilzten Rauschebärten sangen zweistimmig irische Volkslieder, und das gar nicht schlecht.

Lidia stieg die zwei Treppen hinauf, öffnete ihre Wohnungstür und wollte eben den Lichtschalter betätigen, als vor ihr in nicht bestimmbarer Entfernung der Dielenboden knarzte. Sie erschrak und hielt inne. Dielenböden in Altbauwohnungen können der Wahrnehmung Streiche spielen, Lidia wußte das, doch unter dem Einfluß des Alkohols zögerte sie, das Licht anzuknipsen, als böte das vor ihr liegende Dunkel eine Art Sicherheit. Sie trat einen Schritt zurück, stand auf der Türschwelle, mit der rechten Hand griff sie reflexartig nach ihrer Waffe, die sie – leider – im Büro gelassen hatte. Jetzt herrschte Stille.

Ich benehme mich albern, dachte sie, hier so auf der Türschwelle herumzustehen, hab ich Angst vor meiner eigenen Wohnung? Was ist nur mit mir los? Auf *los*, wie auf ein Stichwort hin, knarzten die Dielen erneut, keine Täuschung möglich, Schritte, ihr entgegenkommende schnelle Schritte, ein Schatten, der sich aus dem Dunkel schälte, vor ihr emporwuchs, den Umriß einer Gestalt annahm, sie war zu gelähmt, um zu reagieren, der Angriff dauerte keine zwei Sekunden, eine Faust traf sie zwischen Stirn und Nasenwurzel, Lidia brach zusammen, der Angreifer sprang über sie hinweg, hetzte die Treppe hinunter. Lidia kämpfte gegen die Ohnmacht an, spürte Blut über ihre Nase laufen, schmeckte das Blut auf der Oberlippe, kroch in ihre Wohnung, stemmte die Tür mit beiden Füßen zu, daß es knallte. Für Minuten blieb sie benommen liegen, dann legte sie die Kette vor die Tür und wankte ins Bad. Sie hatte Lust zu schreien, weniger aus Schmerz denn aus Wut. Bei ihrem eigenen Anblick im Badezimmerspiegel wurden ihr die Knie weich, sie suchte die ganze Wohnung nach einem Pflaster ab und blutete, bis sie endlich eines fand, ihr liebstes Badetuch voll.

Nabel setzte Teewasser auf. In dieser Nacht war an Schlaf nicht mehr zu denken. Er würde bei Lidia bleiben, sie beschützen und trösten. Nichts, was er an sich lieber getan hätte, doch morgen wartete ein harter Arbeitstag auf ihn. Er schämte sich dieses doch ganz natürlichen Gedankengangs. Die Wunde selbst war nicht sehr schlimm, ein *Cut*, würde man im Boxsport sagen, vielleicht hatte Lidia eine leichte Gehirnerschütterung davongetragen, in diesem Fall hätte man im Krankenhaus auch nicht viel mehr tun können, als Bettruhe zu verschreiben.

»Du hast ihn nicht erkannt?«

»Nein.«

»Wer hat Schlüssel zu deiner Wohnung?«

»Niemand. Außer mir.«

»Nichtmal dein Freund?«

»Nein. Der wars nun ganz bestimmt nicht.«

»Gut Ich meine, gar nicht gut. Ich weiß nicht, was ich sagen soll.«

»Tut mir leid, wenn ich dir die Nacht verderbe.«

»Red keinen Quatsch. Red einfach so wenig wie möglich. Hast du schon nachgesehen, ob was fehlt?«

»Wie denn? Was gäbs hier schon zu holen?«

»Hattest du irgendwelche Materialien hier, die LILA betreffen?«

»Nein. Heute mal nicht.«

»Konnte irgend jemand wissen, daß du später nach Haus kommst als üblich?«

»Nein.«

Nabel tupfte ihr Gesicht mit einem nassen Handtuch ab. Die Blutung war längst gestillt, und er schämte sich, die Berührung auf gewisse Art zu genießen.

»Dann wars wohl kein gewöhnlicher Einbrecher. Jemand hat auf dich gewartet. Erst als du in der Tür stehengeblieben bist, hat er durchgedreht. Er mußte damit rechnen, daß du deine Waffe ziehen würdest. Könnte sein, daß er dir von vornherein eins auf die Schnauze geben wollte, nichts weiter.«

»Tröstlich!«

»Tschuldigung wegen der Wortwahl. Jedenfalls, das Türschloß sieht nicht sehr beeindruckend aus. Serienware. Dafür nen Dietrich zu bekommen ist keine große Kunst.«

»Wußte ich nicht. Ist das so?«

»Aber was wollte er von dir?«

Lidia lag auf der Couch, nunmehr mit einem Beutel Eis auf der Stirn. Nabel stand auf, um kochendes Wasser auf die Teebeutel zu schütten, er dimmte die Zimmerbeleuchtung weiter herab, bis die Tassen nur noch als schwache Silhouetten zu erkennen waren. Dann geschah, angesichts der Umstände, ein kleines Wunder.

Der Eisbeutel rutschte Lidia von der Stirn und sie schnarchte. Dezent nur, aber sie schnarchte, also schlief sie, zweifellos, und Nabel nahm den Eisbeutel, trug ihn zur Spüle, legte ihn leise hinein, die Eiswürfel machten dumpfe Geräusche im Becken, er setzte sich neben die Schlafende auf den Boden, hörte auf ihren Atem, hörte lange, anfangs besorgt, endlich beruhigt ihrem bald lautlosem Atem zu, zuletzt wankte er in Lidias Schlafzimmer, legte sich in ihr Bett und schlief auch.

Morgens um sieben vibrierte das Handy. Nabel schaltete es ab und trottete schlaftrunken ins Wohnzimmer. Draußen war es hell geworden. Lidia schlief immer noch, wenn auch unruhig, sie schien zu frösteln, und Nabel legte ihr zusätzlich zur dünnen Fleece-Decke seine Jacke über. Er setzte sich vor der Couch auf den Boden und betrachtete die Schlafende. Als könne sie seinen Blick wahrnehmen wie eine flanierende Mücke auf der Haut, blinzelte sie prompt und schüttelte sich, schrak hoch, realisierte die Umgebung.

»Kai?«

»Schlaf weiter!«

»Du bist so lieb. Warst du die ganze Zeit auf dem Fußboden? Leg dich doch hin! Geh in mein Zimmer.«

»Mach dir um mich bloß keine Sorgen.«

Lidia pennte noch einmal weg, und Nabel fand, daß es auf ihre Aufforderung hin völlig okay war, sich erneut in ihr Bett zu legen, für eine halbe Stunde, eine kleine knappe halbe Stunde köstlichen Schlafes, dann, schon im Fallen, erinnerte er sich des Anrufs auf dem Handy und wählte die oberste Nummer auf der Liste entgangener Anrufe, eine Nummer, die ihm nichts sagte.

Sie gehörte einem Vollzugsbeamten aus dem Untersuchungsgefängnis. Murat Kursun, der an diesem Morgen hätte entlassen werden sollen, habe Selbstmord begangen, sei am Fenstergitter erhängt aufgefunden worden.

»Das glauben Sie doch selber nicht.«

»Wie bitte?«

»Ich bin ein wenig durcheinander.« Nabel legte auf. Und wieder vibrierte das Handy.

»Was denn jetzt noch?«

»Hier ist König. Es hilft nichts. Wir müssen reden.«

Nabel hatte sich Zeit gelassen. Er ließ vor allem Lidia Zeit, sich zu duschen und anzuziehen, einen kleinen Koffer zu packen, er gab ihr seine Wohnungsschlüssel. Sie solle es sich bei ihm, so gut es ging, gemütlich machen und ein, zwei Tage freinehmen. Er hatte sie in ein Taxi verfrachtet und war zu Fuß zum angegebenen Treffpunkt marschiert, dem Friedhof am Mehringdamm, wo E. T. A. Hoffmann und Mendelssohn-Bartholdy begraben lagen. Ein pittoresker Friedhof. Es kam vor, daß man dort Füchse zwischen den Grabsteinen umherschleichen sah, ebenso Hasen. Ob die Füchse Jagd auf die Hasen machten?

Ein kühler Morgen, der Herbst kündigte sich an. König saß auf einer Bank, kratzte sich ungeduldig die Wangen. Nabel überlegte, ob er seine Dienstwaffe entsichern sollte, was ihm letztlich zu melodramatisch vorkam. Wenn König ein Todfeind war, würde er einen anderen Treffpunkt ausgewählt haben. Schon bückten sich hier und da ältere Damen, mit der Gräberpflege beschäftigt, und zwei Friedhofsgärtner sah man auch.

»Da sind Sie ja endlich!« König blieb sitzen, die Hände in den Manteltaschen. Nabel nahm neben ihm Platz.

»Ich bin so schnell gekommen, wie es ging.«

»Naja, gut. In medias res. Um ehrlich zu sein, ich kann Sie nicht besonders leiden, Nabel, vielleicht beruht das auf Gegenseitigkeit, ich mag Ihre Art nicht, Ihre gewisse Lässigkeit, Ihren Lebenswandel. War das offen genug? Wir müssen jetzt keine Freunde werden, aber ich gestehe ein, daß ich Sie bisher mit Informationen knapp gehalten habe. Das wird sich nun ändern, und ich schlage vor, daß wir beide fortan mit der gebotenen Sachlichkeit miteinander umgehen. Die Situation erfordert das nun einmal.«

Nabel lauschte Königs Worten, ließ seinen Gesichtsausdruck für ein paar Sekunden gefrieren, bevor er nickte. Mit aller gebotenen Sachlichkeit.

»Sie machen mich schwer neugierig.«

»Um es kurz zu sagen: Ich dachte, wir beide jagen in unterschiedlichen Territorien. Sie sind auf der Suche nach diesem Killer, ich habe etwas ganz anderes im Fokus. Dachte ich. Es kann aber sein, daß sich da was überschneidet, und mir bleibt nichts anderes übrig, als gewisse Dinge anzusprechen, die ich lieber für mich behalten hätte.«

»Aha.« Großer Cop weiht kleinen Cop in die Mysterien seiner Jagdgründe ein, dachte Nabel. Du aufgeblähtes Arschloch.

»Was ich Ihnen nun sage, ist eine äußerst heikle Information. Sie gefährdet Leben, nicht nur Ihres und meines.«

Ja, Papa, dachte Nabel, ich werde immer vorsichtig damit umgehen und sie keinem anderen Kind zum Spielen geben. Er nickte.

»Wir haben heute nacht eine außerordentliche Aktion gestartet, in die nur ein paar wenige Beamte eingeweiht sind. Alle werden noch heute versetzt. Weit weg, vorsichtshalber.«

»Das ist sehr spannend.«

»Murat Kursun hat sich erhängt, das haben Sie gehört?«

»Ja. Breaking News zur Morgenstund.«

»Hat er nicht. Der Beamte, der ihn fand, gehört zu uns. Der Notarzt und seine Gehilfen auch. In der Leichenhalle liegt ein seit Jahren tiefgefrorener Dummy. Wir haben Kursun an einen sicheren Ort gebracht. Seine Familie, er hat einen Bruder und einen Vater …«

»Nur *einen* Vater?«

»Bitte! Keine infantilen Witze, ja? Ich kann das nicht ab. Seinen Bruder und seinen Vater können wir vorläufig weder einweihen noch in Sicherheit bringen, das ist traurig, aber notwendig. Man wird unter Kursuns Namen den Dummy begraben.«

König zündete sich eine Zigarette an. Das machte ihn in Nabels Augen gleich um ein gutes Stück menschlicher. Und wegen des infantilen Witzchens hatte er recht.

Murat Kursun war einer unserer V-Männer. Ich hatte ihn auf Tschutschelow angesetzt. Er sollte ganz klein als Türsteher anfangen und sich hocharbeiten. Bei Tschutschelow geht es um Zwangsprostituierte, da hatten Sie völlig recht, Nabel. Es geht um Menschenhandel im großen Stil. Das Ganze stellt sich so dar: Tschutschelow bestreitet überhaupt nicht, junge Damen auf freiwilliger Basis in den Westen zu vermitteln. Als Tänzerinnen, Putzhilfen, Au-pair-Mädchen et cetera, natürlich mit gültigen Visa und über Strohmänner und diffuse Kanäle; das ist anrüchig, aber es hält sich im Rahmen des Gesetzes. Da können wir wenig machen. Das große Geschäft findet im Hintergrund statt.«

König saugte beinahe gierig an der Zigarette und warf sie halb geraucht weg, wie nicht mehr mit ihr zufrieden.

»Murat hatte den Auftrag, die Zuhälter im Francis-Club auszuhorchen. Türsteher bekommen so einiges mit. Ein paar offene Ohren an einem strategisch günstigen Punkt, so war sein Wirkungsbereich angelegt. Ein U-Boot. Er hat uns auch manche Information geliefert, war durchweg zuverlässig. Durch ihn haben wir erfahren, daß es auf unterer Ebene eine erste Tuchfühlung der Ukrainer mit den Türken gibt, was im Endeffekt zu einer dauerhaften Connection führen könnte. Mir ist noch unklar, wer der treibende Motor dabei ist, das Ganze findet unter höchster Geheimhaltung statt. Ich will natürlich Tschutschelow drankriegen, nicht irgendeinen seiner Erfüllungsgehilfen.«

Nabel nickte, verständnisheuchelnd, wiewohl er nicht genau wußte, was ihn das alles anging.

König trat die weggeworfene Zigarette aus und suchte sich eine neue, die er, unangezündet, zwischen den Lippen balancierte.

»Wir wissen nicht genau, was dann passiert ist, möglicherweise war Murat unvorsichtig, vielleicht war das Ganze auch nur ein blöder Seitenhieb des Schicksals, jedenfalls sucht ein junger Typ, Serbe, Streit mit Murat und zieht ihm vor dem Club mit der Bierflasche eins über den Schädel. Kann vorkommen. Türsteher-Kismet. Oder aber Murat war verdächtig geworden, und man wollte ihn loswerden, ohne die Polizei allzusehr zu provozieren. Murat lag ein halbes Jahr im Krankenhaus, der arme Kerl.«

»Im Koma, ich weiß.«

»Nicht die ganze Zeit. Er lag auf der Intensivstation, weil wir ihn da diskret bewachen konnten. Tut nichts zur Sache. Jedenfalls wurde er wieder gesund. Wir standen vor einer Entscheidung. Was tun? Sollten wir unseren Mann zurückziehen? Oder nochmal ins Spiel bringen?«

»Darf ich raten: Sie haben ihn nochmal ins Spiel gebracht?«

König kratzte sich am Kinn. »Sein eigener Entschluß. Er wollte selber herausfinden, woran er war. Also wendet er sich nach der Entlassung aus dem Krankenhaus an seine alten Brötchengeber, ist ja logisch. Die tun erstmal dankbar und stellen ihn wieder vor die Tür. Alles paletti. Jetzt stellen Sie sich vor, was für ne Nummer abläuft. Er bekommt einen Anruf, daß er einen Job erledigen soll. Wenn er sich weigert, ist er arbeitslos. Wer ihn angerufen hat, weiß er nicht, die Stimme kennt er nicht, er soll seine Loyalität beweisen, er geht, wie es ihm anbefohlen wird, ums Eck, findet hinter ner Mülltonne eine Pistole mit Schalldämpfer, dazu einen Aufkleber mit lila Sprüchlein drauf. Was denkt sich Murat? Entweder ist das ne ernste Sache, oder aber da wollen ein paar schräge Jungs ihn verarschen. Zu derben Scherzen ist das Milieu ja durchaus fähig, die Möglichkeit kann man nie ganz außer acht lassen.«

Nabel grummelte zustimmend. Verarscht zu werden gehöre dazu. Immer und überall.

»Er soll, sagt die Stimme am Telefon, in die Feste Burg gehen, einem der Tänzer, irgendeinem, der nicht nach Slawe oder Türke aussieht, den Aufkleber an die Schulter pappen, ihn dann erschießen. Machbare Sache. Murat ruft mich an, ist verständlicherweise aufgeregt. Um nicht zu sagen: entsetzt. Die Stimme am Telefon, das hätte ich fast vergessen, drohte ihm damit, seine Familie büßen zu lassen, falls er versagt. Richtig harte Nummer. Was tun? Vielleicht hätten wir Vater und Bruder und Murat sofort aus dem Verkehr ziehen, in Sicherheit bringen sollen. Kann sein. Ich dachte, es geht auch eleganter, ich schicke Murat in die Feste Burg und starte eine Razzia. Die grüne Kavallerie rückt an und verhaftet Murat, bevor was anbrennt. Vater und Bruder haben wir zur Vorsicht mal einkassiert, für die denken wir uns noch was aus. Aber Murat war als U-Boot nicht länger zu halten. Die Sache roch zu stark. Deshalb die Aktion von heute nacht.«

Nabel zeigte sich beeindruckt und nahm, was er hörte, mit überschwenglicher Dankbarkeit zur Kenntnis. »Mannomann. Wer hätte das gedacht? Und jetzt?«

»Das ist die Frage. Sie sind interessiert, Ihren geisteskranken Killer zu fassen. Ich will Tschutschelow. Wir müssen einen Weg finden, unsre Interessen gemeinsam zu befriedigen, ohne einander in die Quere zu kommen. Ehrlich gesagt, habe ich keine Ahnung, was dieser Killer mit meinem Spielfeld zu tun hat. Andererseits scheint es möglich, daß eine Verbindung besteht. Gut. Fällt Ihnen was dazu ein? Ich hab Ihnen was gesagt, nun könnten Sie mir umgekehrt auch etwas sagen. Falls es da was zu sagen gibt.«

König scharrte mit den Sohlen ungeduldig im Kies. Nabel fand sich plötzlich in eine überaus günstige Lage versetzt. Er wußte von

Kistners Liste, wußte, daß die Morde wahrscheinlich nicht wirklich geisteskranken Motiven entsprangen, daß Drogen im Spiel sein konnten, kurzum, er fühlte sich König mächtig überlegen und sah keinen zwingenden Grund, sein Blatt gleich auf den Tisch zu legen.

»Wir tappen leider völlig im dunkeln. Nichts ergibt einen Sinn. Aber dieser David Pfeifer – der gehört doch zu Ihrer Truppe, stimmts?«

König zögerte, dann machte er eine Geste, die wohl verdeutlichen sollte, wieviel Überwindung es ihn koste, das zuzugeben. »David ist ein verdeckter Ermittler, genau wie Murat. Allerdings hatten und haben die beiden keine Ahnung voneinander. Und das muß *unter allen Umständen* so bleiben. Mit niemandem ein Wort darüber! Sie haben strikte Schweigepflicht, selbst gegenüber Ihren Mitarbeitern, ist das *klar?*«

»Finden Sie es richtig, daß Pfeifer Polizisten mit Koks versorgt?«

»Gehört zu seinen Aufgaben. Hab nicht ich mir ausgedacht, kommt von weiter oben. Seien Sie nicht sauer. Ihre Kollegin wird wegen den paar Gramm nicht belangt werden. Es sei denn, Sie schießen quer. Einverstanden?«

Nabel dachte nach und nickte. Zu einem vernehmlich geäußerten ›Ja‹ mochte er sich nicht durchringen. Zu einer Provokation schon eher. »Ist dieser Pfeifer über alle Zweifel erhaben?«

»Wieso fragen Sie? Gibt es einen Anlaß, das zu fragen?«

»Braucht es einen?«

»Na schön, Nabel. Ich sag es so: Selbst in unserer Branche ist niemand je über jeden Zweifel erhaben.«

»Und was ist das mit dieser ukrainisch-türkischen Connection?«

»Das muß Sie nicht interessieren. Verschlußsache. In groben Zügen können Sie es sich ja ausmalen.«

»Luxusdrogen für Luxusbordelle? So in etwa?«

»Manches deutet darauf hin. Jetzt aber genug. Ich habe vorhin mit Seidel telefoniert. Ihm habe ich sehr viel weniger gesagt als jetzt Ihnen. Wir müssen Murat unbedingt aus der Presse raushalten. Wir sagen, er war ein simpler Türsteher und hatte für die Serie Lila ein Alibi. Stimmt ja auch.«

»Weshalb dann die Pistole im Club? Und der Zettel?«

»Spekulationsware. Wir stellen uns dumm. Murat wollte, aber das werden wir als Motiv nur andeuten, eventuell Trittbrett fahren und sich an Vukovic, dem jungen Serben rächen.«

»Und was sagen wir, weswegen er sich erhängt hat?«

»Inoperabler Gehirntumor.«

Nabel lag ein boshafter Scherz auf der Zunge, er biß gerade noch rechtzeitig drauf und schluckte ihn runter. »Das glaubt uns doch keiner.«

König zuckte mit den Achseln. »Was die Presse glaubt, ist doch egal. Sie soll gefälligst schlucken, was verfüttert wird. Durch den Angriff mit der Bierflasche ist ein Tumor entstanden, basta, Murat war verzweifelt und rachsüchtig, so völlig unglaubwürdig klingt das nun auch wieder nicht.«

»Naja. Na gut. Wenn Sie das sagen.«

»Leider stelle ich fest, daß Sie nicht gerade zu den Vielsagendsten im Lande gehören. Ich kann nur davor warnen, in dieser Angelegenheit auf eigene Faust zu operieren. Die Leute, um die es hier geht, haben keine Skrupel.«

Nabel erhob sich. »Danke. Ehrlich: Danke, daß Sie mich eingeweiht haben. Wird für meine Ermittlungen bestimmt von Nutzen sein. Wenn sich was Neues ergibt, sind Sie der erste, der es von mir erfährt.«

»Hoffentlich. Zu Ihrem eigenen Besten.«

Die beiden Kriminaler verabschiedeten sich schweigend, ohne einander die Hand zu gehen.

Lidia hatte die Schlafcouch ausgeklappt und im Kühlschrank nach Eßbarem gesucht. Die Müdigkeit überwog den Hunger, und erst gegen Mittag begann ihr Magen zu rumoren. Das Geräusch eines sich im Schloß drehenden Schlüssels versetzte sie in leichte Panik. Kai brachte ein halbes Blech Zwetschgenkuchen mit und bat sie, Kaffee zu kochen.

»Wo warst du?«

»Auf dem Friedhof.«

»Wozu?«

»Um mich beizeiten dran zu gewöhnen. Wie gehts deinem Schädel?«

»Meinem Schädel gehts gut. Was ist mit deinem? Läßt du mich jetzt außen vor, oder wie muß ich das verstehen?«

»Strikte Anweisung. Ich darf mit niemandem drüber reden, nichtmal mit meinen engsten Mitarbeitern.«

»Ach, so ist das!« Lidia schmollte und sah zu Boden.

»Naja, von Mitarbeiterinnen hat König nichts gesagt.«

»Du hast dich mit König getroffen?«

»Hups! Das ist mir so rausgerutscht.«

»Kai, bitte! Keine Spielchen. Ich hin nahe daran, den Dienst zu quittieren.«

»Vielleicht solltest du das tun. Also, König hat mir eine ziemlich heftige Geschichte aufgetischt. Aber sie klingt so, so … mir fällt grad kein Adjektiv ein, also eben so, daß sie wahr sein könnte. Vielleicht ist er sauber. Bei Pfeifer dagegen war er sich nicht so sicher. Nicht, daß er das explizit gesagt hätte, nein, aber es war zu spüren …«

Lidia goß den frisch gebrühten Kaffee in die Tassen. Kais Geheimniskrämerei ging ihr auf die Nerven.

»Sag mir entweder alles oder nichts. Mir geht es nicht gut, aber wenn mir was helfen könnte, dann ist es alles, was diesen Scheiß ein bißchen transparenter macht.«

Nabel blies in seine Tasse und zögerte.

»Vielleicht geht es nicht nur um Drogen, auch um Nutten. Das ist ne Kombi wie Nitro und Glyzerin. Ich hab mich vor König als Trottel dargestellt, der im dunkeln tappt. Das schien ihm ganz recht zu sein. Er glaubt, er sei an einer höheren Sache dran als wir, womöglich stimmt das sogar. Vielleicht sollten wir ihm das überlassen.«

»Was für eine höhere Sache kann es geben als mehrfachen Mord?«

»Schwierige Frage. Gut. Paß auf!«

Nabel referierte haarklein das Gespräch mit König, schlechten Gewissens. Lidia hörte mit offenem Mund zu, und erst gegen Ende der Beichte stahl sich ein Lächeln auf ihre Lippen.

Am nächsten Tag bestellte Nabel Ahmed zu sich und befragte ihn nach türkischen Drogenbaronen, die derzeit in Berlin das Sagen hatten. Ahmed wunderte sich.

»Warum fragen Sie das mich, Chef? Weil ich halber Türke bin?«

»Nein, weil ich von solchen Dingen keine Ahnung habe. Und – ja, genau, weil du halber Türke bist. Warum nicht? Was hattest du eigentlich mit dem Francis-Club zu tun?«

Ahmed begann zu stottern. »Ich mit dem Francis-Club? Wieso?«

»Daher hast du Murat Kursun doch gekannt. Also?«

»Er hat mich nicht reingelassen. Also was?«

»Was wolltest du da drinnen?«

»Chef, gar nichts, ich meine, ich bin ohne konkrete Vorstellung da mal hingegangen, in meiner Freizeit, der Club hat einen gewissen Ruf, einen, wie sagt man, schillernden Ruf, dafür muß ich mich doch nicht rechtfertigen. Ich war da und dieser Arsch hat mich nicht reingelassen. Mehr nicht.«

Nabel grinste. »Okay. Anders gefragt: Kannst du für mich recherchieren, wer in der türkischen Drogenszene im Moment das Sagen hat? Oder verstößt das gegen deine Prinzipien?«

»Tut es nicht, mach ich. Aber was sollen diese Untertöne?«

»Was für Untertöne?«

»Sie klingen, wenn ich das anmerken darf, rassistisch, Chef, so als steckten alle Türken dieser Stadt unter einer Decke, und jeder wäre mit jedem verschwägert.«

»Ist dem nicht so?«

»Nein, absolut nicht.«

»Sorry, Ahmed. Du hast völlig recht. Ich entschuldige mich.«

»Dann ist das kein Problem, Chef. Ich werd mich bei meinen Schwagern und Schwippschwagern erkundigen gehn.« Es war an Ahmed, zu grinsen.

Lidia rief unterdessen die Gräfin von Schönfels an. Diese weigerte sich, eine Polizistin bei sich zu Hause zu empfangen, ob in Zivil oder nicht, das sei indiskutabel. Zu einem Gespräch war sie grundsätzlich bereit, also trafen sich beide am frühen Nachmittag in der Nähe vom Olivaer Platz in *Jimmys American Diner*, wo man dank großzügiger Tischordnung relativ ungestört reden konnte.

Die Gräfin von Schönfels trug trotz der tagsüber immer noch warmen Jahreszeit einen weißen Ledermantel, ein weinrotes Kopftuch und eine riesige, fast kreisrunde Retro-Sonnenbrille nach Art der frühen Siebziger. Sie war eine knapp vierzig Jahre alte, zerbrechlich wirkende, hochgewachsene Frau von sehr hellem Teint, mit ungewöhnlich schmaler, aber spitzer Nase und äußerst dünnen Lippen, die von schwach pinkfarbenem Lipgloss glänzten.

Lidia bewunderte ihre zartgliedrigen Violinistenfinger, die allerdings in cremefarbene falsche Fingernägel mündeten, wie man sie öfter an Neuköllner Kassiererinnen wahrnimmt als an Damen des Adels. Auf den ersten Blick keine Schönheit, entbehrte die Gräfin doch nicht an einer gewissen Attraktivität, wenngleich ihre Grazie etwas Gespreiztes, mühevoll Erlerntes besaß.

»Na, worum gehts? Ich habe Hunger, essen Sie was mit? Was haben Sie denn da über der Nase? War das Ihr Freund?«

»Danke, ich seh Ihnen aber gern beim Essen zu.« Das stimmte. Manche Menschen konnten hervorragend lügen und beherrschten währenddessen ihre Mimik und Gestik. Während des Lügens zu *essen*, damit hatte fast jeder ein Problem. Hände, die Besteck hielten, glichen offenen Büchern. Bislang hatte sich das außerhalb der Polizeipsychologen nicht weit herumgesprochen, und Lidia suchte sich oft einen Vorteil dadurch zu verschaffen, daß sie Leute, von denen sie etwas wissen wollte, auf einen Imbiß einlud.

»Mir beim Essen zusehen? Na gut. Dafür sind Sie aber nicht hier, nicht?«

»Nein, es geht um den Mord an Jimmy Kistner. Ich klappere nach und nach alle seine Bekannten ab und sammle Stimmen.«

»Der arme Jimmy! Ach ja. Und wir sitzen hier in Jimmys Diner! Am Ende hat ihm das Etablissement gehört? Nein, sicher nicht. Dennoch, Himmel, mein Vorschlag war unbedacht. Naja. Das war dieser irre Mörder, nicht, der mit der lila Tinte? Wie könnte ausgerechnet *ich* Ihnen da helfen?«

Lidia bemühte sich, ihren Blick im Restaurant schweifen zu lassen, um dem Treffen jedes Gramm Übergewicht zu nehmen. »Es ist das übliche Stochern im Heuhaufen. Wir sammeln, was wir kriegen können. Sind für alles dankbar.«

»Im übrigen war Jimmy kein echter Bekannter von mir, na gut, wir waren einander bekannt, wenn man so will, er hat drei-, viermal über mich geschrieben, kleinere Beiträge, es gab auch gesellschaftliche Anlässe, bei denen wir uns über den Weg gelaufen sind, aber er war nicht etwa ein Freund, wenn Sie das denken.«

»Sagen Sie mir einfach, was Ihnen zu Kistner so einfällt.«

»Naja …« Anita von Schönfels bekam einen Burger gebracht, dessen Deckel sie abnahm und an den Tellerrand zu den Pommes legte. Danach schnitt sie mit Messer und Gabel kleine Stücke vom Fleisch ab und aß ansonsten nur ein wenig vom Krautsalat. Ihre Finger wurden in Lidias Augen zu so etwas wie fein surrenden Drähten, deren winzige Zuckungen ähnlich informativ waren wie die Pendelausschläge eines Lügendetektors.

»Jimmy galt als … hmmhmm … rüde, aber ich, also persönlich,

nein, konnte mich nie über ihn beklagen. Er hatte was übrig für den Adel. Wie übrigens die meisten Parvenüs kleinbürgerlicher Herkunft. Den Adel behandelte er, wenn man ihm nicht gar zu arrogant kam, aus gesucht höflich, mit Samthandschuhen, wie man so sagt.«

»Wissen Sie etwas über seine sexuelle Orientierung?«

»Wozu müssen Sie *das* denn wissen? Naja ... ich versteh schon, darüber muß ich mal nachdenken, wo Sie das so sagen, also ... ich hab ihn nie mit einer Frau an seiner Seite gesehen, aber ein Homo war er, glaube ich, nicht ... obwohl man da ja nie sicher sein kann.«

Lidia wurde etwas forscher und erwähnte, daß es Zeugen gebe, die Kistner einen Hang zu Prostituierten nachgesagt hätten.

»Ach ja? Nun, woher um Himmels willen soll ich das wissen? Kann schon sein. Sowas erledigt ja niemand in der Öffentlichkeit. Geschweige denn, daß man darüber spricht. Und falls doch – dann sicher nicht mit mir.«

»Wie war denn das Verhältnis Ihres Gatten zu Kistner?«

Jetzt zitterten die Finger der Gräfin leicht und sie legte das Besteck beiseite. Ihre Stimme klang gereizt.

»Was Sie auch immer für Fragen stellen! Mein Gatte und Kistner – was soll ich sagen? Bitte: Welcher Zusammenhang soll da Ihrer Meinung nach bestanden haben?« Die Gräfin ging in Lauerstellung und Lidia wiegelte ab, suchte Zuflucht im Abstrakten.

»Zusammenhänge stellen sich von selbst her. Meine Frage lautete ganz schlicht: Wie war das Verhältnis Ihres Gatten zu Kistner? Vorausgesetzt, daß es eins gegeben hat.«

»Dann fragen Sie doch meinen Mann. Nein, lassen Sie ihn lieber in Ruhe. Ich kann Ihre etwas impertinente Frage durchaus beantworten. Sehen Sie, es ist so – mein Mann scheut das Rampenlicht, er verbringt die Abende am liebsten zu Hause, sofern es seine Arbeit zuläßt. Wir haben wohl hin und wieder Gäste, kleine Salons, Cocktailparties, es kann sein, daß Kistner ein- oder zweimal unser Haus betreten hat. Aber mein Mann hatte über einen höflichen Händedruck hinaus sicher kein Verhältnis zu ihm, egal welcher Art. Da bin ich mir sicher.«

Lidia zögerte und wünschte sich nun, selbst etwas bestellt zu haben, um ihr Zögern durch Nahrungsaufnahme kaschieren zu können. Es wäre an der Reihe gewesen, nach Anzeichen von Drogenkonsum bei Kistner zu fragen, doch dieses Thema zu berühren, hatte Nabel ihr ausdrücklich untersagt.

»Wie lange sind Sie und Ihr Mann denn schon zusammen?«

»Beinah sechs Jahre.«

»Haben Sie Kinder?«

»Nein, aber ...«

»Was aber?«

»Solche Fragen beantwortet Ihnen auch die Meldebehörde. Was tut das zur Sache?«

»Verzeihung. Es muß nun mal sein. Gehen Sie einer Tätigkeit nach?«

»Das wissen Sie aber doch bestimmt bereits?«

»Sie fungieren als Vorsitzende einiger wohltätiger Fonds, unter anderem für krebskranke Kinder.«

»Das ist richtig. Und zeitaufwendig. Und natürlich ehrenamtlich. Ich verdiene kein eigenes Geld, wenn Ihre Frage darauf zielt.« Die Gräfin griff leicht empört zum Taschentuch und wischte über die Oberlippe.

Lidia probierte es mit der Jetzt-will-ich-mal-ganz-ehrlich-sein-Tour.

»Jetzt will ich mal ganz ehrlich sein. Sie stehen, viel mehr als Ihr Gatte, im Lichte der Öffentlichkeit, haben Kontakte, Einblicke. Worauf ich hinauswill, ist folgendes: Könnte Kistner sich, wenn er Informationen über den Adel benötigte, oder über die Society im allgemeinen, sich eventuell an Sie gewandt haben? Er war doch ständig auf der Suche nach neuen Informationen. Ein Gossip-Junkie. Mußte er ja sein, in seinem Beruf.«

Gräfin Schönfels schien sich geschmeichelt zu fühlen und nicht gewillt, die Frage mit einem plumpen Nein vom Tisch zu kehren.

»Bitte, na gut, es wird schon hier und da geredet, die Zeit ist lang, was bleibt den Menschen übrig als zu reden. Bevor ich Sie anlüge, will ich lieber eingestehen, daß es beim Smalltalk mitunter schon zu dem kommt, was Sie vielleicht *Gossip* nennen. Völlig harmlos. Wenn Sie denken, ich sei zu groben Indiskretionen fähig, tut mir leid, da muß ich Sie enttäuschen. Darf ich Sie auf Ihre Cola einladen? ZAHLEN! Ich muß nämlich gleich wieder nach Hause. Hoffentlich habe ich all Ihre Fragen zufriedenstellend beantwortet?«

»Ich laß Ihnen meine Karte da, falls Ihnen noch was einfällt.«

»Ja, toll! Das ist wie im Film, herrlich! Ich wünsche Ihnen viel Glück bei Ihrer Arbeit! Und mir wünsche ich, daß mein Leben mal für einen Tag so aufregend sein könnte wie Ihres. Schade um die guten Pommes übrigens, bedienen Sie sich ruhig, wenn Sie möchten.«

Die Gräfin legte einen Zwanzig-Euro-Schein auf den Tisch und verließ, freundlich lächelnd, das Lokal. Lidia blieb sitzen und ließ das Gespräch Revue passieren. Anita von Schönfels hatte, um es vorsichtig auszudrücken, einen ziemlich abgebrühten Eindruck bei ihr hinterlassen, und die Beleidigung zum Ausklang des Gesprächs mußte deftig genannt werden.

Die Rechnung betrug nur neun Euro fünfzig, und Lidia bezahlte mit einem Zehner. Schon, um nicht unnötig Aufsehen zu erregen. Aber während die Kellnerin das Wechselgeld herausgab, dachte Lidia, daß dieser Zugewinn von zehn Euro einer kleinbürgerlichen Erwerbsstrategie gleichkam, fast so kompromittierend, als hätte sie die liegengelassenen Pommes der Gräfin aufgegessen. Obgleich ein neutrales, objektives Schiedsgericht die Sachlage sicher milder beurteilt hätte, als ohne nachweisbare Absicht geschehen, fühlte sich Lidia vorgeführt. Ihre Wut steigerte sich mit jeder weiteren Reflexion. Wortschöpfungen wie *Kotzfotze* waren bislang in ihren Gedanken sehr selten registriert worden.

Ahmed war beschäftigt, eine Liste aller bislang aktenkundig gewordenen türkischstämmigen Drogenbarone Berlins zu erstellen. Nabel hatte ihm zur Auflage gemacht, in dieser Sache auf keinen Fall Königs Abteilung um Beistand zu bitten. Was zu lästigen Nachfragen seitens Ahmed führte. Nabel war am Verzweifeln. Wenn er Ahmed einweihen würde, mußte er damit rechnen, daß bald sein gesamter Stab dem Pfeifkonzert der Spatzen auf den Dächern lauschte. Ahmed war ein guter Kerl, leider geschwätzig. Nabel redete sich auf eine private Konkurrenz zwischen ihm und König heraus, gab sich eitel, unkollegial und blasiert. Ahmed nahm ihm das sofort und bereitwillig ab, was Nabel ausgesprochen ärgerte.

Dschanow fuhr die Limousine die Potsdamer Straße nordwärts zur Philharmonie, wo Anita von Schönfels ein Konzert besuchen mußte, das, von der Pause mal abgesehen, unerträglich öde zu werden versprach. Wie jedes Konzert in der Philharmonie. Klassische Musik war ihr ein Greuel.

Die beiden flüsterten einander ins Ohr. Für den Fall, daß Wanzen ihnen zuhörten, lief im CD-Spieler ein Geräuschteppich aus baßlastigem Hiphop.

»Ich hab mich erkundigt. Dieser Nabel ist wohl früher mal ganz gut gewesen, jetzt gilt er als Pfeife, ein Säufer, wir hätten uns keinen Besseren wünschen können. Nur die Tussi, die dich angelabert hat, soll angeblich recht fix sein.«

»Auf mich hat sie keinen sehr hellen Eindruck gemacht. Die hatte ich im Griff.« Anita zog ihren Lippenstift nach und zweifelte an der Wahl ihrer Schuhe.

»Du hättest dich mit Kistner nie einlassen sollen.«

»Ach was? Immer noch eifersüchtig? Das war reines Business!«

»Und auf diesen Pfeifer hättest du dich auch nie einlassen sollen.«

»Halt an!«

»Was?«

»Halt sofort an!«

Dschanow fuhr die Limo rechts ran, auf die Bushaltestelle kurz vor der Kreuzung zur Kurfürstenstraße. Anita schob ihren Oberkörper zwischen die Vordersitze.

»Jetzt paß mal auf: Du wirst mir nie mehr sagen, was ich tun und was ich lassen soll, kapiert? Du bist immer noch mein Chauffeur, und was du sonst noch bist, egal, aber du bist nicht mein Mann, der mir irgendwas vorzuschreiben hätte, ist das ein für alle Mal klar?«

Dschanow gab keine Antwort, senkte stattdessen den Kopf und räusperte sich.

»Ich will nur dein Bestes, Anita!«

»Nein, du willst *dein* Bestes, bestenfalls *unser* Bestes. Mach mir nichts vor.«

Igor Tschutschelow hatte beinahe alles erreicht, was je ein Mensch erreichen kann, ohne mühsamer legaler Arbeit nachzugehen. Wobei er selbst seine Arbeit als besonders mühsam und durchaus legal beurteilt hätte, ohne deswegen beim Lügendetektortest durchzufallen. Er war ohne gravierende Wunden in die Jahre gekommen und blickte auf sein Lebenswerk mit einigem Stolz herab. Vom kleinen ukrainischen Grenzdorf, wo es in seiner Jugend Strom nur sechs Stunden am Tag gegeben hatte und die Heizung im Winter höchstens eine Raumtemperatur von vierzehn Grad zuließ, war es ein weiter und schlachtenreicher Weg zur Wilmersdorfer Villa gewesen, die zu jeder Tages- und Nachtzeit von vier bewaffneten Bodyguards bewacht wurde. Dachte er darüber nach, konnte er zufrieden sein, dachte er aber nicht darüber nach, war er latent unzufrieden. Es gehört zu den schlechten Gewohnheiten in die Jahre gekommener Männer, sich zu oft und zu kritisch das eigene Spiegelbild anzusehen. Tschutschelows Mißtrauen wuchs in jenem Maß, in dem das eigene Spiegelbild nicht genau das wiedergab, was er von ihm erwartete. Je schneller das Leben aus ihm schwand (dabei schwand es momentan noch langsam), desto stärker versuchte er, es zu packen und festzuhalten. In seiner Position hatte gesundes Mißtrauen von jeher zu den Grundpfeilern der Machterhaltung gehört, in den letzten Monaten jedoch begann er auch seiner engsten Umgebung zu mißtrauen, jenem kleinen Kreis von Menschen, dem auch ein mächtiger Mann unbedingt Vertrauen schenken muß, um psychisch nicht zu erkranken. Die Ehe mit Anita hatte Phasen gegenseitig stumm geduldeter Freizügigkeit enthalten, er hatte Geliebte gehabt, echte Geliebte, nicht nur Mädchen, die zur schnellen Saturierung sexueller Bedürfnisse dienten. Anita war ab und an fremdgegangen, ihm war das klar gewesen, und er hatte beide Augen zugedrückt, solange sie diskret blieb. Durch das Nachlassen seiner Libido, verbunden mit frustrierender Impotenz, ließ auch seine Duldsamkeit nach, es kam zu Auseinandersetzungen, sogar nonverbaler Natur. Von der Logik geleitet, daß, wo er nun enthaltsam lebe, sie sich ihm gefälligst anpassen müsse, versuchte er Anita in einen, wenn auch goldenen, Käfig zu sperren. Leider hatte sich Anita eine gesellschaftliche Existenz aufgebaut, die es ihr ermöglichte, sich regelmäßig seiner Überwachung zu entziehen. Sie verkehrte, sobald sie wohltätig und ehrenamtlich unterwegs war, in Kreisen, zu denen seine Leute schlicht keinen Zugang erhielten. Tschutschelow war gezwungen, sich auf Informanten zu verlassen, die nicht aus den eigenen Reihen stammten. Jimmy Kistner zum Beispiel war jemand gewesen, den er indirekt auf die eigene Gattin angesetzt hatte, ohne daß dies zwischen den beiden Männern je explizit vereinbart worden wäre. Er fragte ihn hier und da, meist telefonisch, dies und das, und was Kistner, der keineswegs dumm war, an Informationen lieferte, brachte ihm prompt Tschutschelows Dank in Form von menschlichen Naturalien ein. Kistner hatte ein Faible für junge, ostslawische Mädchen mit bleicher Haut und kleinen Brüsten gehabt, bevorzugt noch mit roten Ponyfrisuren. Und weil Kistner nicht nur nicht dumm, sondern in dieser Hinsicht beinahe schlau war, lieferte er stets nur Informationen, die Anita zwar ein wenig, aber nicht allzusehr belasteten. Nie hatte er etwas preisgegeben, von dem er sicher sein konnte, daß es mit blanker Wut aufgenommen werden würde. Es war ein funktionierendes System aus diversen Wirkfaktoren entstanden, unter denen der Selbstbetrug eine primäre Rolle besetzte. Tschutschelow wollte sich die Illusion bewahren, Anita immer und überall überwachen zu können, gleichzeitig hing er der Illusion nach, sie sei, von kleineren Ausrutschern abgesehen, im Grunde körperlich treu und geistig loyal. Die Nachricht, daß sie hin und wieder Kokain schnupfte, ärgerte ihn, er selbst hatte ein Leben lang strikt darauf verzichtet, angesichts so vieler einstiger Konkurrenten, denen Drogen zum Verhängnis geworden waren. Doch anscheinend gehörte in den heutigen Zeiten Koks zu den Accessoires der höheren Kreise, und er sprach seine Gattin nie darauf an. Sie sollte ihre kleinen Geheimnisse haben, solange es in seinen Augen keine wirklichen Geheimnisse waren.

Plötzlich hatte ein Verrückter Kistner ermordet, und Tschutschelow war auf neue Quellen angewiesen. Anita war beobachtet worden, wie sie sich mit einem noch jungen Mann traf, einem Streifenpolizisten namens Pfeifer, das fand Tschutschelow ungeheuerlich, nicht den jungen Mann an sich, mehr den Streifenpolizisten. Tschutschelow hatte seinen engsten Mitarbeiter, seinen Vize Ruslan Dschanow, den er wie einen Sohn liebte und den er irgendwann zu seinem Nachfolger machen wollte, gebeten, jenen sonderbaren Bullen zu durchleuchten. Dschanow hatte der Bitte entsprochen und hinterher seinem Boß Bericht erstattet. Der korrupte Pfeifer sei kein gewöhnlicher Streifenpolizist, er versorge Anita und noch etliche andere mit Stoff, sehr gutem Stoff, ansonsten wäre da nichts im Gange und Pfeifer sei, wenn nicht gerade notgeil, tendenziell eher schwul. Dschanow konnte seinen Paten halbwegs beruhigen. Daß Pfeifer nicht nur, in mehrfacher Hinsicht, zweigleisig fuhr, sondern vorhatte, aus seinem armseligen Leben entschieden mehr zu machen, begriff Dschanow erst etwas später. Pfeifer hatte, wohl zum ersten und einzigen Mal in seinem Leben, eine tolle Idee gehabt, bekam eine Audienz bei Ümal und unterbreitete ihm ein ebenso waghalsiges wie verlockendes Angebot. Was da genau gelaufen war, bekam Dschanow peu à peu heraus – als er Anita deswegen später zur Rede stellte, schloß sie, ob notgedrungen oder nicht, das blieb die Frage, einen Pakt mit ihm, der durch ihren ersten gemeinsamen Geschlechtsakt besiegelt wurde.

Das Ganze vor Tschutschelow geheimzuhalten war ein nervenzerrender Drahtseilakt. Dschanow litt seither unter Depressionen. Anitas reichlich kranke Phantasie, nebst ihrem abenteuerlichen Ehrgeiz und ihrer Arroganz, machten das zuvor relativ bequeme und ruhige Leben Dschanows zur Hölle. Aber nun gab es keinen Weg zurück.

Kistner war inzwischen tot, was Dschanow etwas beruhigte, und Pfeifer wurde, sobald ihm der Stoff ausging, vom Drahtzieher zum Spielball degradiert. Zwar versuchte er, sich bei allen Seiten als nützlich zu erweisen, Verbündete zu suchen, doch seine Nützlichkeit, sofern überhaupt vorhanden, bekam ein Haltbarkeitsdatum aufgestempelt. Dschanow ließ ihn observieren und, wenn es nottat, seine Geringfügigkeit spüren. Pfeifer versagte als Informant – die Razzia im Techno-Club hätte er melden müssen –, außerdem hatte er offenbar was mit einer Kommissarin laufen, die zur Soko Lila gehörte. Das ging so nicht. Definitiv nicht, egal aus welchem Grund. Dschanow schickte seine Adjutanten auf erste Sondierungs- und Einschüchterungstourneen, während Anita unbeirrt dabei war, in aller Heimlichkeit Verhandlungen mit Ümal zu führen. Ein komplexes Gebilde aus gegenseitigen Abhängigkeiten war entstanden, und Dschanow verfluchte regelmäßig den Abend, an dem er sich mit der Frau seines Paten eingelassen hatte. Ihm brummte der Schädel. So vieles war zu bedenken und abzuwägen, einzukalkulieren, und dieses dummdreiste Weib hatte noch die Stirn, ihn rechts ranfahren zu lassen, ihn von oben herab anzugiften, wie einen Schuljungen. Er wehrte sich nicht, schaltete auf Durchzug, räusperte sich und murmelte: »Ich will nur dein Bestes, Anita!«

Sie keifte irgend etwas, er hörte nicht hin und dachte nach. Er war immer der Intelligenteste in Tschutschelows Truppe gewesen, jedenfalls bis zu jenem fatalen Fick mit Anita. Ohne diesen sauerstoffarmen Moment – er haßte sich dafür – würde er nun nichts zu fürchten haben, müßte keine Verrenkungen machen, wäre irgendwann einmal selbst Pate geworden, in zehn Jahren, eventuell sogar früher, in der Blüte des Lebens, wenn er noch keine fünfzig sein würde.

Die Limo reihte sich wieder in den abendlichen Wagenstrom auf der Potsdamer Straße ein.

Pfeifer zu beseitigen wegen dem, was geschehen war, wäre strenggenommen nicht nötig. Wohl aber wegen dem, was geschehen würde. Pfeifer würde zwei und zwei zusammenzählen, und einen Wackelkandidaten wie ihn durfte ein erfolgversprechendes Unternehmen nicht zum Mitwisser haben. Zum jetzigen Zeitpunkt hätte sein Abgang unnötig Staub aufgewirbelt und die Drogenfahndung, auf deren Lohnliste er zweifellos stand, in Rage gebracht. Einzig aus diesem Grund wurde er weiterhin am Leben gelassen. Auf Dauer war das keine Lösung.

Dschanow kutschierte Anita zur Philharmonie, ihm blieben gute zwei Stunden Zeit, bevor er sie dort wieder abholen mußte. Sein Kopf dröhnte.

Immerhin, auf einen Großteil der Truppe konnte sich Dschanow verlassen, viele dieser Leute kannten Tschutschelow ja nur als Legende, vom Hörensagen, hatten ihn nie leiblich zu Gesicht bekommen, während sie seinen Vize, eine Person aus Fleisch und Blut, anhimmelten. Dschanow galt als Kumpeltyp, als ausgesprochen besonnener und gerechter Vorgesetzter, der nur dann härter wurde, wenn es nötig war.

Einen nicht ganz so guten Rückhalt besaß er bei Tschutschelows Leibwächtern, die mit allen dazugehörigen Riten einen Eid auf ihren Boß geschworen hatten. Es waren durchweg schlicht geschnitzte Jungs ohne Ambitionen und Horizont, man mußte sich mit ihnen über die mögliche Zukunft quasi in diffusen Gleichnissen unterhalten, ohne je allzu konkret zu werden. Immerhin schienen sie Dschanow zu mögen, er tat auch sein Bestes dafür und spendierte ihnen manchmal Frauen, die eigentlich für die vermögende Kundschaft reserviert waren. Von Tschutschelow drauf angesprochen, verteidigte er sich mit dem Hinweis, daß sexuell zufriedene Untergebene als besonders verläßlich gelten, und die Mädchen hinterher ja noch gut zu gebrauchen seien. Männer hätten nun mal die atavistische Neigung, sich regelmäßig ihrer Männlichkeit triumphal, also ekstatisch, bewußt zu werden. Gerade berufsbedingt abgeschottet lebende Leibwächter bedürften ab und an kleiner/feuchter/enger Aufheiterungen. Tschutschelow hatte darüber nachgedacht, sein Okay gegeben und den einzigen Menschen, dem er so etwas je anvertraut hätte, gebeten, ihm gemahlenes Nashorn zu besorgen, von Viagra bekäme er Herzrasen.

Dschanow ließ die auffällige Limo vor der Philharmonie stehen, fuhr mit dem Bus in Richtung Schöneberg, stieg am Winterfeldtplatz aus, wo der junge Anatol bereits auf ihn wartete, um Bericht zu erstatten. Nein, in der Wohnung hätten keine Akten herumgelegen, er habe aber vom Wohnzimmer viele Fotos gemacht und der Schlampe beim Gehen eins in die Fresse verpaßt.

Anatol war ein primitiver, freßsüchtiger Schläger, ein Bordell-Rausschmeißer mit einem Kreuz wie ein Kleiderschrank und einem Gehirn von Schrippengröße. Er war in die Sache nicht eingeweiht; Dschanow haßte es, mit solchen Menschen arbeiten zu müssen. Er tat es, weil Anatol in der Rangordnung des Clans ganz unten rangierte. Man mußte nicht fürchten, daß er je einen der anderen Kapos zu Gesicht bekam. Dschanow redete russisch mit ihm, damit der Kerl aus der Pampa südlich von Dnjepropetrowsk auch alles exakt verstand. Wahrscheinlich begriff dieser Mensch nichtmal ansatzweise, welche Ehre es für ihn bedeutete, mit jemandem wie Dschanow reden zu dürfen. Er hatte die Ohrstecker seines MP3-Players zwar abgenommen, aber die Musik nicht ausgeschaltet, man hörte den monoton scheppernden Rhythmus des Schlagzeugs, dazu kaute der Kerl mit offenem Mund Kaugummi, verursachte nicht hinnehmbare Schmatzgeräusche.

»Wozu?«

»Wozu was?«

»Seit wann schlagen wir Frauen?«

Anatol, statt eine Antwort zu geben, glotzte verständnislos. Diese doch sehr eigenartige Frage wurde ihm zum ersten Mal im Leben gestellt.

»Spuck den Kaugummi aus! Na los!«

Anatol gehorchte. Dschanow riß ihm den MP3-Player von der Brust, warf ihn hinter sich auf die gut befahrene Straße. »Sag, daß es dir leid tut!«

»Es tut mir leid.«

»Du wirst nie wieder Kaugummi kauen in deinem ganzen beschissenen Leben?«

Anatol bekam Angst, bekam Schweißausbrüche, wiederholte leise, fast kläglich: »Ich werde nie mehr Kaugummi kauen in meinem ganzen beschissenen Leben.«

»Die paar Sekunden lang wirst du deinen Schwur doch halten, oder?«

»Bitte!« Anatol fiel auf die Knie. »Ich tue alles! Bitte nicht!«

Dschanow befahl ihm, aufzustehen, das sei ja peinlich. Andererseits rührte ihn die Reaktion des debilen Fleischbergs, zu der nichtmal das Zeigen einer Waffe nötig gewesen war. Dieser Stier von einem Menschen hätte sich jederzeit auf ihn setzen und zerquetschen können, stattdessen bat er schweißgebadet um Gnade. Seltsam, im Grunde widerwärtig, aber Dschanow fühlte sich geschmeichelt, es bewies ihm, welchen Ruf er genoß. Ehrlich gemeinte Entschuldigungen ließ Dschanow selten unbeachtet; er wollte von seinen Leuten gleichermaßen gefürchtet wie geliebt werden.

»Schon gut, ich vergebe dir! Geh nach Hause, mach Feierabend! Mit niemandem ein Wort über die Angelegenheit!«

Der debile Fleischberg schien sein Glück nicht fassen zu können, stammelte *danke, danke, danke,* bevor er sich, rückwärts taumelnd, davonmachte.

Dschanow stellte sich auf der Busfahrt zurück zur Philharmonie sein eigenes Begräbnis vor, malte sich aus, wie die Trauernden aus aller Herren Länder, mit schmerzverzerrten Gesichtern über den Sarg gebeugt, bekräftigen würden, welch fabelhafter Mensch er doch gewesen sei. Bei solchen Phantasien wurden sogar ihm selbst die Augen feucht, und er kam zum Schluß, daß es ein Jenseits geben *müsse*, ansonsten der Tod eine nicht hinzunehmende riesige Verschwendung wäre. Wenn es aber ein Jenseits gab, eines, das womöglich noch begrüßenswert war, mußte man sich keine überzogenen Gedanken darüber machen, wenn man irgendwen etwas früher in dessen Genuß brachte. Das Leben schien kaum mehr als ein Spiel zu sein, ein lustiges Vorspiel, bevor es irgendwann ernst wurde. Mit dieser Philosophie im Ärmel trotzte Dschanow allen Aufdringlichkeiten von Moral und Gewissen.

Lidia wohnte eine weitere Nacht bei Kai, schlief auf dessen Sofa, danach hatte der Schlüsseldienst ihre Wohnung zur Festung umgebaut, und sie bestand darauf, in die eigenen vier Wände umzusiedeln. Innerlich war Nabel froh darum, denn nur mit der Rückkehr nach Hause konnte Lidia damit beginnen, das Trauma des Überfalls zu überwinden und sich am eigenen Schopf aus dem Tief zu ziehen. Zusätzlich wurde so Nabels Versuchung ein Riegel vorgeschoben, ihr nachts, wenn er betrunken war, näherzukommen, und sei es nur mit elegisch-poetischen Worten, die er alten Meistern entlehnt und für seine Zwecke zurechtgelegt hatte. Gegen vier Uhr morgens, wenn seine Rotweinkaraffe geleert war und er vom Balkon ins Wohnzimmer taumelte, betrachtete er die schlafende Geliebte auf dem Sofa und spürte ein Bedürfnis, sich neben sie zu legen, sie zu streicheln, zu liebkosen. Wünsche, die er mit letzter Kraft zu unterdrücken verstand, indem er sich unter die kalte Dusche stellte, bis ihm jene Wünsche nicht mehr anzusehen waren.

Lidia kämpfte. Es gab erste Zeichen, daß sie auf dem Weg zurück zur alten Stärke war, hier und da ein Lächeln zum Beispiel, ein Zwinkern oder ein Flachs, der tags zuvor noch undenkbar gewesen wäre. In der letzten Nacht, auf dem Sofa, als sie tat, als ob sie schlafen würde, hatte sie Nabels Schritte nah an sich vorbeigehen hören und daran gedacht, wie es jetzt wäre, in die Arme genommen zu werden. Sie hätte es geduldet, wahrscheinlich. Und war dann doch froh gewesen, daß er nur ganz kurz innehielt, um sie zu betrachten.

Jetzt standen die beiden in ihrem Flur, genau an der Stelle, wo sie den Schlag abbekommen hatte. Ihr Puls ging schnell.

»Wart mal, Kai!«

Nabel wollte sich eben von ihr verabschieden. Diesmal hatte er daran gedacht und einen hervorragenden Amarone für ihr Weinregal gekauft. Ohne Lidias Wissen hatte er einem seiner Leute, Johansson, den Befehl gegeben, von der Straße aus ihr Apartment nachts zu bewachen, als Treber verkleidet. Mehr konnte er beim besten Willen nicht tun, auch wenn ihm selbst das noch als zu wenig vorkam.

»Was denn?«

»Hast du König jetzt von deiner Verdächtigen-Liste gestrichen?«

Nabel mochte die Frage nicht mit ja oder nein beantworten. »Vielleicht hängt er irgendwie mit drin, aber ich denke nicht, daß er die treibende Kraft ist.«

Lidia insistierte. »Aber angenommen, er hinge – irgendwie – mit drin. Was würdest du tun?«

»Wie – was tun? Wie meinst du das?« Nabel bemerkte an Lidias Fragen einen spitzen Unterton.

»Es wär dir doch sicher lieber, er hinge da *nicht* drin, egal wie.«

»Ja, Ja, sicher. Soll ich mir ernsthaft wünschen, gegen ranghöhere Kollegen …? Was willst du sagen? Hältst du mich für feige?«

»Nein, um Himmels willen, nein, du bist dumm, Kai.«

»Also nicht feige, aber dumm. Danke.«

Lidia gab ihm einen Schubser gegen die Schulter. Sie hatte ihm doch nur andeuten wollen, daß sie Verständnis dafür zeigen würde, wenn Kai den Kampf gegen Windmühlen vermied und um König herumermittelte. Nur solle er ihr dies zu gegebener Zeit mitteilen, darum bat sie ihn. Er nickte und beide lächelten sich an, ein paar Augenblicke länger, als es die Situation erforderte. Lidia schob schnell eine Frage hinterher, um der entstandenen Atmosphäre etwas sozusagen Dienstliches zurückzugeben. »Gehen wir inzwischen davon aus, daß es immer ein anderer Täter ist?«

»Was? Oh –« Nabel schien wie aus einem Sekundenschlaf gerissen. »Naja. Kann auch immer ein und derselbe sein. Das ist – unwichtig. Ob *ein* Handlanger oder mehrere, was tut das zur Sache? Du solltest dich nochmal um das Profil des Auftraggebers kümmern, unter der Prämisse, daß es um Geld geht, um rationale Motive. Ich meine, wenn wir richtig liegen – und wir können immer noch ganz falsch liegen –, dann handelt es sich um jemanden, der es zum Führungskader einer kriminellen Organisation gebracht hat, der zugleich eine etwas romantisch angehauchte Phantasie besitzt.

Dennoch: Wir müssen weiterhin die Möglichkeit respektieren, daß es sich um einen Einzeltäter handelt, der aus ebenfalls rationalen, aber uns unbekannten Motiven agiert.«

»Was für Motive könnten das sein?«

»Keine Ahnung. Die ganze Palette. Eifersucht, Angst, Neid, Demütigung, Frust, Gier, Rache, Verblendung. Alles, was Menschen dazu bringt, andere aus dem Weg schaffen zu wollen. Es gibt so viele Gründe, daß man sich wundern muß, wenn überhaupt noch jemand im Bett stirbt.«

»Paß gut auf dich auf, Kai.«

»Mach ich.«

Ahmed hatte sich umgehört. Die türkischen Drogenkartelle Berlins waren relativ transparent, es gab fünf Familien, die etwas mehr zu sagen hatten als die anderen, zwei davon lagen in einer blutigen Dauerfehde, die übrigen verhielten sich neutral. Hauptsächlich ging es den Gangs um Heroin und Haschisch, sie versorgten die einfachen Leute auf der Straße. Koks und Amphetamine blieben ein Nebengeschäft, die Preise waren zwar stark gesunken, und viele probierten die Droge mal aus, aber noch konnten sich nur Besserverdiener den Stoff regelmäßig und in einem für den Vertrieb interessanten Rahmen leisten. Seit dem Drogendezernat einige empfindliche Schläge gegen die kolumbianischen Kartelle gelungen waren, schwemmten die wie zum Trotz riesige Mengen nach Europa, über Gebühr gestrecktes Zeug, billig, aber lausig, die Konsumenten beschwerten sich. Auf diese Weise wurden vereinzelte nichtkolumbianische Südamerikaner in die Stadt gelockt, wagemutige Abenteurer, die ohne Zwischenhändler agierten und ein großes Geschäft witterten. Allerdings hatten sie noch keine starken logistischen Strukturen aufbauen können, und wo einzelne Vorposten es versuchten, wurden sie von den Türken massiv bekämpft. Als hierin besonders kompromißlos galt Mahmud Ümal, Chef einer angeblich tausendköpfigen Familie. Seine Kapos fuhren in provokanter Offenheit mit ihren BMW und Porsche-Cabrios den Ku'damm auf und ab und versorgten Konsumenten gegen entsprechenden Aufpreis mit weißem Pulver der etwas besseren Qualität.

Das alles erfuhr Ahmed nicht etwa von Schwippschwagern oder

sonstigen Verwandten, sondern viel profaner von einem deutschen Journalisten der linken Tageszeitung, der darüber sogar einen langen Artikel verfaßt und veröffentlicht hatte, einen Artikel, der merkwürdig folgenlos geblieben war. Der Journalist war weder bedroht worden, noch hatte der Handel seither abgenommen. Es wirkte so, als könne der Ümal-Clan sich seiner Sache relativ sicher sein und mit nobler Gleichmut reagieren. Bestimmt nicht unwichtig war, daß Ornat niemals mit physischer Gewalt gegen deutsche Staatsangehörige vorging. Zwistigkeiten wurden allein unter Türken oder anderen Ausländern ausgetragen, dann aber mit aller Härte. Die deutschen Kriminellen hatten die Hauptstadt längst verloren, was Drogen betraf. Einige wenige waren noch im Nuttengeschäft tätig, aber in den anderen Straßensportarten hatten sie sich fast ausnahmslos als zu weich und lebensfroh gezeigt und Türken und Albanern ihr einstiges Terrain überlassen. Die Albaner genossen einen besonders furchteinflößenden Ruf. Denen war scheinbar alles egal, ihre Brutalität, ihre Verachtung jeglichen Lebens, selbst des eigenen, überstieg jede humane Vorstellungskraft. Die Türken verteidigten ihre Bastionen in Neukölln, Kreuzberg und Treptow. Weite Teile von Charlottenburg-Nord und Mitte waren bereits in albanischer Hand, und selbst die als hart geltenden Russen und Weißrussen wurden ins Abseits gedrängt. Ahmed verstand die lasche behördliche Vorgehensweise, um nicht zu sagen: *Duldung* der Türken als Inkaufnahme des geringeren Übels im Vergleich zu dem, was sonst die Stadt zu überschwemmen drohte. Das alles hatte er an einem einzigen Nachmittag recherchiert, was nahelegte, daß der dahinterliegende Sumpf jede Dimension der Phantasie sprengte.

Nabel fühlte sich jung und fit wie lange nicht. Lidias Bitte zum Abschied, er solle gut auf sich aufpassen, hatte ihn regelrecht euphorisiert. Er mochte sich täuschen, aber es hatte eben was in der

Luft gelegen, ein kleines umherflatterndes Küßchen oder ein Streicheln der Wange, etwas Zartes, Fragiles. Jetzt lief er wie auf Sprungfedern durchs nächtliche Kreuzberg, spürte keine Lust, ein Taxi heranzupfeifen, bog im Dauerlauf in die Gneisenaustraße Richtung Südstern ein und kam an der Schleiermacherstraße vorbei. Jetzt, da König Pfeifer als sein U-Boot benannt und enttarnt hatte, lag im Grunde eine ganz neue Situation vor. Es war kurz vor Mitternacht, noch nicht zu spät für einen kurzen Besuch.

Aber was wollte er von Pfeifer wissen? Welche Wörter und Begriffe durfte er verwenden, welche lieber nicht? Nabel zauderte, wollte nicht in die Aktivismus-Falle tappen. So vieles mußte bedacht werden.

Pfeifer war mehrmals in Lidias Wohnung gewesen. Er hätte sich auf irgendeine Weise einen Abdruck ihres Wohnungsschlüssels machen können, das würde erklären, weshalb keine Einbruchspuren gefunden wurden. Aber es war nicht Pfeifer gewesen, der Lidia den Fausthieb versetzt hatte. Lidia hatte außer Schemen kaum was erkennen können, nur daß der Täter ein bulliger, kräftiger und schwerer Typ gewesen war. Das traf auf den Leptosom Pfeifer sicher nicht zu. Und wozu hätte der die Tat in Auftrag geben sollen? Was konnte man bei Lidia gesucht haben? Die Liste, natürlich, Kistners Liste. Pfeiler hatte vielleicht mitbekommen, daß Lidia sich oftmals aus dem Büro Arbeit mit nach Hause nahm.

Den Überfall hatten Lidia und Nabel für sich behalten. Es wurde keine Anzeige erstattet, niemand außer den beiden wußte davon, ausgenommen natürlich der Schläger selbst und dessen Hintergrundeminenzen. Vielleicht war dies der Ausgangspunkt, der Hebel, um Pfeifer ein wenig auf den Busch zu klopfen oder ihn gar dazu zu bringen, daß er sich verplapperte.

Nabel drückte den Klingelknopf. Letzten Endes nur aus einem Grund – weil er sich anachronistisch jung fühlte und nicht bereit war, die angebrochene Nacht in Ruhe austrudeln zu lassen. Als jedoch auf mehrmaliges Klingeln hin niemand öffnete, fühlte er sich nicht enttäuscht, eher erleichtert.

Am nächsten Morgen entschloß sich Nabel zu einer veränderten Strategie. Das Potential von Kistners Liste wollte er nicht mehr unbenutzt lassen. Von ›*Kistners Liste*‹ sollte dabei nicht die Rede sein. Zweifelsfrei identifizierbare Namen von Prominenten, die sich auf der Liste befanden, schrieb Nabel heraus. Gezielte Einzelgespräche sollten, in diskreter Atmosphäre, ohne Staub aufzuwirbeln, die Betreffenden aus der Reserve locken. Dazu war es nötig, daß der wesentliche Punkt angesprochen, aufs Tapet gebracht wurde, dies jedoch von erfahrenen Mitarbeitern, die die feine Kunst der Anspielung verstanden und, auf der Tragfläche eines künftigen Stillschweigeabkommens, Angst schüren konnten, ohne gleich Panik auszulösen.

Er stellte eine Arbeitsgruppe zusammen und gab grobe Richtlinien vor. Die Beamten sollten während des Gesprächs folgende Fragen stellen:

1. Hat Kistner Sie einmal zu nicht offiziellen gesellschaftlichen Anlässen gebeten, wenn ja, wie sahen diese aus?

2. Haben Sie jemals wahrgenommen, daß Kistner ein Drogenproblem haben könnte, oder hat er Ihnen dies sogar direkt mitgeteilt? Haben Sie ihn je zusammen mit anderen Drogen konsumieren gesehen?

3. Hat Ihnen Kistner je angeboten, von etwaigen Drogen zu probieren, hat er versucht, Ihnen welche auf zudrängen?

Die für die Befragung ausgewählten Prominenten waren allesamt solche der C- bis F-Klasse, solche, die nicht gewohnt waren, beim geringsten Anlaß sofort den Anwalt herbeizubrüllen.

Die Fragen sollten nicht unmittelbar aufeinander gestellt werden und möglichst wenig aggressiv wirken, zwischen etlichem Geplänkel wie nebenbei eingestreut. Das Gespräch durfte nie Verhörcharakter annehmen, sollte routiniert und unverbindlich klingen.

Neben Lidia bestimmte Nabel noch Van der Maar, Ernstlich, Peschke und die Älteste im Stab, Gudrun Basemann, für die Interviews. Fred Ernstlich zog er dann wieder zurück, aufgrund dessen Nachnamens. Die Gesprächseröffnung mit dem Satz »*Mein Name ist Ernstlich, Mordkommission*« schien keine sehr glückliche Einleitung.

All das geschah unter strikter Geheimhaltung und ohne Wissen und Billigung Seidels. Nabel tanzte auf dünnem Eis. Und hatte Glück. Zwar gaben sich fast alle der Befragten schuld und relativ ahnungslos, bestätigten allerhöchstens, daß sie Drogenkonsum bei Kistner auf Parties wohl mal zufällig mitangesehen hätten. Einer aber redete. Es platzte geradezu heraus aus ihm. Bereitwillig folgte er der Einladung, mit aufs Revier zu kommen, wo seine Aussage zu Protokoll genommen wurde. Diskret. Nur drei Personen im Raum. Lidia bediente das Tonband, Nabel stellte die Fragen, vielmehr – er hätte Fragen gestellt, wäre der Redeschwall je ins Stocken geraten.

»Ja, Kistner hat mich beliefert. Er hat mir Koks angeboten, bei einer Premierenfeier, bei welcher möchte ich nicht sagen, ich habe probiert, es war erstklassiger Stoff. Der Preis war in Ordnung. Er bat mich, interessierten Schauspielkollegen Hinweise zu geben, wo sie solchen Stoff bekommen könnten, das habe ich jedoch nie getan. Wozu denn auch? Kein Mensch ist von mir angefixt worden. Ich habe ein Jahr lang regelmäßig von Kistner Briefchen bekommen, ungefähr vier Gramm die Woche. Ich hatte in den Jahren zuvor einige Fernsehserien gedreht, nun gabs eine berufliche Flaute, ich merkte, daß mir das Koks zuviel wurde, stellte erste Symptome von Paranoia fest, bekam chronische, immer stärkere Depressionen, beschloß, clean zu werden und habe Kistner gesagt, ich brauche ihn nicht mehr. Daraufhin wurde er unangenehm und behauptete, er besitze Videomaterial. Wer nicht für ihn sei, sei gegen ihn. Na und? Von mir gab es kein Videomaterial, da war ich ziemlich sicher, Sie verstehen? Er redete wohl von eher *heterosexuellem* Videomaterial. Ich drohte ihm mit einer Anzeige, schließlich war *ich* nur Konsument, während er mit dem Zeug gehandelt hat. Nach wenigen Tagen überfielen mich zwei braungebrannte Schläger und drohten mir mit dem Tod, würde ich meine Klappe nicht halten. Es könnten Türken gewesen sein. Sie haben mich geohrfeigt, nicht mehr, nicht weniger. Danach ließ Kistner mich in Ruhe, und ich hielt meine Klappe. Ich wurde mehrmals Zeuge, wie Kistner einigen Leuten Briefchen zusteckte. Er bot mir einmal, ein einziges Mal, auf einer Party spät nachts, auch eine Frau an, sogar eine noch sehr junge Frau, was mich aufgrund meiner sexuellen Orientierung nicht interessierte. Vielleicht war ich deshalb für ihn kein sehr lohnendes Opfer, und er ließ mich laufen, meine Popularität hielt sich zu der Zeit ohnehin in Grenzen. Ich habe aber gerüchteweise gehört, eigentlich mehr aufgeschnappt, daß Kistner sogenannte *Inseln der Seligkeit* vermittelte. Der Ausdruck fiel mal heim Smalltalk, nach der Verleihung vom Deutschen Filmpreis. Darüber weiß ich leider nichts Genaues, kann nur mutmaßen, daß es Apartments oder Hotelsuiten gewesen sein könnten, wo sich, sagen wir mal: *Stützen der Gesellschaft* dem hingaben, was salopp in der Szene der FIC, der Friedman-Immendorff-Cocktail genannt wurde. Koks und Nutten. Kein handelsübliches Koks und keine handelsüblichen Nutten. Ein Kollege von mir hat das angedeutet, mit leuchtenden Augen. Seinen Namen möchte ich nicht nennen. Diese Aussage mache ich, weil mir Anonymität garantiert wurde, und ich möchte, daß dieser Passus im Protokoll ausdrücklich vermerkt wird.«

Nabel las das von Lidia abgetippte Protokoll nochmal vor. Der momentan arbeitslose Schauspieler nickte bei fast jedem Satz und nahm sich einen Kugelschreiber, um seine Unterschrift zu leisten.

»Sie müssen das nicht unterzeichnen«, grummelte Nabel. »Die Aussage ist anonym.«

»Stimmt. Dann lieber nicht.«

»Ich bewundere Ihren beispiellosen Mut. Haben Sie denn keine Angst? Sie sind immerhin *bedroht* worden. Unter anderem mit dem *Tod*, wenn ich das richtig verstanden habe.«

Der Schauspieler verschränkte die Arme vor der Brust. »Anonyme Aussagen dürfen keine Verwendung finden vor Gericht. Sie werden mich nicht linken, oder?«

»Nein, Sie haben uns geholfen. Dieses Protokoll bleibt Verschlußsache. Versprochen.«

Der Schauspieler stand auf. Ein hagerer Mensch mit zu langen Beinen und Armen, der Schwierigkeiten zu haben schien, seine Motorik zu koordinieren. Er mußte sich für einen Moment am Tisch festhalten, so, als ob ihm die Beine eingeschlafen seien.

»Hören Sie, Herr Kommissar! Mit Mut hat das nichts zu tun. Ich hab nicht mehr lang zu leben. Das Scheißkoks hat den Krankheitsverlauf extrem beschleunigt. Falls kein Wunder geschieht, bin ich in einem Jahr tot. In diesem Fall können Sie das Protokoll dann doch zusammen mit meinem Namen verwenden, hören Sie?«

Nabel schüttelte den Kopf. »Kann ich nicht. Leider. Die Gesetze sind hier sehr eindeutig. Entweder Sie geben das Protokoll frei oder es bleibt auf alle Zeit hin anonym und vor Gericht völlig wertlos. Ich könnte Ihnen höchstens Polizeischutz anbieten, Sie könnten die Zeit bis zum Prozeß im Ausland verbringen. Wie wär das?«

»Prozeß gegen wen?«

»Stellt sich dann heraus.«

Der Schauspieler winkte ab. Das Wesentliche am Menschen sei nun einmal die Hoffnung bis zuletzt, der Aufschub des eigenen Verschwindens um jeden Preis. Herr Kommissar werde das sicher verstehen.

»Aber ja. Unsere Spezies ist nun einmal schwach und selbstsüchtig, jeder ist darauf trainiert, skrupellos mehr aus sich zu machen als er ist.«

»Sie sagen es. Sie drücken, was gesagt werden muß, in klaren Worten aus. Ich fühle mich scheiße. Bin rachsüchtig. Kistner ist tot, was solls? Wie blöd ist das, gegen den Sensenmann zu kämpfen? Ich habe wenigstens auch gute Zeiten gehabt. Gute Nacht, Herr Kommissar!«

Nabel fühlte sich durch das moribunde Gerede eher peinlich als sonstwie berührt. Aber er drückte dem Zeugen dennoch dankbar die Hand. Durch seine Aussage hatten zuvor blasse Theorien entscheidend an Gestalt gewonnen.

Kistner ein Dealer. So lautete, effektvoll formuliert, in drei Worten die Essenz. Das Thema wurde nun so brisant, daß Nabel nicht länger individuell ermitteln konnte, ohne seinen direkten Vorgesetzten wenigstens in Teilen zu unterrichten.

Seidel reagierte hysterisch. Schüttelte sich. Es käme gar nicht in Frage, die Kunden auf der Liste zu bespitzeln, das käme einem Kesseltreiben gleich. Ein Zusammenhang mit den Morden der lila Serie sei in keinster Weise bewiesen, liege noch nicht einmal nahe. Was das solle? Mit einem Handtuch tupfte er Schweiß von seiner Stirn. »Vergessen Sies!«

Aufgrund anonymer Aussagen mache sich Seidel nicht die Schweinezeitung zur Feindin. Das sei Sache des Drogendezernats. Im übrigen pflege der Rechtsstaat nicht gegen Tote zu ermitteln, wo solle das hinführen?

»Steigen Sie nicht barfuß in den Bienenstock! Ermitteln Sie in aller Ruhe, Nabel, finden Sie den Mörder, und wenn wir ihn haben, kann von mir aus das Thema Drogen sachte angeschnitten werden.

Aber diese Liste bleibt im Giftschrank! Ich habe sie nie zu Gesicht bekommen. Keine Diskussion.«

Ahmed, als er das Wort *Videomaterial* hörte, ließ die Zunge heraushängen und hechelte laut.

Es gab Mitglieder der Soko, die das komisch fanden und grinsten.

Nabel fragte ins Rund, ob in Kistners Wohnung Videos gefunden und gegebenenfalls gesichtet worden seien. Selbstverständlich sei das geschehen, antwortete die Basemann, es habe sie drei Tage ihres Lebens gekostet. Es seien aber nur aus dem Fernseher aufgenommene Spielfilme und ähnliches zum Vorschein gekommen. Kistner habe, wie heutzutage üblich, nicht mehr sehr viele Videokassetten besessen, dafür über tausend DVDs.

»Aha. Wurden die auch überprüft? Die Hüllen müssen schließlich nicht das enthalten, was draufsteht.«

Gudrun Basemann schüttelte, laut seufzend, den Kopf, bereits ahnend, was auf sie zukam. Ein wenig betreten sah sie auch deswegen aus, weil ihr diese Möglichkeit schlicht entgangen war.

»Dann steht ja genug Arbeit an für die nähere Zukunft. Ich glaube zwar nicht, daß Kistner brisantes Material in der eigenen Wohnung aufbewahren würde, aber weiß mans? Wir müssen jede auch noch so geringe Möglichkeit vermeiden, hinterher als die Narren dazustehen. Noch eine Frage: *Videomaterial* – das ist so ein Wort, wie heute immer noch manche Menschen CDs als *Platten* bezeichnen. Wenn man heute jemanden heimlich aufnimmt, wie geschieht das? Mit dem Camcorder? Wie sieht das dazugehörige Endspeichermedium aus? CDs? Mini-CDs? Wer hat da Ahnung?«

Fred Ehrlicher, der Hornbrillen- und Hosenträgerträger, meldete sich und klärte den Chef über die jüngsten Entwicklungen der Technik auf. Nabel kam sich alt vor, geschulmeistert wie ein Kind. Er delegierte die Angelegenheit. Basemann, Ehrlicher und Peschke sollten sich darum kümmern, gleich morgen früh.

Pfeifer irrte unterdessen durch die Stadt und versuchte verzweifelt, sein Schicksal in die eigene Hand zu nehmen. Ümal ließ ihn glatt abblitzen beziehungsweise ließ er ihm per Telefon ausrichten, es gebe momentan keinen Grund für eine Unterhaltung. Wenn sich das ändere, würde man es ihn wissen lassen.

»Ich habe etwas enorm Wichtiges zu melden.«

Der Mann am anderen Ende der Leitung, einer von Ümals Stellvertretern, schien einen Augenblick zu überlegen, dann gab er Pfeifer eine Nummer, unter der er in fünf Minuten nochmal anrufen solle, von einem öffentlichen Münztelefon aus.

Es folgten die schlimmsten fünf Minuten im Leben des David Pfeifer. Sein Gesicht war schweißüberströmt, seine Hände zitterten, die Knie wurden ihm schwach und er glaubte, in der Telefonzelle urinieren zu müssen. Dennoch wählte er die Nummer und stampfte dabei auf den Boden, wie um seinen ihm ungehorsamen Körper doch noch auf Linie zu zwingen. Er ist selbst schuld. König ist selbst schuld. Hätte er mir bloß vertraut.

Seit der Sache mit Murat Kursun glaubten alle beteiligten Parteien, daß Pfeifer ein doppeltes Spiel spielte, was ja auch stimmte und was er im übrigen nie geleugnet hatte. Sein Pech, über Murat Kursun tatsächlich nichts zu wissen, war ihm zum Verhängnis geworden. Hätte er ein bißchen was gewußt, nur ein bißchen, hätte er sich eine Geschichte zusammenbasteln können. So aber hatte das ehrliche Geständnis seiner Ahnungslosigkeit wie eine Provokation gewirkt.

So gut die Tarnung Kursuns auch gewesen war, auch er hatte einmal die Polizeischule besucht, hatte von der Pike auf seinen Beruf erlernt, hatte bei den Polizeisportmeisterschaften 1994 im Hochsprung den dritten Platz belegt. So etwas, oder irgendeine ähnliche Kleinigkeit, genügte, um jemanden in Zeiten des Internets auffliegen zu lassen.

Ümals Imperium war weit verzweigt, und was immer behördliche Archivierungssucht zu notieren für nötig befand, bekam er heraus. Nicht nur die Polizei benutzte U-Boote und Hackprogramme, die Gegenseite zeigte sich lernfähig.

»Ja? Was ist denn so *enorm wichtig*?«

Es gehe um König. Pfeifer sagte, was er zu sagen hatte. Stammelte es mehr. Die Stimme am anderen Ende der Leitung zeigte sich mäßig interessiert. »Ich geb es weiter. Sonst noch was?«

Pfeifer verneinte, stürzte aus der Telefonzelle, um seine Blase zu erleichtern, hinter einer Litfaßsäule. Während er pißte, kam er langsam wieder zu sich. Was hab ich getan? Was hab ich getan? Nabel war im Kriminalchemischen Institut gewesen, hatte Lunte gerochen, also ließ sich so ein Ding bestimmt kein zweites Mal abziehen. Ich bin raus. Ich bin raus. Ich bin raus. Was hab ich getan?

Anita um Hilfe zu bitten, schien aussichtslos. Sie, die Arroganz in Person, benötigte ihn nicht weiter und ignorierte ihn einfach. Pfeifer hockte sich mitten auf den Gehsteig und rauchte, versuchte, einen klaren Gedanken zu fassen. Sein Vorrat an Schnee war alle. Konsequenzen ziehen. Konsequenzen ziehen. Die tragischen Figuren in Filmen enden ja oft nur deshalb tragisch, weil sie nie rechtzeitig die Konsequenzen, also die Reißleine ziehen, sich rechtzeitig aus der Schußlinie stehlen. Resümee.

Die Geschäfte waren gelaufen, neue nicht in Sicht, der nutzlos gewordene Streifenpolizist hätte nun alles auf eine Karte setzen und versuchen können, direkt Kontakt mit Tschutschelow aufzunehmen. Das hingegen wagte er nicht. Was, außer blanken Vermutungen, hätte er ihm erzählen sollen? Und weswegen sollte Tschutschelow sich entschließen, ihm Schutz zu gewähren? Blöd gelaufen, das alles. Blöd gelaufen.

Pfeifer ging in Deckung.

Die Ermittlungsgruppe Basemann, Ehrlicher und Peschke brach frühmorgens das Siegel zu Kistners Wohnung auf und sah sich dazu gezwungen, Nabel eine unerfreuliche Mitteilung zu machen. Von den über tausend DVD-Hüllen waren restlos alle leer. Jemand mußte sich Zutritt zur Wohnung verschafft haben. Schlimm war auch, daß derjenige hinterher das Siegel erneuert hatte, in geradezu perfekter Weise.

König war trotz diverser charakterlicher Mängel kein Idiot. Er hatte schnell mitbekommen, daß Nabel ihm gegenüber den Trottel gab und Erkenntnisse für sich behielt, die beiden genutzt haben könnten. Widerwillig, denn Mord war nicht sein Gebiet, hatte er sich in den letzten Tagen auf Schleichwegen Akten der Soko Lila kommen lassen und diese auf Bezüge zu seinem eigenen Ermittlungsfokus durchgesehen. Zuerst fand er nichts von Interesse. Daß Kistner gerne Promis mit Kleinstmengen Schnee versorgte, um sich ihrer Geschwätzigkeit zu versichern, war König bekannt gewesen, er hielt das für einen Auswuchs der medialen Gesellschaft, die bei zuviel Konkurrenz zu immer fragwürdigeren Methoden greifen muß. All das kümmerte ihn nicht, dort ging es um begüterte Menschen, die sich notfalls sanfte Wege des Entzugs erkaufen konnten, wenn es ihnen zuviel wurde. Ihm, König, ging es um die anderen, einerseits um die vielen namenlosen Junkies, die durch schlechtes Heroin und Crack elend zugrunde gerichtet wurden, andererseits um die vielen Jugendlichen, deren IQ der regelmäßige Haschischkonsum in die endgültige Zweistelligkeit versenkte. Um die volkswirtschaftlichen Auswirkungen der Droge ging es ihm, um die große Zahl. Um Bosse wie Tschutschelow oder Ümal, die dabei waren, Imperien zu errichten oder noch zu erweitern. Das allein war wichtig, und für Kleinscheißer wie Nabel, die sich um eitrige Details, um Pickel am Arsch des Geschehens zu kümmern hatten, brachte er höchstens soviel gnädige Duldung auf wie ein Bürochef für die zu fleißige Aushilfsputzfrau.

Pfeifer hatte sich an diesem Tag nicht telefonisch zum Dienst gemeldet, entgegen der ausdrücklichen Vereinbarung, die beide getroffen hatten. König machte sowas nervös, er hatte Pfeifer vielleicht zuviel Verantwortung überlassen, ein Mensch verwandelt sich mit dem Amt, das man ihm gibt. David Pfeifer glich einem Fühler, den man ausstreckt, um da oder dort die Temperatur zu messen. Ist sie zu heiß, verbrennt der Fühler, das war das Risiko, das Pfeifer einging, für welches er andererseits großzügig bezahlt wurde. Der Charakter des Fühlers verändert sich während einer so langfristigen Aktion immer, selbst wo er den Verführungen widersteht. König fühlte sich verpflichtet, nach ihm zu sehen. Jemand wie David hatte niemanden, der sich um ihn sorgte, bis auf ihn, König, den in der Hierarchie weit entfernten Vorgesetzten. Beide waren während der zwei Jahre, die Pfeifer als verdeckter Ermittler tätig war, zu Freunden geworden, sofern im Zusammenhang mit König von *Freunden* gesprochen werden konnte.

König parkte in der Schleiermacherstraße, stieg aus seinem Wagen, und eben als er den gegenüberliegenden Gehsteig erreicht hatte, scherte ein heranrasendes Auto aus und überfuhr König vor Pfeifers Haustür. Der Körper des Kriminalers wurde in die Luft geschleudert, knallte gegen die Mauer, blieb auf dem Trottoir liegen und wurde noch einmal überfahren.

Das Auto stieß, Königs zuckenden Körper unter sich, zweimal vor und zurück, dann bog es in die Gneisenaustraße ein, ohne quietschende Reifen und ohne überhöhte Geschwindigkeit.

»Wie schlimm ist es?«

»Er wird die Nacht kaum überleben.«

»Hat er noch was gesagt?«

Sorry, Chef, wenn ich zu drastisch bin. Aber seit wann kann Matsch reden?«

»Du gehst hin und stellst dich vor seine Tür. Wenn du müde wirst, soll Grimm dich ablösen.«

»Wozu eigentlich? König wird sicher nichts mehr aussagen können.« Ahmed war müde, maulig und von Ehrenwachen pro forma hielt er um diese Nachtzeit wenig bis gar nichts. Nabel wurde barsch. »Wir müssen wenigstens so tun, als könne König noch was sagen.«

»Ach so. Kapiert. Ich bin echt stutzig von Begriff.«

Nabel klingelte Lidia raus und schilderte, was passiert war. Wobei er das Gefühl hatte, nicht zu wissen, was eigentlich passiert war.

»Gabs denn ne Botschaft am Tatort?«

»Nein.«

»Dann hat es mit uns erst mal gar nichts zu tun.«

»Vielleicht nicht. Ich möchte aber, daß es mit uns was zu tun hat. Gottverfluchte Kacke! Es soll was mit uns zu tun haben, notfalls besorg ich mir lila Tinte und schreib selber eine Botschaft!«

»Schlaf dich erstmal aus, Kai.«

»Was?«

»Du hörst dich völlig hysterisch an. Du kannst schlafen gehen, ich kann wieder schlafen gehen, und morgen werden wir den Fall vielleicht übertragen bekommen. Gute Nacht!«

Nabel und seine Leute bekamen den Fall tatsächlich übertragen, auch wenn es momentan zur lila Serie keinerlei sichtbaren Bezug gab. Seidel hatte sich beim Innensenator der Stadt deswegen mächtig ins Zeug gelegt und unter Zuhilfenahme nebulösester Phrasen Nabel die notwendige Rückendeckung besorgt. Er hatte sich von seiner besten Seite gezeigt.

Der Presse gegenüber sprach man von einem Verkehrsunfall mit Fahrerflucht. Königs Verletzungen stellte man als ernst, aber nicht lebensbedrohlich dar. Das genügte, um die Journalisten maßlos zu langweilen und die Berichterstattung in den Lokalteil zu verbannen.

Leider verringerte sich der Spielraum allzubald. Um 10 Uhr 30 morgens wurde aus dem Krankenhaus Königs Hirntod gemeldet. Nabel verbot den Ärzten, dies offiziell bekanntzugeben, der Körper des Kriminalrats solle weiter an die Beatmungsmaschine gekoppelt bleiben, solle mit allen Mitteln vegetativ am Leben erhalten werden. Es galt, Zeit zu gewinnen und die Gegenseite – wer immer das war zu verunsichern.

Als Nabel mittags Königs Büro betrat, registrierte er zwiespältige Gefühle in sich.

Da *war* zwar ehrliche Trauer für den hingeschlachteten Kollegen, auch empfand er tiefe Betroffenheit, was die Umstände eines solchen Abgangs von der Welt anging, und dennoch – jetzt an Königs Schreibtisch zu sitzen, in dessen Revier nach Belieben wühlen zu können und selbst gesund und am Leben zu sein – das fühlte sich enorm gut an. Auf archaische Weise großartig.

Ein solcher Tod, philosophierte Nabel und rührte in seinem Kaffee, werde unterbewußt wohl immer ein wenig gefeiert, als wäre der eigene dadurch aufgeschoben, auf der Liste ein wenig nach hinten gemogelt worden. Lidia benickte den banalen Gedanken und legte ihre Stirn in Falten. Was nun in Sachen Pfeifer zu geschehen habe?

»Ganz klar.« König wurde vor dem Mietshaus überfahren, in dem Pfeifer wohnte. Pfeifer blieb verschwunden, ergo? Nabel ließ eine Fahndung nach ihm raus und fühlte sich kraftvoll und entschlußfreudig. Eine andere Stimme, vielmehr eine übergeordnete Instanz in ihm, verurteilte dieses Gefühl als Selbstherrlichkeit. Andererseits, dachte Nabel, ist es nunmal, wie es ist.

Weswegen? Das war die große Frage. Lidia stellte sie noch einmal laut: *Weswegen?*

Ein Mordanschlag auf einen Kriminalrat war ein ganz anderes Kaliber als der Mord an einem Kleindealer in der Hasenheide. Wer sich zu so etwas entschließt, ist entweder beneidenswert dumm, größenwahnsinnig oder nimmt bewußt den Krieg in Kauf.

»Was«, fragte Lidia, »kann den Täter veranlaßt haben, auf diese Notbremse zu treten?«

Nabel ließ Königs Schreibtisch öffnen und entdeckte in einer der Schubladen Akten der Soko Lila. Er wunderte sich ziemlich laut darüber, wie diese ohne offizielle Anfrage in Königs Besitz kommen konnten.

»Du solltest lieber froh darüber sein, daß sie noch immer da sind, Kai. Und?«

»Und was?«

»Irgendwas, das Aufsehen erregt?«

»Nein.« Nabel blätterte die Mappe durch. »Warte mal. Doch. Hier.«

Er hielt Lidia eine Seite aus den Akten vor die Nase. Der Name des dritten Opfers, des Heizungsbauers Nentwig, war mit Rotstift doppelt unterstrichen.

Ahmed brachte nachmittags neue Erkenntnisse der Spurensicherung. Kistners Wohnung war definitiv nicht aufgebrochen worden. Jeder Versuch, das Schloß mit einem Dietrich zu öffnen, hätte zumindest winzige Kratzspuren hinterlassen. Kistner besaß auch kein gängiges, leicht zu überlistendes Türschloß, sondern ein sehr exklusives, laut Werbung nahezu einbruchssicheres der Firma Brosche & Söhne.

Lidia und Kai sahen sich an und schlugen beide gleichzeitig die Augen nieder.

Pfeifer saß im Zug nach Frankfurt. Es war zwei Tage her, daß König ihn auf Nentwig angesprochen hatte. Pfeifer war aus allen Wolken gefallen, seine Schulterblätter waren schwer geworden, sein Mund stand für Sekunden offen und er hatte Glück, daß sich König gerade in die Zeitung vertiefte, somit von der Fassungslosigkeit seines Mitarbeiters nichts mitbekam.

»Nentwig?«

»Der Heizungshauer Nentwig. Das dritte Opfer in der Serie Lila.«

»Was ist mit dem?« Pfeifer tat, als könne er mit dem Namen wenig anfangen. König verzichtete darauf, zu bohren. Er hatte kurz mal eben ins Blaue geschossen, jetzt entschloß er sich spontan um und wiegelte ab.

»Schon gut, David, war nur so ne Idee. Wahrscheinlich Unsinn.«

Pfeifer kannte seinen Chef zu gut, um nicht zu merken, wenn der sich zurücknahm.

Aus irgendeinem Grund war König auf den Namen des Heizungsbauers gestoßen. Pfeifer verabschiedete sich betont nonchalant, saß danach stundenlang in seiner Wohnung und überlegte, was er tun sollte. Vielleicht besser gar nichts. Aber wenn er doch etwas unternehmen sollte, dann schnell. Wäre König ein unfähiger Polizist gewesen – leider war er das Gegenteil davon – und dennoch konnte man hoffen, daß ... Nein, konnte man nicht. Pfeifer wählte auf seinem Handy, nicht auf seinem normalen Handy, sondern auf dem, das er unter falschem Namen angemeldet hatte, eine Nummer. Eine tiefe Stimme sagte:

»Ja?«

»Gibt ein Problem. Ich möchte Ümal sprechen.«

Die tiefe Stimme sagte, Ümal lasse ausrichten, es gebe momentan keinen Grund für eine Unterhaltung. Wenn sich das ändere, würde man es ihn wissen lassen.

»Ich habe etwas enorm Wichtiges zu melden.«

Danach hatte Pfeifer eine öffentliche Telefonzelle gesucht und enorm Wichtiges gemeldet.

»Ich geb es weiter. Sonst noch was'?«

Er hatte es mit Leuten zu tun, die nicht lange überlegten und bei ihren Entscheidungen radikalen Lösungen stets den Vorzug gaben. Kurz dachte er daran, König zu warnen, aber das wäre einer Beichte gleichgekommen. Einer ohne Vergebung, mit allen Konsequenzen.

»Nein.«

Pfeifer hatte ein so schlechtes Gewissen, daß er die ganze Nacht keinen Schlaf fand. Im Endeffekt ging es ihm nicht um König, viel mehr um sich selbst. Er befürchtete einen Dominoeffekt. Alles würde zusammenkrachen, alles. Vielleicht nicht alles, aber vieles, und es würde in jedem Fall über *ihm* zusammenkrachen, würde ihn begraben. Mit seinem Anruf hatte er sich etwas Zeit erkauft, hatte sich – vielleicht – als nützlich erwiesen, hatte auf jeden Fall Verwirrung gestiftet, aber am Ende gab es für ihn hierzulande keine Zukunft.

Pfeifer lief von Bank zu Bank, lenkte Gelder auf Auslandskonten um, kam nicht mehr in die Nähe seiner Wohnung und litt unter massiver Furcht, auf Schritt und Tritt beschattet zu werden.

Sobald er eine Straße entlanglief, nahm er an jeder Ecke verdächtige Gestalten wahr, dann benutzte er Hinterhöfe und Passagen, ließ sein Auto stehen und winkte vorbeifahrenden Taxis. Vierundzwanzig Stunden benötigte er, um seinen Kram zu ordnen, Spuren zu verwischen, falsche Spuren zu legen, Dokumente zu vernichten. Einen Flieger online zu buchen war erstens unklug, zweitens nicht nötig. Das konnte am Flughafen erledigt werden, gegen einen geringen Aufpreis.

Als er vom Attentat auf König hörte, war es noch kein Attentat, nur ein schwerer Unfall mit Fahrerflucht. Es hieß, König würde überleben. Das freute Pfeifer, wenngleich er daran zweifelte. Zu diesem Zeitpunkt saß er in der Wohnung eines früheren Freundes und nahm wehmütig Abschied von Berlin. Ein für alle Mal Abschied nehmen von Berlin, dann den Abendzug nach Frankfurt und von dort aus flugs in die Karibik. Gar nicht so üble Aussichten, eigentlich. Mit einem falschen Paß hätte er sich besser gefühlt, aber auf falsche Pässe waren die Albaner spezialisiert. Jetzt rächte sich, daß er nie was mit denen zu tun haben wollte. Und hätte die Zeit für eine erstklassige Fälschung gereicht? Kaum. Das Geld hingegen würde für einige Jahre reichen. Nicht bis ans Lebensende, nein. Den Löwenanteil hatten andere verdient. Er, aus purer Angst, oder Vernunft, das kann man so und so nennen, war immer bescheiden geblieben, bescheiden und maßvoll. Pfeifer ertappte sich bei dem Gedanken, nur ein kleiner Mitläufer gewesen zu sein, das Spiel nur halbherzig gespielt zu haben, er tat sich dementsprechend leid. Im Grunde hatte man ihn gnadenlos ausgenutzt. Verbrecher. So sehr sie sich als Geschäftsleute gaben, waren sie letztlich alle Verbrecher der miesesten Sorte. Doch all das war nichts im Vergleich zu der Überraschung, am Flughafen Frankfurt festgenommen zu werden. Daß Nabel so fix und übertrieben reagiert hatte, war definitiv nicht zu erwarten gewesen. Nein, das war eine Unverschämtheit. In einem Rechtsstaat.

Lidia bekam uneingeschränkten Zugriff auf Königs Computer und arbeitete vierzehn Stunden am Stück, bis eine Verbindung zum Heizungsbauer Nentwig vorlag. Sie fand sich in einem Akt für innerbetriebliche Ausgaben. Nentwig hatte dem Dezernat im Frühling eine Rechnung gestellt.

»Was denn für ne Rechnung?«

»Er hat die Heizkörper ausgewechselt. Sie waren defekt. Alle sechs.«

Nabel kapierte nicht. »Heizkörper?«

»Im Kriminalchemischen Institut an der Urbanstraße.«

Der gerade zuständige Chefchemiker vom Dienst, Dr. Blonzen, ein älterer Herr mit Dreifachkinn, beantwortete Nabels Fragen bereitwillig und ohne mit der Wimper zu zucken. Ja, es habe Störungen im Heizungssystem gegeben, was für ein Chemielabor eine äußerst unangenehme Sache sei, besonders in einem relativ kalten April. Die Behörde habe bewilligt, daß alle alten Heizkörper ausgetauscht wurden. Nentwig habe wohl das günstigste Angebot gemacht.

»Können Sie sich an den Austausch erinnern?«

»Ich hatte keinen Dienst.«

Nabel zeigte ihm ein Foto des toten Herrn Nentwig. Dr. Blonzen zuckte mit den Schultern. Sein Assistent, Dr. Rossberg, tat es ihm gleich.

»Wie viele Chemiker arbeiten hier?«

»Momentan fünf fest. Plus Aushilfen.«

»Kann man herausfinden, wer im Dienst war, als die Heizkörper ausgetauscht wurden?«

»Kann man sicher, gibt schließlich einen Dienstplan, aber wozu stellen Sie all diese Fragen?«

Abends rief Nabel seine engsten Mitarbeiter zusammen. Im Grunde hatte er nichts, nur einen Schlüssel geistiger Natur, eine Idee, die sich schnell als fixe Idee erweisen konnte. David Pfeifer saß im angrenzenden Verhörzimmer unter Bewachung. Nabel ließ ihn schmoren.

Dr. Fischer und sein Assistent Dr. Wolkov hatten kurz vor und während des Abtransports der alten Heizkörper Dienst gehabt. Beide waren, daraufhin angesprochen, nicht sehr gesprächig gewesen, schützten Erinnerungslücken vor, Wolkov fragte zurück, seit wann er sich mit Handwerkerkram auseinandersetzen müsse?

Ahmed war damit beschäftigt, ein Exemplar der alten Heizkörper aufzutreiben. Wie er das machte, war ihm überlassen, er fluchte die ganze Zeit über den Scheißjob, aber zuletzt, gegen 23 Uhr, schleppte er eins jener uralten Dinger aufs Revier, und Nabel sah es sich an. Ein riesiges Gebilde, das ungefähr dreißig Liter Fassungsvermögen besaß und beinahe noch aus der Kaiserzeit zu stammen schien. Bleiverkleidung. Etwas Idealeres, um unbemerkt Drogen aus einem Gebäude zu schaffen, war kaum denkbar. Und es kam noch schöner. Die neuen Heizkörper hatten sich nach einer Woche als nicht hundertprozent kompatibel zu den Anschlüssen erwiesen, waren undicht und tropften. Nentwig mußte sie nochmal austauschen. Das alles kurz nach jener Woche, in der König seinen Rekord gebrochen hatte – dreihundert Kilo Kokain aus einer kolumbianischen Lieferung, der Fund am Riesenrad in Friedrichshain.

Die Idee war klar: Korrupte Chemiker, es mußten nicht alle fünf sein, wahrscheinlich waren es sogar nur zwei, hatten den Stoff in den Heizkörpern aus dem Gebäude geschmuggelt, vielleicht sogar in einer chemisch gereinigten, konzentrierten Form. Miroslav Nentwig mußte dabei nicht unbedingt eine Rolle gespielt haben, es könnte genügt haben, daß sich jemand für ihn ausgab. Wer wäre auf die Idee gekommen, die Personalien eines bestellten Handwerkers zu kontrollieren? Daß Nentwig später ermordet wurde, sprach allerdings dafür, daß er doch persönlich involviert war. Womöglich, ohne vom Ausmaß der eigenen Verstrickung etwas zu wissen, gar zu ahnen.

Theoretisch konnten so an die zweihundertfünfzig Kilo reinstes Kokain hinausgeschleust worden sein, mit einem Marktwert von mindestens fünfzehn Millionen Euro. Gestreckt bestimmt das Dreieinhalbfache wert.

Pfeifer steckte da irgendwie mit drin. Aber wie?

Die Kolumbianer hatten keine ständige Vertretung in der Stadt, blieben jenseits des großen Ozeans. Wenn denen etwas verlorenging, produzierten sie einfach nach und murmelten gottergeben *Mierda*. Was für ein Geschäft müßte es sein, den Albanern, Türken oder sonstwem bestes Koks aus Polizeibeständen zu verkaufen? Wenn nur ein Drittel vom Marktpreis heraussprang, konnten alle Beteiligten damit sehr, sehr reich werden.

Andererseits – in Pfeifers Wohnung war kaum Bargeld gefunden worden. Im Grunde lag so gut wie nichts gegen ihn vor.

Nabel mußte gleich zu ihm rein. Mußte ihn mit irgendwas konfrontieren. Welches Geschütz sollte er aufbieten? Die ganze Sache war so unübersichtlich, zugleich so fragil, daß sein Herz ihm bis zum Hals schlug. Und doch genoß er es. Eben dieser Momente wegen war er Polizist geworden. Der Seiltanz zwischen Ekstase und Verzweiflung.

Jimmy Kistner war dagegen nur eine kleine Nummer gewesen, vermutlich hatte er auf eigene Faust Prominente zu erpressen versucht (sein *very big thing*, das so groß gar nicht war) und wurde deshalb über den Jordan geschippert. Alles bekam Umriß und Sinn. Es mußte nur Gestalt gewinnen. Greifbar werden. Zuzuordnen.

Nabel bat seinen Mitarbeiterstab um Vorschläge. Niemand sagte einen Ton. Die meisten von denen, die nicht dem inneren Kreis angehört hatten, wirkten überrumpelt von der Entwicklung, die der Fall genommen hatte. Nur Lidia gerierte sich als Spielverderberin und holte Nabel aus den luftigen Höhen der Spekulation hinab auf den Boden der Fakten.

»Wir haben keinen einzigen Beweis. So werden wir höchstens die kleinen Fische bekommen. Pfeifer und ein paar korrupte Chemiker. Wir suchen nach einem Mörder. Das muß für uns Priorität haben.«

»Wenn wir die kleinen Fische fangen, können wir größere damit ködern. Ich glaube, in dieser Sache stecken so viele mit drin, da muß man nur den kleinsten Stützbalken wegbrechen, dann kippt das ganze Gebäude.«

»Kai, ich sags ein bißchen anders: Wir haben nicht nur keinen Beweis, wir haben nur den einen Anhaltspunkt, daß das spätere Opfer Nentwig in einem polizeilichen Gebäude Heizkörper ausgewechselt hat. Sonst nichts. Niente. Nada.«

Ahmed meinte, ohne harte Druckmittel würden Leute, die an sowas beteiligt seien, nie und nimmer aussagen. »Die wissen doch genau, daß sie danach praktisch tot sind.«

Lidia stimmte ihm zu. »Wenn wir jetzt losschlagen, werden Pfeifer und die Chemiker vielleicht beseitigt, rein aus Prinzip – und dann? Wir haben nicht den geringsten Hinweis, welcher Clan dahintersteckt. Ich bin sicher, daß einer der Clans dahintersteckt. Glaubst du ernsthaft, Pfeifer und zwei Laborheinis wären alleine fähig, so etwas durchzuziehen?«

»Ja und? Was soll ich jetzt machen? Soll ich Pfeifer laufen lassen?« Nabel zuckte zusammen. Was hatte er getan? Er hatte vor versammelter Mannschaft gefragt, was er tun solle.

Unmöglich. Seine Nerven waren dünn geworden. Sein Nimbus drohte es zu werden.

Niemand wagte sich auch nur zum Ansatz einer Antwort vor.

»Na schön, geht alle nach Hause! Haut ab! Ich kümmere mich um Pfeifer. Schönen Feierabend.«

»Und Seidel?«

»Den unterrichten wir morgen.« Nabel rauchte eine Zigarette, holte sich vom Automaten einen dreifachen Espresso und betrat, unrasiert und mit wirrer, leicht fettiger Frisur, das Verhörzimmer.

Ruslan Dschanow, konfrontiert mit der Meldung, daß Pfeifers und Kistners Wohnungen durchsucht worden seien (letztere bereits zum dritten Mal), zeigte nicht die geringsten Symptome von Panik. Alles war geregelt. Der Inhalt von Kistners DVD-Hüllen war schon vor einer Woche im Feuer zerschmolzen. Auf einigen der Filme war Anita höchstpersönlich in Aktion zu sehen, er hätte das Material gern behalten, nicht, um sich dran aufzugeilen, mehr, um sie gelegentlich damit bloßzustellen. Selbst ein Caligula mußte berechenbarer gewesen sein als dieses Weib. Sie hatte von ihm Pfeifers Tod gefordert, am besten sofort, hatte sich aufgeführt wie eine durchgeknallte Zarin, ohne schlagende Argumente, der reinen Prophylaxe halber. Dschanow war inzwischen der Meinung, daß keine Gefahr mehr von ihm ausging, im Gegenteil, er konnte vielleicht sogar als Sündenbock herhalten. Falls ihn Ümals Leute nicht längst, wie diesen König – ein dreistes Ding – zur Entsorgung vorgesehen hatten. Im Grunde war Pfeifer ja deren Problem, wenn überhaupt. Wozu sich an ihm die Hände schmutzig machen? Dschanow ließ sich in einen riesigen roten Clubsessel fallen. Er hatte genug von Anitas Müll weggeräumt, war, wenn er es genau betrachtete, von ihr benutzt worden, die ganze Zeit über. Aber in wenigen Stunden würde damit Schluß sein, dann würde alles ein Ende haben. Ihm blieben vier Stunden, um zu schlafen. Er schlief sofort ein.

Gräfin Schönfels hatte noch etwas Zeit und schlenderte erneut zum Buffet. Ihr Mann erwartete sie erst gegen Mitternacht zurück. Sie wurde häufig nach ihm ausgefragt. Warum er denn nie mitkomme, warum er sich so selten in der Öffentlichkeit zeige. Es waren vorsichtige, scheinheilige Fragen, die nie den Mut aufbrachten, nach dem Wesentlichen zu zielen. Einzig das Selbstbewußtsein eines Jimmy Kistner war impertinent genug gewesen, zur Sache zu kommen. Und wenn sie daran zurückdachte, gestand sie sich ein, daß er mit seiner Frechheit durchaus amüsant gewesen war. Anfangs.

»Guten Abend! Ihr Gatte macht doch in Nutten?« So hatte er sie angeredet, begleitet von einem Handkuß, genau ein Jahr war das nun her, hier, fast exakt an dieser Stelle, sie hatte vor Verblüffung kichern müssen wie ein Schulmädchen. Jeden anderen hätte sie geohrfeigt. Aber dieser Mensch hatte was Besonderes an sich. »Unsinn. Er pflegt die deutsch-ukrainische Freundschaft, Herr …«

»Kistner. *Der Kistner*. Sparen wir uns das Gewäsch. Ich wäre interessiert, mal bei einer Ihrer Soireen eingeladen zu werden. Ich bin der Puls der Zeit. Wir könnten einander viel Gutes tun.«

Sie hatte nur gelacht und ihn stehengelassen. Am nächsten Tag war in der auflagenstärksten Zeitung der Hauptstadt eine Szeneglosse erschienen, in der in äußerst vorteilhafter Weise ihre Abendgarderobe erwähnt wurde. Anita, fast ausnahmslos bigottes Gedruckse gewöhnt, erlag Kistners burschikosen Charme und Größenwahn sehr schnell, lud ihn ein, schon aus Neugier. Und Tschutschelow, stets an gesellschaftlicher Reputation interessiert, entwickelte zum Kolumnisten ein herzliches Verhältnis, falsch, herzlich war das absolut unpassende Adjektiv, Tschutschelow besaß kein Herz. Ihr fiel kein geeignetes Wort ein. Die beiden verstanden sich gut, basta, warum auch immer. Zwischen Kistner und Anita hatte es nie eine Affäre gegeben, allerdings etwas anderes, eine Art sonderbarer Unverblümtheit. Kistner hatte ihr Pfeifer vorgestellt, seinen, wie er sagte, Verbindungsmann bei der *hiesigen Staatsgewalt*. So fing alles an. Pfeifer überreichte ihr wortlos ein Tütchen, gleichsam anstelle einer Visitenkarte. Er habe noch mehr davon, jederzeit, für Freunde zum Einkaufspreis. Es war eine lustige und wilde Zeit. Kistner nutzte die Verbindung zu Tschutschelow weidlich aus, eins kam zum andern, wie Anita endlich dazu kam, ihre Phantasien auszuleben.

Bis Kistner, selbsternannter Puls der Zeit, durchdrehte, beziehungsweise sein vom Koks aufgeblähtes Hirn. Aber die Idee, die er im Wahn ausgebrütet hatte, war, selbst nüchtern betrachtet, apart. Anita, aufgewachsen im trostlosesten Teil des Wedding, um eine ihrem Anspruch angemessene Jugend gebracht, witterte die Chance, dem Käfig ihres Gatten zu entkommen, und das auch noch auf ganz glorreiche Art. Seither hatte sie ein Leben geführt und keine Minute davon bereut. Ruslan, mit seiner letztlich bürgerlichen, um Sicherheit besorgten Intelligenz ging ihr immer mehr auf die Nerven. Wenigstens, das mußte man zu seinen Gunsten sagen, funktionierte er. Wie ein Schweizer Uhrwerk. Anita sah auf die Uhr. Es war soweit. Sie winkte freundlich lächelnd in die Runde und schritt die Treppe hinunter zur Garderobe.

Nabel betrat den Verhörraum. Pfeifer schien ihm sofort ins Gesicht springen zu wollen, schrie und brüllte. Nabel verließ wortlos den Verhörraum und schloß hinter sich zu. Der Kerl sollte erstmal lernen, sich zu benehmen. Sollte froh sein, daß jemand bereit war, sich heute Nacht noch mit ihm zu beschäftigen. Ahmed hatte Spätdienst, döste vor dem Telefon herum, und Nabel wechselte ein paar belanglose Sätze mit ihm, über Fußball und türkischen Tabak, bevor er sich, seufzend, zehn Minuten später erneut seiner Aufgabe stellte.

Nach dem Besuch der diesjährigen Wohltätigkeitsgala für die Multiple-Sklerose-Forschung im exklusiven China-Club über dem Hotel Adlon, wo die Gräfin sich mit der generösesten Spende hervortat und nebenbei gesellschaftliches Schaulaufen in einem tief ausgeschnittenen, beinahe rückenfreien karmesinroten Abendkleid betrieb, ließ sie sich vor dem Foyer von ihrer Limousine abholen. Ruslan zeigte ihr einen Zettel: MÖGLICHERWEISE NEUE WANZE IM WAGEN – und fragte artig, ob sie einen schönen Abend gehabt habe.

Sie erwiderte, das sei durchaus der Fall gewesen, vielen Dank.

Anita bat um laute Musik, egal was, ihrem Wunsch wurde entsprochen. Die Limousine fuhr in der Nähe des Potsdamer Platzes in ein Parkhaus, beide, Gräfin und Fahrer, entstiegen dem Wagen.

Anita von Schönfels-Tschutschelow lehnte ihren nackten Rücken an eine der kühlen Vierkantstelen aus Beton und hob den Saum ihres Kleids auf Hüfthöhe. Der Fahrer, der keine Uniform trug, sondern Stonewashed Jeans und Nilpferdlederjacke, löste den Gürtel, ließ seine Jeans hinunterrutschen, warf die Lederjacke hinter sich und nahm die Gräfin Schönfels im Stehen. Dazu lief in der Anlage der Limo die Best-Of-Scheibe von *Queen*. Erst *We Will Rock You*, dann *We Are The Champions*. Hinterher saßen beide auf der warmen Motorhaube und rauchten. Es war ganz dunkel, bis auf den schwachen Schein des Halbmonds, der aufs oberste Parkdeck fiel.

»Man hat heute Pfeifer verhaftet.«

»Ich hab dir gesagt, du sollst ihn erledigen.«

»War mir leider nicht möglich.«

»Und? Ziehen wir das Ding durch wie geplant?«

»Klar. Es passiert, während wir hier rauchen. Schön?«

»Ja. Ich genieße es.« Anita nahm einen tiefen Zug und spuckte, wobei sie nur die Zungenspitze bewegte, ein Tabakfädchen aus. »Wen hast du rumbekommen?«

»Besser, wenn du es nicht weißt. Du starrst ihn sonst dauernd an. Ist auch egal.«

»Ruslan?«

»Was?«

»Du würdest mir nie etwas antun, nicht?«

»Nein. Nie. Wie kommst du darauf? Ich liebe dich.«

»Gut. Ich dich auch.«

»Wir müssen jetzt los.«

»Okay.«

»Was gibt Ihnen das Recht, mich zu verhaften? Ich will augenblicklich wissen, welche Gründe dafür vorliegen. Sie wissen längst, daß ich kein Streifenpolizist bin. So dumm können Sie nicht sein!«

»Fluchtgefahr.«

»Was für ne Fluchtgefahr? Ich bin nach Frankfurt, um am Flughafen einen Informanten abzupassen, der aus Übersee kam. So. Mehr müssen Sie nicht wissen!« Pfeifer gab sich rotzfrech und schlug zwischendurch mit der Faust auf den Tisch. Man hatte bedauerlicherweise kein Ticket bei ihm gefunden, noch war unter seinem Namen ein Flug gebucht worden. Nabel stand mit ziemlich leeren Händen da. Was er nun sagte, entbehrte nicht eines gewissen gewollten Sarkasmus. »Immerhin wurde König direkt vor Ihrer Haustür plattgemacht. Und Sie –« Er machte eine Pause und grinste. »Sind Autofahrer.«

»Ach, Sie vielleicht nicht?«

Nabel ging darauf nicht näher ein. »Wir hätten Ihren Wagen gern inspiziert. Stattdessen ist der Wagen verschwunden und Sie sind verschwunden. Das reicht an Verdunkelungsgefahr für einen vorläufigen Haftbefehl vollkommen aus, das wissen Sie selber. Es liegt ganz an Ihnen, Licht in die Sache zu bringen. Erstens: Wo befindet sich Ihr Wagen? Zweitens: Wen wollten Sie denn am Flughafen treffen?«

Pfeifer reagierte wider Erwarten eher kleinlaut, druckste und quengelte. Aber immerhin redete er, statt einfach zu schweigen, anscheinend hoffte er, Nabel tatsächlich noch von seiner Lauterkeit überzeugen zu können.

»Ich weiß nicht, wen ich am Flughafen treffen sollte. Ein mir unbekannter Informant. Er wäre auf mich zugekommen, und sicher hätte er sich mir nicht mit richtigem Namen vorgestellt. Eine heiße Sache, das geht sie nichts an, davon wußten nur König und ich. Connections nach Kolumbien, ich bitte Sie, machen Sie sich nicht unglücklich, Nabel.«

»Rührend, wie Sie um mich besorgt sind. Und der Wagen?«

Pfeifer sah sekundenlang auf das Knäuel seiner wie zum Gebet gefalteten Finger.

»Den Wagen habe ich stehengelassen, er ist mir vermutlich gestohlen worden. Kurz vor dem Mord an König. Okay, okay, ich weiß, wie das jetzt in Ihren Ohren klingen muß, feiern Sie ruhig, aber es ist die Wahrheit, der Wagen ist mir gestohlen worden, und was das Schlimmste ist …«

»Ja?«

»Es kann durchaus möglich sein, daß König mit diesem meinem Wagen angefahren wurde. Es kann verdammt gut möglich sein, daß mir jemand was in die Schuhe schieben will.«

Pfeifer sagte in diesem Punkt aparterweise die Wahrheit. Nabel hob die Brauen. Was ihm da aufgetischt wurde, hätten die meisten

Kriminaler als einzig mögliche, dennoch schwache Ausrede betrachtet und sofort verworfen. Nabel hingegen hatte sich immer einen Schuß Phantastik bewahrt, er zog zumindest die Möglichkeit in Betracht, daß Pfeifers Wagen tatsächlich gestohlen worden war. Es paßte in seine Theorie von einem dahinterstehenden Clan.

»Pfeifer – Sie können sich jetzt hinter Ihrem toten Chef verstecken und mir Märchen ohne Ende auftischen, Sie haben recht, ich muß Ihnen erst das Gegenteil beweisen. Könnte schwer werden. Aber falls das mit Ihrem Wagen stimmt, dann würde das ja bedeuten, daß jemand einen ganz ganz schlimmen Verdacht auf Sie lenken will und derjenige Ihnen weißgott nicht wohlgesonnen ist, hab ich recht?«

Pfeifer nickte heftig. Da habe Nabel absolut recht, absolut. König sei *tot?* Das sei ja furchtbar. Ganz furchtbar.

Nabel biß sich auf die Lippen und bemühte sich, seinen Lapsus zu überspielen. »Na also, wenn das so furchtbar ist, dann bitten Sie mich doch einfach um Hilfe!«

Pfeifer sah zu Boden, verbarg den Kopf in beiden Handflächen und gab für mehrere Minuten bis auf ein leises Schluchzen keinen Laut von sich. Wenn er in diesem Moment hätte argumentieren wollen, hätte er gesagt, daß Nabel ihm keinen Schutz bieten könne. In den USA, dort wäre das Zeugenschutzprogramm ausreichend dicht geknüpft gewesen, um ihm, Pfeifer, die nötige Protektion zu gewähren, im Sinne einer Kronzeugenregelung. Hier im viel zu engen Deutschland – keine Chance.

Während Pfeifer das alles zwar nicht explizit sagte, es aber allein durch sein Schweigen irgendwie doch mitteilte, entstand ein beinahe intimer Moment, wie zwischen Katholik und Beichtvater, wenn das Substantielle, das Unaussprechliche umschifft und doch soweit angedeutet werden muß, um Verständnis zu erreichen, samt einer Basis für Reue, Buße und Vergebung. Nabel genoß den Augenblick. Und verabscheute ihn zugleich. Er hatte instinktiv begriffen, daß Pfeifer abkömmlich, ein aussortierter Haufen Dreck war. Es galt nur noch, ihn in eine Position zu lotsen, aus der heraus er sich gezwungen sah zu kollaborieren.

Umso ekelhafter, fast unentschuldbar, die Störung. Ahmed platzte herein, ohne zu klopfen.

»Chef! Es ist was passiert.«

»Du störst!«

»Sorry, es ist wirklich wichtig!«

Ahmed wechselte vor der Tür ein paar geflüsterte Worte mit seinem Chef. Der wurde blaß, betrat das Zimmer noch einmal, eröffnete Pfeifer, er werde über Nacht auf jeden Fall hierbehalten, man werde morgen früh neu entscheiden. David Pfeifer nahm das stumm, mit ausdruckslosem Gesicht zur Kenntnis.

Anita von Schönfels und Ruslan Andriko Dschanow kamen kurz vor halb eins in der Wilmersdorfer Villa an. Es war durchaus nichts Ungewöhnliches, daß ein Vize die Frau seines Paten persönlich durch die Stadt kutschierte. So etwas zählte nicht etwa zu ehrenrührig niederen Dienstverrichtungen, sondern galt im Gegenteil als Auszeichnung, als Signum höchsten Vertrauens. Die Limousine hielt am Gehsteig gegenüber der Villa, vor der schon zwei Streifenwagen parkten. Auf dem Rasen stand das Quartett von Tschutschelows Bodyguards, rauchend und heftig gestikulierend. Sogar die Leichenbestatter waren schon eingetroffen, die Jungs mit den grauen Mützen hatten beschlossen, in ihrem Mercedes Karten zu spielen, bis sie von der Spurensicherung an ihren Arbeitsplatz geholt werden würden.

Dschanow konnte und mußte auch gar nicht so tun, als träfe ihn die Nachricht von Tschutschelows Tod wie ein Schlag vor der Haustür. Einer der Leibwächter hatte ihn bereits vor einer dreiviertel

Stunde per Handy unterrichtet. Dschanow hatte umgehend veranlaßt, die üblichen Behörden zu rufen. Jetzt bog auch Ahmed in die Straße ein, hinten im Auto saßen Nabel und die unterwegs aufgegabelte Lidia. Die frischgebackene Witwe von Schönfels entschloß sich, vorerst nicht hysterisch schreiend ins Haus zu rennen, sondern, so lange es irgendwie ging, in der Bequemlichkeit der Limousine sitzen zu bleiben. Gegen die Nervosität nahm sie ein paar Martinis aus der Bar und guckte auf dem eingebauten DVD-Viewer den Anfang ihres Lieblingsfilms, *Casino*. Ruslan herrschte sie an, nicht soviel zu trinken. Sie zeigte ihm den Mittelfinger.

Man würde schnell herausfinden, daß ihre Ehe mit Tschutschelow keine sehr glückliche gewesen war, mehr ein Zweckbündnis ohne viel Leidenschaft. Weshalb sollte sie die flennende Witwe markieren, wo sie doch ein lupenreines Alibi besaß? Tschutschelow hatte sie stets unterdrückt, manchmal auch geohrfeigt oder für Stunden in ihr Zimmer gesperrt. Sie besaß keinen Grund, übertriebene Anteilnahme zu heucheln. Das hätte sie nur verdächtig gemacht.

Es war alles gut so, wie es war. Sie trank einen dritten Martini und dachte an die wenigen glücklichen Wochen mit Igor zurück, die allerersten Wochen, als er so unverschämt einnehmend gewesen war, als er sie von drückenden Schulden befreit und ihr ein Leben in Luxus und Glamour geboten hatte.

Drinnen in der Villa sah sich Nabel den Tatort an, das Bad im ersten Stock. Man hatte aus dem runden, mit grünem Marmor verkleideten Whirlpool das Wasser abgelassen. Der blasse und feiste, nebenbei bemerkt übermäßig behaarte Körper Tschutschelows lag halb auf der Seite, der grausig weit geöffnete Mund ließ keinen leichten Tod vermuten. Die klassische Nummer. Neben dem Toten lag, mit durchgeschmortem Inneren, ein Föhn, nein, kein Föhn, Nabel hatte nicht genau genug hingesehen, es war ein Mixer, ein sogenannter

Zauberstab, mit dem man Lebensmittel pürieren konnte. Es hatte einen Kurzschluß gegeben im ganzen Haus, die rundherum postierten Leibwächter waren durch die plötzliche Dunkelheit alarmiert worden und hatten einige Minuten benötigt, um die Sicherung auszutauschen. Einer der vier rannte mit seiner Taschenlampe durch die neun Zimmer, fand Tschutschelow und riß den Stecker des Püriergeräts aus der Buchse, Sekunden bevor das Licht wieder anging. Sofort wurde Dschanow benachrichtigt und erst auf dessen OK hin der Notarzt und die Polizei. Der Notarzt hatte noch versucht, Tschutschelows Körper zu reanimieren, erfolglos, nun bat er darum, doch bitte entlassen zu werden. Das Protokoll zur vorläufigen Todesursache sei unterschrieben, der Leichnam werde an die Gerichtsmedizin überstellt. Der Todeszeitpunkt wurde mit ungefähr irgendwann vor Mitternacht angegeben.

Nabel faßte Lidia bei der Hand.

»Mädchen, hilf mir! Bitte!«

»Mach ich, Kai.«

An der Außenwand der Wanne klebte ein Schildchen, ein Etikett, kaum größer als drei nebeneinanderliegende Briefmarken. *Zu dreckig, das Schwein. Sauber ist es nun und rein.*

Das klang wie ein Scherz frei nach Wilhelm Busch, noch schlimmer – Nabel empfand es als Verhöhnung.

Mit violettfarbener Tinte wurde ohne Not ein Verbrechen manifestiert, das ansonsten vorläufig als Unfall oder Selbstmord hätte interpretiert werden können. Der Täter mußte sich sehr sicher fühlen. Was ging hier vor? Was würde die Presse dazu sagen?

Nabel schüttelte widerwillig den Kopf, als müsse er nach einem Faustschlag das Bewußtsein wiedergewinnen. Er fühlte Lidias Hand auf seiner rechten Schulter, was ihm ein wenig Kraft zurückgab.

»Nimm dich zusammen, Kai!«

»Wir werden verarscht, Lidia. Einfach nur verarscht.«

»Ich weiß. Hilft ja nichts. Sag erstmal dem Notarzt, daß er gehen darf.«

Nabel machte eine flüchtige Geste zum Notarzt hin – er dürfe sich entfernen. Es war nicht so gemeint, aber ähnlich muß es ausgesehen haben, wenn Kardinal Richelieu einen momentan lästigen Diener des Saales verwies. Der Arzt hob die Brauen und beschloß, Nabel in alle Zukunft zu verachten. Lidia bat durch ein winziges Zwinkern um Entschuldigung für ihren Chef, der Arzt akzeptierte die Entschuldigung mit einem kurzen, kaum hörbaren Räuspern, als er durch die Tür trat.

Die Spurensicherung war mit der Wanne soweit fertig, Lidia schlug vor, die Leichenbestatter ranzulassen. Und stieß unerwartet auf Widerspruch.

»Kommt nicht in Frage. Der Kadaver bleibt hier, solang ich es will.« Nabel klang aggressiv. Lidia verstand. Er versprach sich von der Präsenz des wenn auch toten Tschutschelow ein psychologisch bedrückendes Moment, das sich als nützlich erweisen konnte. Er glich, obwohl nüchtern, einem Betrunkenen, der die Feinheiten aus vielen Jahren Praxiserfahrung halb unterbewußt wie ins Blut übergegangener Automatismen abzurufen fähig war.

»Kai, du siehst aus, als mußt du gleich kotzen.«

»Muß ich nicht. Laß mich in Ruh! Tschuldigung. Mir ist nur … Ach, los, bringen wirs hinter uns!«

Die vier Leibwächter Tschutschelows warteten unten im Wohnzimmer auf ihre Vernehmung. Allesamt darum wetteifernd, wer von ihnen in seiner Ehre am gekränktesten war, plünderten sie die Schnapsbar und stießen im Sekundenabstand wilde Flüche aus. Hinzugekommen zum Kreis der Hinterbliebenen waren endlich auch Dschanow und die Gräfin Schönfels, beide sichtlich entsetzt über das Geschehene. Nabel stieg die Treppe ins Erdgeschoß auffallend gemächlich hinab, wie in Trance. Er ahnte, es würde eine lange Nacht werden, voller Lügen, die er sich gar nicht erst anhören wollte. An den erstaunten Hinterbliebenen vorbei spazierte er schweigend in den Garten, genoß eine Zigarette – und nur weil Lidia ihn darum bat, gefälligst Haltung anzunehmen, ging er wieder ins Haus zurück und begann mit den Befragungen.

Wie auf dem Tablett wurde ihm eine Verdächtige präsentiert. Die einzige bekannte Person, die sich außer Tschutschelow selbst in der Villa befunden hatte, war das Hausmädchen gewesen, ein zwanzigjähriges Ding aus Lemberg namens Maschka, ihren Nachnamen wußte niemand, sehr wohl aber ihre Körbchengröße – 75 C. In den Einzelgesprächen deuteten die Leibwächter an, sie habe zu Tschutschelow *vielleicht ein erotisches*, aber sicher kein *vertrauliches* Verhältnis gehabt. Niemand habe zu Tschutschelow ein vertrauliches Verhältnis gehabt. Maschka war verschwunden. Allerdings konnte keiner der Leibwächter mit letzter Sicherheit sagen, ob sie zum Zeitpunkt des Mordes definitiv in der Villa gewesen war, sie übernachtete dort nie, angeblich habe es ihretwegen Streit zwischen den Eheleuten gegeben, über die Einzelheiten wollte keiner der Leibwächter Bescheid wissen. Tschutschelow habe regelmäßig kurz vor Mitternacht ein Bad genommen, sagte Anita aus, und auf die Frage, ob vielleicht einer der Leibwächter der Täter gewesen sein könne, antwortete sie mit einem erstaunlich lässigen *Warum nicht? jeder von denen hat zwei Hände und zwei Füße.*

Die Leibwächter sahen zu Boden, wie beschämte Bauerntölpel.

Nabel notierte das Alibi der Gräfin, ließ es auch überprüfen. Ahmed saß draußen im Wagen und koordinierte die im Minutentakt eintreffenden Mitarbeiter, wies ihnen Aufgaben zu. Den Nachtdienst auf dem Revier hatte er der Basemann übertragen.

Dschanow präsentierte beinahe stolz die Quittung einer Tankstelle, ausgestellt um zehn vor zwölf in Berlin-Tiergarten, und beiläufig versäumte er nicht zu erwähnen, daß diese Tankstelle bestimmt videoüberwacht werde und ihn beim Tanken gefilmt habe. Nabel haßte es, solche Angaben dennoch der Form halber verifizieren, Zeit verschwenden zu müssen.

»Wer sind Sie denn eigentlich?« Er wollte, daß es so herablassend wie möglich klang.

Dschanow murmelte, er sei der Geschäftsführer des Herrn Tschutschelow gewesen. Auf die etwas barsche Frage, ob er das nun nicht mehr sei, lächelte Dschanow knapp, gab sich danach sofort erneut nach Kräften zerknirscht.

»Und diese Maschka, diese Zwanzigjährige, welches Motiv könnte die gehabt haben?«

Es gebe, sagte Dschanow, für eine Frau jede Menge Motive, einen Mann zu töten, verständliche und unverständliche, auf der Hand liegende wie geheimnisvolle. Woher solle man das wissen?

»Aha. Jetzt aber mal was ganz Einfaches: Wer hat Maschka zuletzt hier gesehen und wann?«

Einer der Leibwächter erinnerte sich, gegen zehn ihre Schritte auf der Treppe gehört zu haben, es müsse wohl Maschka gewesen sein, Tschutschelow habe nie Schuhe mit Absätzen getragen.

»Aha. Und ihr, Jungs, ihr seid vier Wachposten, für jede Himmelsrichtung einer, aber keiner will gesehen haben, wie sie das Haus verließ?«

Die vier Männer wechselten beleidigte Blicke, so, als wollten sie diese offenkundige Tatsache nicht unkommentiert auf sich sitzen lassen. Einer, der mit 32 Jahren älteste des Quartetts, ein blondierter Hüne mit Pferdeschwanz, meinte, es sei schon möglich, bei völliger Dunkelheit unbemerkt aus dem Haus zu schlüpfen, wenn man das geschickt anstelle. Sowas lasse sich nicht hundertprozentig verhindern, und wenn es passiere, sei es nicht ehrenrührig.

»Ist es nicht? Ihr bewacht einen wichtigen Mann, aber wißt nicht einmal, wie sein Hausmädchen mit Nachnamen heißt? Oder wo es sich nachts schlafen legt? Ihr kommt mir vor wie ein Haufen blutiger Amateure. Kein Wunder, daß euer Boß krepieren mußte.«

Haßerfüllte Blicke prasselten auf Nabel ein, einige Arme zuckten, Gemurmel entstand, es steigerte sich zu Keifen und Zischen.

Dschanow vollführte mit den Handflächen eine kleine, beruhigende Geste. Sofort herrschte Stille.

»Hören Sie, Herr Kommissar, bestimmt existiert hier irgendwo ein Soldbuch, darin steht Maschkas voller Name und Adresse, da finden sich ihre Papiere, es hat alles seine Ordnung. Diese braven Leute hier gehören nicht etwa einem Geheimdienst an, sie sind im Personenschutz tätig, erfüllen diese Aufgabe, und es besteht keinerlei Grund, ihre Gefühle zu verletzen.«

Nabel fixierte den Mann in der Nilpferdlederjacke und hob die linke Oberlippe leicht, um möglichst abfällig zu wirken. »Es geht hier wohl kaum um verletzte Gefühle, und ob ein Grund besteht, das entscheide immer noch ich.«

»Bitte sehr, Sie haben ganz recht, das ist allein Ihre Entscheidung, aber wenn Sie auf unsere Kooperation setzen, sollten Sie gewisse Rücksichten nehmen ...«

Das war zuviel. Nabel biß die Zähne zusammen. Dieser Mensch, dieser Dschanow, gefiel ihm auf gewisse Weise. Was er von sich gab, hatte Stil und Duktus, zeugte von Beherrschtheit und Coolness, er klang zugleich kultiviert und abgefeimt. Auch zeigte er Haltung, lümmelte nicht herum, stand gerade, mit einem Arm leicht gegen eine Stuhllehne gestützt, Stand- und Spielbein selten wechselnd. Man konnte sich ihn, diesen mittelgroßen, schlanken und an den Schläfen bereits ergrauten Mann recht gut mit Gamaschen und Nadelstreifenanzug vorstellen, daran änderte selbst die Jeans nichts. Von Dschanow ging, ganz im Gegensatz zu dieser als Gräfin schwer herausgeputzten Tusse, Eleganz aus. Die Eleganz der Pragmatik, der Selbstdisziplin, keine der Décadence und nahenden Hybris. Umso mehr fühlte sich Nabel herausgefordert.

»Rücksichten nehmen? Ich verstehe. Ihr seid eine Trauergesellschaft, ja? Die lustigen Witwen aus Minsk, was?«

Lidia flüsterte ihm etwas ins Ohr, er verstand es nicht, mochte auch nicht nachfragen, konnte sich gut denken, was sie ihm geflüstert hatte. Pfeif drauf.

»Also schön. Wir haben einen toten Großkriminellen aus Randasien, der im Moment seinen Platz in der Hölle zugewiesen bekommt. Und eine Verdächtige namens Maschka, von der vier sackgesichtige Bodyguards mich glauben machen wollen, sie habe der Menschheit einen Dienst erwiesen. Ist es das?«

Lidia packte seinen Arm. Dschanow mimte den Angeekelten, den Empörten, wendete schwungvoll dem Kriminaler den Rücken zu, wiederholte dabei jene beschwichtigende Geste, die die Leibwächter dran hinderte, auf den Kommissar loszugehen und ihn zu verprügeln.

Nabel, obgleich es nicht den Anschein hatte, wußte, was er tat. Beziehungsweise besaß sein Wahnsinn Methode. Nur überziehen durfte er nicht. Dschanow war der Feind, das schälte sich deutlich heraus. Was den Moment betraf, hatte er keine Lust, sinnlos nachzubohren. Einzig dieses ab und an in ein Taschentuch rotzende Tränenkrokodil im rückenfreien Abendkleid, das wollte er noch triezen. Aus Bosheit.

Dschanow und die Leibwächter schickte er in den Feierabend. Sie ließen sich aber nicht fortschicken, eine Diskussion entstand, Lidia erreichte schließlich einen Kompromiß, und die fünf Männer nahmen am anderen Ende des riesigen Wohnzimmers auf der Biedermeier-Sitzgruppe Platz, zwei räkelten sich in die Sessel, zwei hockten auf dem Sofa. Dschanow besetzte die Chaiselongue, die Wange auf den linken Handrücken gestützt. Von dort aus, etwa acht Meter entfernt, konnte er dem Gespräch gut folgen, und Nabel spürte seinen aufmerksamen Blick im Nacken.

»Wie würden Sie Ihren Verstorbenen denn charakterisieren? War er ein ehrgeiziger Mensch?«

Die Gräfin stöhnte laut, wie über eine Zumutung, doch brachte sie es fertig, den leichten Tränenfluß ununterbrochen am Laufen zu halten. »Was soll ich *darauf* bitte antworten? *Ehrgeizig?* Ich will Ihnen vor allem mal eines sagen: Er war der Sohn eines in *Treblinka vergasten* Vaters. Von daher besaß er ein besonderes Verhältnis zu Deutschland, kein feindseliges, nein. Vielleicht glaubte er, Deutschland sei ihm etwas schuldig. Ja. Aber er blieb immer ein höflicher Bittsteller.«

Was für ein Theater. Nabel hielt es kaum aus.

»Hatte er viele Feinde?«

»Ja. Selbstverständlich. Viele namenlose kleine Feinde. Wie jeder fleißige und erfolgreiche Mensch! Sie stellen ihn hin als *Großkriminellen aus Randasien!* Was bilden Sie sich bloß ein?«

»Ich bin nur ein Kleinkriminaler. Mit beschränktem Horizont.«

»Ja, das sind Sie.«

»Würden Sie sagen, Sie haben eine gute Ehe geführt, Frau … Gräfin?«

»Ach hören Sie doch mit dem Scheiß auf! Was soll das denn? Igor ist tot, ich bins nicht gewesen, mehr geht Sie nichts an. Meine Ehe ist tabu, ja? Sind Sie mein Gynäkologe oder was?«

Nabel bemerkte erst jetzt, daß die Dame des Hauses wohl ein wenig zuviel getrunken hatte oder zumindest genau das von sich glauben machen wollte. Es erheiterte ihn, ebenso wie er neidisch war auf alle, die sich unbekümmert aus der Schnapsbar bedienen durften. Gott, wie gerne hätte er sich jetzt die Kante gegeben. Einzig die Anwesenheit Lidias mahnte ihn zur Ordnung. Die Pflicht. Die Scheißpflicht. Das vermaledeite Preußentum des Lebens.

Ihn verlangte nach Spaß. Diese ganze bizarre Versammlung war für den Arsch. Ihm war es im Grunde genommen egal, welcher der vier Leibwächter es getan hatte, auf Anweisung des machtgeilen, sich dabei so gering gehenden Dschanow und dieser heruntergekommenen blaublütigen Drecksau. Die arme Maschka, das unschuldige Ding aus einem ukrainischen Dorf mit Körbchengröße 75 C, würde sicher bald irgendwo gefunden werden, stillgelegt, stummgeschaltet. Das war das Schlimmste an der ganzen ohnehin schon widerlichen Sache, daß nicht nur ein fetter überbehaarter Brocken daran glauben, nein, daß noch irgendein unbeteiligtes Mädchen ohne jede Schuld als Kollateralschaden herhalten mußte. Die Welt war zum Kotzen böse, irreparabel.

Anita von Schönfels-Tschutschelow schien Nabels Gedanken zu erraten, sie goß, als könne sie nicht anders, zusätzlich Feuer in seine Wunden. Inzwischen hielt sie es nicht einmal mehr für nötig, zu flennen. In ihre eben noch verheulten Augwinkel stahl sich ein böse zwinkernder Schalk, die Lust, mit ihrem Gegenüber zu spielen.

»Kommissärchen! Ich bin *müde*. Mag sein, daß auch sinnlose Fragen hin und wieder helfen. Vieles wird einfach nicht besser dadurch. Suchen Sie nach diesem Biest. Wir waren alle sehr geduldig, nicht wahr? Wir stehen Ihnen auch alle weiterhin zur Verfügung. Ab morgen. Glauben Sie denn, ich will hier übernachten? Ich muß mir noch ein Quartier suchen. Bitte! Gehen Sie jetzt besser nach Hause und schlafen Sie, wir haben alle Schlaf nötig, ich auch.«

So weit war es also. *Kommissärchen*. Dergleichen sich anhören zu müssen, war sein Schicksal geworden. Verspottet zu werden. Verhohnepipelt. Das führte doch alles zu nichts. Nabel zog wortlos ab. Lidia übernahm es, an seiner Stelle eine gute Nacht zu wünschen. Vorher bat sie Dschanow darum, Mitteilung zu machen, wo er oder Anita jeweils zu erreichen seien, am besten per SMS. Sie gab ihm einen Zettel mit der Rufnummer.

Dschanow verbeugte sich lächelnd. »Das werde ich gerne tun, schöne Frau. Ich habe überhaupt nichts dagegen, Sie bald wiederzusehen. Mit Ihnen zusammenzuarbeiten wäre mir sogar ein Vergnügen. Ihren Chef können Sie dann zu Hause lassen.«

Lidia gab keine Antwort, nickte nur knapp und verließ das Haus.

»Warum so scheißdiplomatisch?« fragte Kai sie auf der Straße.

»Weil du es leider nicht bist.«

»Glaubst du, ich hatte mich nicht unter Kontrolle? Da täuschst du dich. Ich hatte mich jederzeit unter Kontrolle. Und ich verabscheue mich dafür. Genauso, wie ich es abscheulich finde, wenn du dich bei irgendwem für mich entschuldigst!«

Lidia hatte ihren Chef nie so erlebt. Zum Fürchten zornig. Ahmed wollte wissen, wie die Befragung gelaufen sei. Nabel schnauzte ihn an, er solle fahren, keine Fragen stellen.

Lidia und Ahmed wechselten betretene Blicke.

»Wird das heute noch was?«

Ahmed legte den ersten Gang ein.

Sobald der Kommissar und bald nach ihm die Leichenbestatter samt Gepäck das Gebäude verlassen hatten, beugten die vier Leibwächter nacheinander vor Dschanow das Knie und küßten seinen Ring. Eine Szene von beinahe antikem Pathos, die Anita Tränen in die Augen trieb. Echte Tränen. Der Rührung. Eine Flasche Horilka wurde geöffnet – ukrainischer, mit Paprika versetzter Wodka. Die Leibwächter ließen sie kreisen und tranken auf den neuen Chef und die neue und alte Chefin. Es hätte nicht viel gefehlt und das Quartett hätte ein Lied angestimmt zur Ehre des hohen Paares und zum Ruhm der alten Heimat. Dschanow deutete mit einer Handbewegung an, daß sie das bleiben lassen sollten, vielleicht hatte die Polizei eine Wanze versteckt.

Er beschloß, die vier in den folgenden Tagen zum Fußvolk zu degradieren. Sie hatten seinen Vorgänger nicht beschützt, warum sollten sie es bei ihm einmal anders halten? Immerhin würde er ihnen, wie es beim Amtsantritt eines neuen Herrschers eine bewährte und populäre Maßnahme war, das Leben schenken. Nebst einer anständigen Abfindung. Selbst wenn sie Irgendwann redeten, konnte ihm das nicht weiter schaden. Ist unter Verbrechern ein Staatsstreich erst geglückt, dient so gut wie jedes Gerücht als Reklame.

Ahmed fuhr Kai und Lidia zur Wohnung am Körnerpark. Während der gesamten Fahrt herrschte Schweigen. Vor seiner Haustür angekommen, bat Kai flüsternd, Lidia am Ärmel zupfend, darum, ihn nicht allein zu lassen heute nacht. Sie gewährte ihm die Bitte, indem sie stumm ihre Hand auf seine legte.

Ahmed versagte sich jeglichen Kommentar und brauste los. Er dachte sich seinen Teil, dachte in obszönen Szenarien, die ihn erregten. Dann dachte er, daß die beiden ziemlich viel Vertrauen zu ihm haben mußten, wenn sie sich so vor ihm gehen ließen. Es erfüllte ihn mit Stolz. Prompt lächelte er, versöhnt.

»Setzen wir uns in den Park?«

»Wie du magst.«

Nabel zog sein Handy. Er habe Hunger.

Vom 24-Stunden-Lieferservice wurde dreißig Minuten später eine Jumbopizza Quattro Formaggi und eine Dreiviertelliterflasche Frascati geliefert, direkt an die zweite Parkbank auf der Westseite. Nabel hatte schon immer ausprobieren wollen, ob so eine Bestellung ankam, sie kam an und das war auf gewisse Weise enttäuschend, denn

– warum sollte sie nicht ankommen? Er war ein treuer Kunde und wenn er eine Pizza in den nächtlichen Park vor seinem Haus geliefert haben wollte, was sprach dagegen, außer, daß der Pizzabote Muffe bekam, weil der Park schlecht ausgeleuchtet war?

Der Pizzabote könne sich, sagte Nabel flüsternd, Furcht nicht leisten, er würde seinen Job verlieren, und in heutigen Zeiten verliert man seinen Job nicht wegen ein bißchen Furcht, auch sei der Park klein und von allen Straßenseiten her einsehbar. Die Pizza *mußte* also ankommen, und darin liege die Enttäuschung, daß in einem Experiment etwas, was zu erwarten gewesen war, reibungslos eingetreten sei. Nabel schmiß die halbgerauchte Zigarette in den Kies und zückte sein Taschenmesser, um die Pizza zu achteln.

Wenngleich der Mann am Telefon nicht das Recht besessen habe, einen Pizzaboten nachts irgendwohin in die Dunkelheit zu schicken. Der Mann am Telefon gefährdete die Gesundheit eines Mitarbeiters, ohne nachzudenken. Ob die Pizza auch dann angekommen wäre, wenn er sie ins Zentrum der Hasenheide bestellt hätte? Sicher nicht. Das wäre niemandem zuzumuten gewesen, nichtmal dem geringsten Lohnarbeiter. Der überschaubare Körnerpark habe sowas wie eine Grenze dargestellt, einen Grenzfall sozusagen. Grenzfälle auszuloten, habe ihn immer interessiert.

Dies und noch manches andere legte er Lidia beim Essen dar. Sie fragte, ob er in Gleichnissen rede.

»Nein, ich rede nur Quatsch vor mich hin. Ich bin enttäuscht, weil das Erwartete eingetroffen ist, obwohl wir mit dem, was wir haben, vor Wochen hoch zufrieden gewesen wären. Weißt du noch? Deine Verzweiflung über die Täterprofile? Und meine, weil ich dachte, ich sei ein schlechter Bulle? Und jetzt? Eigentlich könnten wir froh sein. Bist dus? Ich bins nicht.«

Er kaute den ersten Bissen, wie man einen verbrauchten Kaugummi kaut, den man im nächsten Moment ausspucken wird.

»Was hast du denn bloß? Wir können doch weiterermitteln. Wir haben Ansätze genug.«

»Unsinn, der Fall ist für uns erledigt. Dinge dieser Größenordnung übernimmt, wenn ernsthaft Interesse besteht, das BKA. Wir – wir sind nur zuständig für garstige durchgeknallte Psychos. Das – sowas – überläßt man doch nicht uns. Froh dürfen wir sein, saumäßig froh, daß wir da lebend rauskommen.«

Lidia wußte, er hatte wahrscheinlich recht, aber sie spürte, daß er von ihr etwas anderes erwartete, als ihm einfach nur recht zu geben. Nabel war gedemütigt worden, aber, das gab sie zu bedenken, auf sehr viel sanftere Weise als etwa König. Leider, und das merkte Lidia zu spät, machte dieses Argument die Sache nicht besser. Im Gegenteil. Kai hatte immer unter einer Profilneurose gelitten, im tiefsten Inneren hatte er König bewundert, sogar für dessen Tod. So menschlich in seinen Schwächen Nabel auch war, so sehr litt er darunter, daß er einem Beruf nachging, der höchste Erfüllung nur in der Überwindung des Allzumenschlichen versprach. So wie ein Soldat, der sich um jede Schlacht drückt, zwar froh um sein Leben, aber kein Soldat aus Überzeugung sein kann. Möglicherweise betrachtete Kai seine Arbeit längst als Spiel, doch selbst und gerade in einem Spiel zählt der Punktestand, das Erfolgserlebnis, der Triumph. Bei Männern, die die Vierzig überschritten hatten, besonders.

Lidia fiel es schwer, Verständnis für solche Rudimente eines heroischen Weltbilds aufzubringen. Immerhin erkannte sie Kais Problem und reduzierte es nicht simpel auf die gekränkte Eitelkeit eines Mannes, der als Kind zuviel Sheriff&Outlaw-Szenen nachgespielt hatte. Aber wie sollte sie ihm nun, in der konkreten Situation helfen? Ihm raten, den Dienst zu quittieren, noch einmal etwas ganz Neues zu versuchen?

Kai berührte sie mit zwei Fingern an der Wange und drückte seinen Mund auf ihren. Er half sich selbst. Lidia ließ es geschehen. Zu viele Gedanken bewegten und hemmten sie zugleich, um aus dem scheuen Kuß mehr werden zu lassen. Beide saßen danach noch einige Zeit stumm nebeneinander, bis das Konzert der Vögel in den Bäumen einsetzte und mit ihm ein zeitlupenhaft empfundenes, fast ins Unendliche gedehntes Crescendo der Morgendämmerung.

Nabel hatte immer noch nicht aufgegeben. Frühmorgens, ohne seine Wohnung betreten zu haben, fuhr er mit dem Taxi aufs Revier, wollte Pfeifer aus dem Schlaf reißen und in diesem Zustand, obwohl sein eigener kaum besser genannt werden konnte, erneut zur Rede stellen. Aber Pfeifer lag seit Stunden im Krankenhaus. Selbstmordversuch. So hieß es.

Nabel stellte die Beamtin zur Rede, die Nachtdienst gehabt hatte, Gudrun Basemann, er konnte sie nicht recht leiden, wußte jedoch nie, weswegen. Nun bot sie ihm einen handfesten Grund.

»Was sollte ich tun? Wir hören einen dumpfen Schlag, sehen nach und finden Pfeifer blutüberströmt am Boden. Er ist mit voller Wucht, Kopf voran, gegen die Wand gerannt!«

»Ach? Und dann?«

»Wir haben ihn vom Notarzt abholen lassen, was bitte sonst?«

»Haben Sie ihm eine Bewachung mitgegeben?«

»Wozu? In dem Zustand, in dem er war, halb tot! Außerdem – wer war denn hier um drei Uhr nachts? Alle waren unterwegs.«

»Das kann doch nicht Ihr Ernst sein! Warum haben Sie mich nicht wenigstens umgehend informiert?«

»Hab ich gemacht!«

Nabel sah auf sein Handy. Nach der Pizzabestellung war der Akku leergelaufen. In seiner Wut beschloß er, auch dies Frau Basemann anzulasten, aber stillschweigend, sonst hätte es Erklärungsnöte gegeben.

»Welches Krankenhaus, verflucht?«

Frau Basemann hatte es sich aufgeschrieben, kramte in einem Wust von Zetteln und konnte ihn, eingeschüchtert von Nabels Lautstärke, nicht sofort finden.

Pfeifer hatte einen alten und simplen Trick benutzt. Er ritzte sich mit seinem Kugelschreiber ein nicht sonderlich wichtiges Äderchen über der Stirn an, verrieb sich mit den Handflächen Blut übers Gesicht, dann rannte er gegen die Wand, nur eben nicht mit dem Kopf voran, sondern mit der Sohle seines rechten Schuhs, was ein zumindest recht ähnliches Geräusch ergab. Danach wälzte er sich, theatralisch röchelnd, auf dem Boden und wartete auf die Ambulanz, die ihn komfortabel in die Freiheit trug. Im Krankenhaus war Pfeifers Zustand weit weniger dramatisch beurteilt worden als auf dem Revier, man hatte die Wunde genäht und ihm ein Sedativ verpasst. Zwar diagnostizierte der Arzt eine mittlere Gehirnerschütterung, doch mehr, um aus medizinischer Sicht auf der sicheren Seite zu sein. Schließlich hatte der Patient gelallt und sinnloses Zeug von sich gegeben.

Kaum eine Stunde später war der Patient aus dem Einzelzimmer verschwunden, lange bevor Nabel eintraf, um sich vom Ausmaß des Schadens zu überzeugen.

Die Fahndung wurde erneuert und verschärft. Diesmal würde Pfeifer gewarnt sein; Nabel versprach sich von der Fahndung wenig, es ging ihm nur noch darum, eine Fassade aufrechtzuerhalten, hinter der er sich unbeobachtet für sich und seine Leute schämen konnte.

Seidel kam gegen acht Uhr aufs Revier und verlangte einen detaillierten Bericht. Nabel jedoch hatte sich krank gemeldet und lief sofort, nachdem die Fahndung rausgegangen war, zu Fuß nach Hause, in einem Zustand, den er selbst als besorgniserregend eingestuft hätte.

Wie leicht es mit zwanzig gewesen war, eine, notfalls auch mal zwei Nächte durchzumachen.

Daran dachte Nabel wehmütig und leicht ungläubig zurück. Unglaubhaft kam es ihm vor, daß die führende Spezies auf diesem Planeten, die Spitze einer vielfältigen Nahrungskette, so sehr auf Schlaf angewiesen war. Wie sollte so eine Spezies je fähig sein, ihre innerbetrieblichen Probleme ein für alle Mal zu lösen? Ich brauche Amphetamine, dachte er, ich will so nicht ins Bett kriechen, wo bekomm ich welche? Hasenheide. Kein Problem. Nein, fang das nicht wieder an! Geh heim und penn die Scheiße weg. Leg den Hörer nebens Telefon. Ich bin ein Dienstleister, der Geringste, muß Pizza nachts in die Wildnis transportieren und auf einen Fuffi korrekt herausgehen, ohne mich zu fürchten. Und ohne daß die Ware kalt wird. Dann wird ein Heer zufriedener Kunden mich am Ende des Lebens lobend erwähnen, und ab in die Gruft, was für ein Wahnsinn!

So, über seine Existenz lose Reden schwingend, schleppte er sich gegen halb zehn Uhr morgens die Treppen hoch, um den verschärft gesuchten Pfeifer auf der Schwelle der eigenen Wohnung vorzufinden.

Nabel schrak zusammen, als sähe er auf ein Gespenst herab. Unschlüssig, was zu tun war, setzte er sich neben Pfeifer und sagte erst einmal nichts, zumal der verschärft Gesuchte mit einer Pistole spielte, die er mal von der linken in die rechte Hand nahm und umgekehrt.

Nabel stellte keine Fragen, das schien angesichts der Situation unpassend, er fühlte, daß es an Pfeifer war, zu reden. Und Pfeifer redete, stockend erst, dann zunehmend flüssiger. Im Wortsinn. Er heulte sich aus, fand aber die Kraft, zusammenhängende Sätze zu bilden.

»Ich habe zwei Schwestern, wissen Sie'? Zwei jüngere Schwestern, beide verheiratet, beide haben Kinder. Nabel, haben Sie Schwestern und Kinder?«

»Nein.«

»Man hat mir eine SMS geschickt. Was soll ich denn jetzt tun? Sie bedrohen meine Schwestern.«

»Wer denn? Wer bedroht Ihre Schwestern?«

»Soll ich mich einfach so davonmachen? Die bringen sie um, die tun es, ich weiß es.«

»Geben Sie mir doch mal die Pistole. Die macht mich nervös.«

Pfeifer schüttelte den Kopf, was wohl heißen sollte, ihn mache die Pistole nicht so nervös.

»Die bluffen nicht. Ich bin am Ende. Was für ein Bruder wär ich? Wenn ich nur verstünde, warum.«

»Warum was?«

»Ich muß es tun.«

»Bleiben Sie cool!«

»Das sagt sich leicht so dahin.« Pfeifer hob die Pistole an die mit drei Stichen genähte Stirn. Nabel reichte ihm eine Zigarette.

»Wenn Sie sich schon erschießen müssen, dann bitte nicht vor meiner Wohnungstür. Gehen wir hinein? Da können Sie das Bad benutzen. Und wenn Sie sich ohnehin gleich das Hirn rausblasen, könnten Sie mir genausogut vorher noch was erzählen. Dafür würd ich glatt ne Tasse Kaffee spendieren.«

Nabel rann der Schweiß die Wirbelsäule entlang, er riß sich zusammen, sperrte die Tür zu seiner Wohnung auf und ging hinein. Pfeifer hatte die angebotene Zigarette nicht genommen. Ungläubig starrte er Nabel hinterher.

Der drehte sich, am Ende des Flurs, um. »Also, was ist nun?«

Pfeifer stand mit hängenden Schultern auf dem Fußabstreifer, kaute auf seinen Lippen. Schließlich trat er mit zwei langen Schritten ein und schob die Tür hinter sich zu. Die Pistole behielt er in der Hand.

»Was wollen Sie denn wissen?«

»Alles?«

»Wozu? Sie bringen sich damit nur in Gefahr. Ich meine, Sie sind mir egal, ehrlich, aber Lidia nicht. Wir waren mal in derselben Klasse, wußten Sie das?«

»Hab davon gehört. Ich mach erstmal Kaffee.«

»Wären Sie Arschloch nicht gewesen, würde ich jetzt in der Karibik sitzen!« rief Pfeifer ihm hinterher, als Nabel die Küche betrat.

»Dann hätten Sie trotzdem diese SMS bekommen und hätten jetzt Angst um Ihre Schwestern. Hab ich recht? Sie säßen in der Karibik und könnten nichts tun. Jetzt sind Sie hier und können was tun.« Nabel holte tief Luft und freute sich, daß es ihm geglückt war, die durchaus logische Argumentation laut zu äußern, ohne daß seine Stimme dabei hörbar zitterte. Mit flinken Fingern, aus denen jede Müdigkeit gewichen war, füllte er Kaffee in den Filter und Wasser in die Maschine.

»Außerdem – interessiert es Sie nicht, wieviel ich bereits weiß? Im Grunde liegt doch alles auf der Hand.«

Pfeifers Schatten schob sich langsam über den Küchenboden. Nabel drehte sich nicht um. Es waren entscheidende Sekunden. Gleich würde Pfeifer sich oder ihn oder beide erschießen. Oder reden. Vielleicht erst reden und dann schießen, diese Möglichkeit gab es auch noch.

Ruslan und Anita hatten die Präsidentensuite im Kempinski gemietet, die ihnen gegen vier Uhr morgens, ohne daß sie gefeilscht hätten, für die Hälfte des üblichen Preises überlassen wurde.

Anita war sturzbetrunken, aber gewillt weiterzufeiern, sie schluckte zwei Pillen, die das innere Ruder nicht mehr herumreißen konnten. Bald krächzte sie, taumelte, klagte über Kopfschmerzen, erbrach sich, verlangte nach Sex, erbrach sich erneut, rutschte aus, lag zwischen Klomuschel und Dusche, ihr sei kalt, Ruslan solle sie ins Bett bringen, ob er nicht höre? Was für ein Scheißkerl er sei, eine hilflose Frau so auf den Kacheln liegenzulassen. Ruslan schloß die Tür zum Bad und trat auf den Balkon. Per Handy trafen nach und nach die Glückwünsche der verschiedenen Abteilungen ein. Wörtlich genommen, waren es Beileidsbekundungen, auf metaphorischer Ebene hingegen Glückwünsche und Einverständniserklärungen, die ihn als neuen Paten akzeptierten. Er rauchte eine kubanische Zigarre und hob das Glas auf Tschutschelow, den Mann, der ihn zu dem gemacht hatte, was er war. Anita ekelte ihn an. Bestimmt hatte sie irgendeine Vorsorge getroffen, für den Fall, daß ihr etwas zustoßen würde. Das durchtriebene Weib. Mit der Zeit würde er dahinterkommen. Und dann –

»Na gut, ich mach einfach mal den Anfang: Sie und ein paar korrupte Chemiker haben beschlagnahmtes Koks gereinigt und geklaut. Der Stoff wurde in ausrangierten Heizkörpern nach draußen transportiert.«

»Alle Achtung, Nabel.«

»Ich nehme an, daß die Chemiker unter Druck gesetzt wurden. Stimmts?«

»Stimmt.«

»Sie haben wahrscheinlich mit irgendeinem Clan zu tun gehabt, waren ein U-Boot und haben die Seiten gewechselt.«

»Okay. Auch das.«

»Sie haben dem Clan einen Großteil des Schnees überlassen und durften den kleineren Teil für sich behalten?«

»Sie sind wirklich fix, Nabel.«

»Dann wollten Sie das Koks verticken und stießen auf Kistner. Richtig?«

»Er war zu Anfang nur ein Konsument. Der Zufall wollte, daß König mich beauftragt hatte, etlichen Leuten, darunter auch Polizisten, auch Lidia, probehalber Stoff anzubieten. So hatte ich praktisch die Carte Blanche in der Tasche. Niemand verdächtigte mich. Es war phantastisch.«

»Aber Sie haben Kistner zielgerichtet benutzt.«

»Hat sich so ergeben. Er kannte beinahe jeden in dieser Stadt.«

»Unter anderem Anita.«

»Das war nicht meine Idee. Er hat mich ihr vorgestellt. Ich wußte nichtmal, wer sie war. Kistner hatte die Verbindungen zu Tschutschelow, hat wohl in irgendeiner Weise für ihn gearbeitet. Eins kam zum anderen. Kistner organisierte Parties, in kleinerem Rahmen und im ganz kleinen Rahmen, lieh sich von Tschutschelow Nutten, von mir kam das Koks.«

»Die Inseln der Glückseligkeit.«

»Genau.«

»Moment. Tschutschelow hat das geduldet?«

»Keineswegs. Er wußte auch nicht, daß Anita da mitmischte. Er verließ so gut wie nie seine Villa und delegierte alles an Dschanow, der für Anita den Aufpasser und Chauffeur spielen sollte. Wir mußten Dschanow eben einweihen, Anita hat ihn auf unsere Seite gebracht. Mit ihren Mitteln.«

»Dann hat Kistner begonnen, auszuscheren. Wollte von den Konsumenten Informationen erpressen, richtig?« Nabel hing sein Handy an die Steckdose.

»Ich nehme an. Es gab dieses Gerücht, daß er heimlich die Orgien filmen ließ. Zu diesem Zeitpunkt waren meine fünfzig Kilo schon fast alle. Die Parties dagegen erfreuten sich zunehmender Beliebtheit. Es mußte neuer Stoff her. Ich kontaktierte Ümal –«

»Der stand hinter der Austauschaktion?«

»Ja, hab ich das nicht erwähnt? Von da an lieferte *er* das Koks, aber nicht mehr so gutes, auch nicht so preiswert. Die Kunden, die ja alle sehr heikel, sehr anspruchsvoll waren, störte das. Den Rest kann ich nur vermuten, ich war bereits raus aus dem Spiel. Ich glaube, daß Anita beschloß, die Partysaison zu beenden. Kistner war zum Risikofaktor geworden. Aber sie hatte wohl die Idee, das ganze Prinzip auf höherer Ebene anzuwenden. Europaweit sozusagen. Guter Stoff für erlesene Kunden der Edelbordelle.«

»Das hat mir König angedeutet.«

»Oh, er war gut! Verdammt gut. Deshalb mußte er sterben, er wußte, oder wenigstens ahnte er bereits zuviel. Ich nehme an, das ist auch der Grund, warum man jetzt hinter mir her ist, die denken, ich sei immer noch für die Drogenfahndung tätig. Bin ich ja auch. Quasi.«

»Wer ist hinter Ihnen her? Dschanow?«

»Nein, naja, der vielleicht auch, nein, Ümal will mich loswerden. Für ihn, dessen Absatzmarkt bisher auf Berlin beschränkt ist, wird das ein Riesengeschäft. Nur, der alte Tschutschelow war zu konservativ, um sich auf Drogen einzulassen. Deshalb haben sie ihn hopsgehen lassen. Wie Sie sagen, Nabel, es liegt auf der Hand.«

»Was wußte König über die Serie Lila?«

»Nichts. Glaub ich. Aber er fand eine Verknüpfung, den Heizungsbauer Nentwig. Der Rest wäre bei seiner Kombinationsgabe ein Klacks gewesen. König besaß ein ungeheuerliches Namensgedächtnis und kam der Sache auf die Spur, das bedeutete sein Todesurteil.«

»War Zisska ein Zufallsopfer? Oder der Schwarze? Oder der Banker?«

»Keine Ahnung, ich habe mit den Morden nichts, aber auch gar nichts zu tun.«

»Wer hat sie Ihrer Meinung nach begangen?«

»Sicher nicht Dschanow selbst, der hat für alle Termine ein Alibi, hundertprozentig. Ich meine, er hat schließlich Leute für sowas. Die Idee mit der lila Tinte trau ich Anita zu, die Frau ist böse, richtig böse. Dschanow besitzt immerhin eine ganz pragmatische Ader, ist auf seine Weise im Grunde vernünftig. Vermutlich war er einfach gezwungen, alle Spuren zu beseitigen, die die verrückte Anita hinterlassen hatte.«

»Bevor es zur Elefantenhochzeit kommt.«

»Ja.«

Nabel fühlte sich besser. Viel besser, als er es sich vor Stunden in den kühnsten Träumen hätte vorstellen können.

In der Aufdeckung des Verbrechens lag bereits ein Großteil der Befriedigung, die jemand wie er aus seinem Beruf ziehen konnte. Die nachfolgende Sühne, die ja nichts je ungeschehen macht und genaugenommen pro forma verhängt wird, ist Sache der Gerichte.

Auch Pfeifer schien sich nach der langen Beichte besser zu fühlen, zumindest gab er sich weniger hysterisch, saß erschlafft und zusammengesunken auf dem Küchenstuhl, die Pistole im Schoß.

Was würde er als Kronzeuge taugen? Nichts. Keine Staatsanwaltschaft der Welt hätte ihn als vertrauenswürdig eingestuft. Für die Sache mit dem ausgetauschten Koks, selbst wenn man ihm nur eine Rolle als Mittelsmann zugestehen würde, säße er acht bis zehn Jahre ab.

Nabel mußte dennoch handeln. Was konnten die beiden Schwestern dieses windelweichen Idioten für die Selbstüberschätzung ihres Bruders?

»Hören Sie, David! Wir machen jetzt erstmal folgendes, ganz unabhängig von Ihren persönlichen Plänen. Sie nennen mir die Adressen Ihrer Schwestern, ich schicke die Kavallerie, die nimmt beide in

Gewahrsam. Ich bin sicher, daß Ümal nur blufft. Er würde den beiden zum jetzigen Zeitpunkt nichts tun.«

Pfeifer sah ihn merkwürdig an, fast pikiert. »Was macht Sie da so sicher?«

»Ihre Unwichtigkeit, David. Ümal will Sie nur einschüchtern. Warum läßt er sonst die beiden korrupten Chemiker leben, diesen Fischer und diesen Wolkov?«

»Sie haben recht. Ich bin völlig unwichtig. Ich bin einer aus dem Niemandsland. Deshalb bin ich jetzt vogelfrei. Fischer und Wolkov, was sollten die aussagen? Die wußten ja nicht einmal, von *wem* sie unter Druck gesetzt wurden, die haben den Namen Ümal nie gehört. Nur ich bin der Arsch, der irgendwie von allem ein bißchen gehört hat, bei dem die Fäden zusammenkommen. Und was wollen Sie mit meinen Schwestern machen, Nabel? Zehn Jahre Schutzhaft? Das ist doch naiv. Idiotisch.«

»Sie gehen mir auf den Sack mit Ihrem Selbstmitleid. Und Ihrer ungebrochenen Selbstüberschätzung. Wissen Sie, was ich mir vorhin überlegt habe? Wie Sie als Kronzeuge wirken würden. Glauben Sie ernsthaft, irgendein Staatsanwalt würde mit Ihnen als Zeugen ein Verfahren eröffnen? Albern. Ümal ist doch nicht blöd. König war wichtig. Sie sind nur ein Stück Dreck. Hauen Sie ab, in die Karibik, ich werde die Fahndung abbrechen lassen, los, ziehen Sie Leine!«

Pfeifer starrte ihn an. Mit weit offenen Augen, die die neue Situation vergeblich zu taxieren versuchten, in denen aber neue Hoffnung leuchtete.

»Sie lassen mich einfach so laufen?«

»Ungern. Geben Sie Ihre Pistole her! Ich sorge dafür, daß Sie nicht behelligt werden. Nehmen Sie den 13-Uhr Zug nach Amsterdam und von dort ein Schiff. Raus jetzt!«

David Pfeifer legte, nach kurzem Zögern, die Pistole auf den Küchentisch und rannte durch die noch angelehnte Tür die Treppen hinunter. Nabel hatte ihn richtig eingeschätzt. Glücklicherweise. Wenn man auf etwas bauen kann, auf einen kleinsten gemeinsamen Nenner, ist es die Todesangst. Die allermeisten Menschen auf dem Niveau Pfeifers würden so gut wie alles tun, um ihr Leben zu verlängern. Ausnahmen heroischer Art kommen meist nur aufgrund irgendeines Zeitdrucks oder Hormonschubs zustande. Besitzen solche Typen Zeit genug zu überlegen, wollen sie auch überleben.

Kurz nachdem Pfeifer die Wohnung verlassen hatte, telefonierte Nabel mit dem Revier, hob die Fahndung nach Pfeifer auf, und aus Gründen, die er für sich behielt, befahl er Ahmed, die Adressen der beiden Schwestern zu eruieren und Beamte hinzuschicken, für alle Fälle.

Kriminaloberrat Dr. Seidel ließ seinen Unmut an Lidia aus, indem er sie mittags aus dem Bett klingelte und sie telefonisch in sein Büro zitierte.

Was da los sei? An einem so ereignisreichen Tag melde sich Nabel einfach krank, das sei ja wohl das letzte, wahrscheinlich habe er gesoffen. Und was das mit Pfeifer zu bedeuten habe? Erst jage er, ohne jede Begründung, einen Polizisten, dann lasse er die Fahndung wieder fallen, der Innensenator habe bei ihm, Seidel, angerufen und wissen wollen, welches Chaos hier herrsche, der Polizist, dieser Pfeifer, sei wahrscheinlich ein verdeckter Ermittler, die Presse bombardiere das Revier mit Fragen, auf die er keine Antwort wisse, und Nabel sei offenkundig nicht zu Hause, er habe ihn vergebens zu erreichen versucht. Was für ein Saustall! Ein Kriminaler, der nicht zu erreichen sei, das grenze an Insubordination!

Lidia war müde, nicht auf dem neuesten Stand und zeigte sich von der Entwicklung glaubhaft überrascht. Pfeifer wieder frei? Naja. Das werde schon Gründe haben, sie sei überzeugt, daß Nabel welche habe. Zu seiner Verteidigung führte sie die letzte Nacht an, in der er und sie durchgearbeitet hätten, irgendwann müsse jeder Mensch mal schlafen, selbst im mittleren Dienst, das sei Naturgesetz.

»Wenn sich Nabel nicht innerhalb der nächsten drei Stunden bei mir meldet, übernehmen Sie die Soko, Frau Rauch. Ich hab die Nase voll von Kais Eskapaden! Gestrichen voll!«

Die Zeitungen hatten die Ermordung Tschutschelows nicht mehr für ihre Morgenausgaben aufbereiten können, die Verbindung zur lila Serie wurde der Presse gegenüber vorerst noch geheimgehalten, von daher ergab sich eine geringe Schonfrist, bis die Information doch durchsickern würde. Eine sehr geringe.

Lidia ging an ihren Schreibtisch. Ahmed berichtete, er habe Pfeifers Schwestern ausfindig gemacht und jeweils zwei Beamte zu deren Schutz abgestellt.

»Pfeifers Schwestern?« fragte Lidia verständnislos.

»Mehr weiß ich auch nicht. Dachte, du würdest mich aufklären.«

»Ich? Wieso?«

»Na, war nur so ne Frage. Du mit deinen besonderen Verbindungen zu Kai ...«

»Bitte?«

»Tschuldigung, hab gedacht, wenn jemand den Backstagepaß zu seinen Gedanken hat, dann du.«

»Paß auf, was du redest.«

»Keine Angst. Ich halte dicht.«

Lidia warf ihm ein Bündel unbenutzter Briefumschläge an den Kopf. Ahmed lachte. Und verstummte. Seidel stand plötzlich in der Tür. Kommentarlos ließ er den Blick auf den beiden vor Schreck erstarrten Kriminalbeamten ruhen, etliche Sekunden lang, bevor er sich umdrehte und mit stampfenden Schritten den Flur hinunterlief.

Ruslan Dschanow erwachte auf der mit Gazellenleder bespannten Récamiere, die zur Präsidentensuite gehörte. Es war Mittag. Er hatte die nach Erbrochenem stinkende und laut schnarchende Anita bei Anbruch des Tages ins Bett befördert und war ins Nebenzimmer gegangen, um noch einige Single Malt Whiskeys aus der großzügig bestückten Minibar zu trinken, zu rauchen und über die Zukunft zu meditieren. Um auch ja keine Ordnungswidrigkeit zu begehen, hatte er seinen Aufenthaltsort per SMS an die von Lidia Rauch angegebene Nummer gesandt, für den Fall, daß neue Befragungen nötig würden.

Wir sind im Kempinski. Stoßen Sie zu uns. Würde mich freuen. Gemeinsames Frühstück?

Ruslan blies Rauchkringel in die Luft. Eine aparte Polizistin war das gewesen. Beherrscht und höflich. So ganz das Gegenteil von Anita. Reizvoll. Sportlich. Mit klangvoller Stimme. Sehr sexy. Wie sie wohl im Bett war? Ein kalter Fisch? Eine heiße Stute? Rasiert? Über dieser Frage eingeschlafen, hatte er im Gazellenleder ein centgroßes Brandloch hinterlassen, was er nun bedauerte und einerseits dem toten Tier, andererseits dem erlesenen Möbel gegenüber als respektlos empfand. Sein Vater hatte ihn mit der Peitsche dazu erzogen, allen Phänomenen dieser Welt liebevoll und neugierig zu begegnen.

Nabel schaltete sein Handy ein, als er aus dem Haus lief. Mehrmals versuchte ihn Seidel zu erreichen, er reagierte nicht. Immer wieder starrte er auf die SMS.

Wir sind im Kempinski. Stoßen Sie zu uns. Würde mich freuen. Gemeinsames Frühstück?

»Wohnt bei Ihnen ein gewisser Dschanow oder eine Gräfin Schönfels?«

»Ich bin«, meinte die junge Dame an der Rezeption bedauernd, »leider nicht berechtigt, eine solche Information zu erteilen.«

»Pfeifer. Kriminalpolizei.« Nabel hielt seine Marke hoch. »Jetzt sind Sie es! Und ich bin in Eile.«

Die Dame nickte geflissentlich und sah, stoßweise pustend, im Gästebuch nach.

Es wurde an die Tür geklopft. Dschanow fragte, wer da sei. Nabel meldete sich unter eigenem Namen. Dschanow seufzte und öffnete. Er hatte mit sowas gerechnet.

»Was gibts?«

»Ich hätte noch ein paar Fragen. Darf ich reinkommen?«

Dschanow winkte ihn hinein. Dann stutzte er, wendete sich um, betrachtete den lästigen Besucher noch einmal genauer. Irgendwas stimmte mit ihm nicht. Er trug einen Schnurrbart. Den hatte der Polizist gestern aber nicht, oder? Konnte ihn seine Erinnerung so an der Nase herumführen? Es war früh, er hatte für seine Verhältnisse viel getrunken gestern nacht. Und wenig geschlafen.

»Was haben Sie denn da im Gesicht?«

»Der Schnurrbart?«

»Ja.«

»War gar nicht leicht, auf die Schnelle einen zu besorgen. Klebt auch nicht gut. Ich schwitze.«

Dschanow hob irritiert die Augenbrauen. »Tut mir leid, ich verstehe nicht.«

»Ging mir genauso. Wochenlang. Scheißgefühl.« Nabel zog die Pistole.

»Sind Sie verrückt?«

»Wie man es eben wird, mit der Zeit. Wo befindet sich denn Frau Gräfin? Würden Sie so lieb sein und ein paar Schritte zurücktreten?«

»Was haben Sie vor um Gottes willen?«

»Lassen wir Gott mal lieber beiseite. Was hab ich denn vor? Ich würde ja gerne mit Ihnen frühstücken, dafür ist es leider schon zu spät.« Nabel trieb Dschanow vor sich her, ins Schlafzimmer, wo Anita bäuchlings auf dem riesigen Bett lag und von alledem nichts mitbekam.

»Was haben Sie mir vorzuwerfen? Ich habe kooperiert! Wir haben uns gemeldet und ein gemeinsames Frühstück angeboten. Ich bin genauso an der Aufklärung der Sache interessiert wie Sie!«

Nabel mußte lachen. Prompt stahl sich auch auf Dschanows Lippen ein Lächeln, in Erwartung dessen, daß sich der Scherz bald als solcher erweisen würde.

»In gewisser Weise gefallen Sie mir. Ehrlich. Tut leider nichts zur Sache. Heute nacht hab ich einen Pizzaboten in den Körnerpark bestellt.«

»Und?«

»Mir ist etwas klargeworden. Das Leben ist ein Chemielabor.«

»Verzeihung?«

»Es ist ein Experiment. Vielleicht bin ich zu alt für Experimente. Wird sich herausstellen.«

Dschanow sah, daß Nabel Handschuhe trug, und begriff, daß er es mit einem Geisteskranken zu tun hatte.

»Wir können über alles reden, Herr Kommissar!«

»Na klar. Können wir. Aber wer genug Filme gesehen hat, der weiß, daß Reden oft ein Fehler ist. Es wird palavert und diskutiert und prompt geht die prachtvolle Gelegenheit vorüber. Morgen –«

Nabel hielt die Pistole an Anitas Schläfe und drückte ab. Dank des Schalldämpfers war kaum mehr als ein Zischen zu hören, nebst dem fiesen Geräusch der Kugel, die sich durch Anitas Kopf und ins darunterliegende Kissen wühlte.

»– stehen wieder vier große Kerle um Sie rum. Carpe diem! Es gäbe viele Fragen, die ich Ihnen gern noch stellen würde. Alles kann man nicht haben. Tut mir leid.«

Dschanow rannte auf ihn zu. Nabel schoß erneut, traf den Heranstürzenden zwischen die Augen, der fiel vor ihm zu Boden wie ein Sack, zuckte ein paar Sekunden lang. Dann war das erledigt. So einfach. Gar nicht wie im Film, wo man sich erst noch mit ihm auf dem Boden hätte herumwälzen müssen. Nabel riß sich den angeklebten Bart vom Mund, spülte ihn die Toilette hinunter. Pfeifers Pistole warf er unters Bett. Danach lief er ins Treppenhaus des Hotels, schob sich die hochgegelten Haare ins Gesicht zurück und zog das grüne Poloshirt aus, unter dem er ein kragenloses weißes Hemd trug. Halt. Die Handschuhe. Polohemd und Handschuhe mußte er loswerden? Wo? Wie? Das Klo hätten die Teile vielleicht verstopft, es mußte eine improvisierte Lösung gefunden werden. Ruhig, ganz ruhig. Jemand kam ihm von unten entgegen, Nabel schob sich in den Flur des dritten Stocks. Ein Schuhputzautomat. Besseres fiel ihm gerade nicht ein, er stopfte die Kleidungsstücke hinter den Schuhputzautomaten. Das würde schon gehen. Wenn man sie finden würde, dann hatte eben Pfeifer sie dorthin befördert.

Nun erst kam es zum eigentlich interessanten Teil des Experiments. Im Erdgeschoß angekommen, lief Nabel durch den Seiteneingang hinaus ins Freie und von dort durchs Hauptportal zur Rezeption. Diesmal, mit unverstellter, tiefer Stimme, verlangte er von der Dame hinter dem Schalter die Auskunft, ob im Hotel ein gewisser Dschanow wohne oder eine Frau von Schönfels.

Die Frau, die eben ihre Ausbildung hinter sich gebracht hatte, wirkte verunsichert.

»Komisch, das hat mich vor einer Viertelstunde schon jemand gefragt.«

»Ach du Scheiße! Nabel. Kriminalpolizei!« Er zeigte seine Marke. »Beeilen Sie sich!«

Als die konfuse Dame später gefragt wurde, woran sie sich erinnere, sagte sie aus, der erste Mann habe einen Mexikanerbart getragen, irgendwas Grünes und nach hinten gekämmtes Haar. Und eine Polizeimarke. Ihn näher zu beschreiben war ihr nicht möglich. Irgendwie hatte ihr Gedächtnis die beiden Männer vermischt und sah sich nicht mehr imstande, deren Gesichter klar auseinanderzuhalten. Ein nicht selten auftretendes Phänomen.

Nabel fuhr mit dem Lift in den vierten Stock, trat die Tür auf, telefonierte mit Lidia, gab sich danach sehr zerknirscht, befahl einem Pagen, die Präsidentensuite zu bewachen und verhörte die Dame an der Rezeption in Stakkatosätzen. Wie unter Dampf, ließ er sich den mutmaßlichen Attentäter beschreiben.

»War der Kerl dünner als ich?«

»Nein.«

»Dicker?«

»Nein, auch nicht.«

»Größer oder kleiner als ich?«

»Ich hab nicht genau hingesehen …«

»In Ihrem Job muß man sich doch Details zu jedem Gast merken können! Geben Sie sich gefälligst Mühe!«

»Er … er … war ja kein Gast …«

»Soll das komisch sein?« Nabel setzte die Dame unter Druck, bis ihr Erinnerungsvermögen vor Aufregung vollends kapitulierte. Sie hielt sich beide Handteller an die Schläfen.

»Irgendwie sah er Ihnen ähnlich.«

»Nannte er sich Pfeifer?«

»Kann sein … Ja, ich glaube, das sagte er.«

Nabel zeigte ihr ein Photo. »Das ist Pfeifer! Stimmts?«

»Ja … Jaja, genau!«

Der Hotelmanager legte einen Arm um die aufgelöste, deutlich zitternde Empfangsdame und bat darum, das alles nicht hier in der Halle, in der Öffentlichkeit zu besprechen, bitte …

Worum es auch gehe. Worum gehe es eigentlich?

Durch die Schwingtür zur Empfangshalle traten Lidia, Seidel und einige Mitglieder der Soko. Dahinter der Trupp von der Spurensicherung, einige winkten Nabel freundlich zu, wie zwei sich begegnende Busfahrer im Straßenverkehr grüßen.

»Wohin?« fragte Lidia, ohne stehenzubleiben.

»Vierter Stock. Präsidentensuite. Ich hab einen Pagen davor abgestellt.«

Der Hotelmanager hob den Zeigefinger der rechten Hand, wollte sich irgendwem gegenüber bemerkbar machen. »Entschuldigung, aber was …?«

Was hier verdammt nochmal los sei, fragte Seidel und ignorierte den Manager schlicht, der seinen Zeigefinger eingeschüchtert in einer laschen Faust verschwinden ließ und die beiden Kriminaler mit kurzen, ballettartigen Schritten zum Aufzug eskortierte.

»Pfeifer läuft Amok. Ich kam um zehn Minuten zu spät. Zwei Leichen. Pfeifer ist flüchtig. Tut mir leid, daß ich mich nicht früher gemeldet habe. Ich wurde bedroht. Er war bei mir in der Wohnung. Als ich anrief, um die Fahndung aufzuheben, hielt er mir seine Knarre an den Kopf.

»Oh.«

»Ich wußte, er hatte was vor. Habs ihm auszureden versucht. Sind seine Schwestern in Sicherheit?«

»Seine Schwestern.« Seidel sah ihn mit leicht zusammengekniffenen Augen an.

»Ich erklär Ihnen alles, Herr Doktor.«

»Das wäre großartig, Nabel. Großartig.«

Der Fahndungsbefehl nach Pfeifer wurde gegen zwei Uhr nachmittags erneuert. Auf eine beiläufig geäußerte Vermutung Nabels hin konnte er im ICE nach Amsterdam, kurz vor der holländischen Grenze, verhaftet werden. In der Präsidentensuite des Kempinski fand sich Pfeifers Pistole, mit dessen Fingerabdrücken auf Schaft und Griff. Noch leugnete er strikt, brüllte hysterisch, strampelte wie ein Epileptiker und stellte phantastische Theorien auf. Die Indizien jedoch waren erdrückend. Obwohl seit fast dreißig Stunden im Dienst, ließ es sich Nabel nicht nehmen, das Verhör persönlich durchzuführen.

Seidel bat währenddessen Lidia in sein Büro. »Liebe Frau Rauch, ich bitte Sie – was ich heute mittag zu Ihnen gesagt habe, wegen Kais Eskapaden, erinnern Sie sich?«

»Ja.«

»Schade. Mir wärs lieb, Sie vergessen es. Ich habe zu wenig Vertrauen in ihn gehabt, tut mir leid – er soll möglichst nichts davon erfahren. Er scheint wieder in Hochform zu sein. Beinahe wie früher …«

»Ja.«

Im Treptower Kanal wurde tags darauf eine weibliche Leiche gefunden, etwa zwanzig, ohne Kopf und Hände, aber die Körbchengröße paßte. Die Schweinezeitung war sich nicht zu blöd, zu titeln: *War etwa sie die Ninja-Killerin?*

Der lila Pfeil zeigte auf den leeren Raum über dem durchtrennten Hals. Das war selbst für die Schweinezeitung zu derb, und der zuständige Bildredakteur mußte tags darauf seinen Posten räumen.

Pfeifer beruhigte sich bald, sah ein, wie unsinnig und nutzlos seine anfangs geäußerten Verteidigungen wie Anschuldigungen waren. Nach seinem Geständnis schwappten ihm Wellen der Sympathie entgegen. Manche sahen in ihm einen, wenn auch tragisch umwitterten, Helden. Mit dem gestrauchelten Polizisten, dem raffinierten Dieb, dem konsequenten Verteidiger seiner Blutsverwandtschaft konnten sich in diesen Zeiten erstaunlich viele Menschen identifizieren.

Letztendlich erhielt er wegen Tötung im Affekt bei mildernden Umständen und positiven psychologischen Gutachten neun Jahre Haft. »Raus in sechs«, murmelte er bei der Urteilsverkündung.

Wer ihn beim Austausch der Heizungskörper von außen und innen unterstützt hatte, behielt Pfeifer für sich, trotz großzügiger Angebote der Staatsanwaltschaft. Beinahe jeder zeigte dafür offen oder insgeheim Verständnis. Die verdächtigen Chemiker des Instituts in der Urbanstraße stritten durchweg ab, Pfeifer zu kennen. Es blieb nichts übrig, als alle fünf auf weniger verantwortungsvolle Posten zu versetzen oder aus dem Polizeidienst zu entlassen.

Für die Morde der lila Serie, einschließlich dem an Maschka Kotylew, wie auch für das Attentat auf Josef König wurden Dschanow und Frau von Schönfels verantwortlich gemacht, sämtliche daraus resultierenden Verfahren aber mangels Beweisen eingestellt. Gegen Tote wird grundsätzlich nicht ermittelt. Die ehemaligen Leibwächter Tschutschelows hatten das Land verlassen.

Nabel wurde am Jahresende zum Kriminalrat befördert. Lidia erhielt eine Auszeichnung, für ihre im Wortlaut »*mutige, die eigene Gesundheit gefährdende Undercoveraktion*«.

Zwei Monate nach dem Massaker im Kempinski-Hotel kam es im Francis-Club zu einem sehr farbenprächtig inszenierten Treffen zwischen Volokitin, Dschanows Nachfolger, und dem Paten der mächtigsten türkischen Familie, Ümal. Beide tranken Bruderschaft, besangen und betanzten ihr historisches Bündnis und versprachen, von nun an alles zu tun, um Berlin aus dem organisierten Würgegriff der Polen, Serben, Albaner, Thais, Bulgaren et cetera zu befreien.

Weil die Sachlage insgesamt zu verworren war, zu diffus, setzte die Presse bald einen freiwilligen Schlußstrich darunter. Dschanow und die Gräfin bekamen vom Hühnerblatt immerhin noch eine Art Gedenkartikel nachgereicht, in dem *er* als dümmlich-brutal und *ihr* sexuell hörig, *sie* dagegen als moderne Lady Macbeth verkauft wurde. Aus *rasender* Eifersucht habe sie das letzte Opfer, die *naive* Maschka, Tschutschelows *Gespielin*, beseitigen lassen, finaler *Baustein* in einem *minutiös* ausgeführten *blutrünstigen Feldzug*.

Murat Kursun schob inzwischen unter einem neuem Namen Schreibtischdienst in Süddeutschland und hoffte, binnen eines Jahres nach Berlin zurückkehren zu dürfen.

Kistners Treiben wurde von Pfeifer im Prozeß zwar kurz angedeutet, aber nicht ernsthaft thematisiert. Auf die Frage des Richters, ob Kistner investigative Gründe gehabt haben könnte, kleinere Mengen Koks zu verteilen, antwortete Pfeifer, ja, das sei möglich. Damit schienen alle zufrieden.

Die Liste von Kistners Konsumenten wurde in den Giftschrank gesperrt. Seidel zeigte sich an einer Veröffentlichung nicht interessiert. Später wurde die Liste von ihm persönlich vernichtet, er machte nicht mal einen Hehl daraus. Nackte Namen seien kein Beweis, auch könne die Polizei nicht daran interessiert sein, das Koksproblem zu banalisieren, indem sie aufzeige, wer alles eines habe.

Lidia Rauch bekam ihre eigene Mordkommission, wurde, als zweite Frau überhaupt, Leiterin einer MK in Berlin und zog ins schicke Süd-Charlottenburg um. Dadurch verloren sie und Kai sich aus dem Blick. Sie wären beide frei gewesen, hätten füreinander da sein können, doch nüchtern und mit etwas Abstand betrachtet, schreckten sie davor zurück. Sie hatten nach der Verhaftung Pfeifers kaum noch miteinander geredet, von beruflichen Notwendigkeiten abgesehen.

Beide fühlten, daß es einer intimen Aussprache bedurft hätte. Die eine wußte nicht, ob sie dabei den Mut haben würde, nach der Wahrheit zu fragen, oder wie wichtig ihr diese Wahrheit eigentlich war, der andere wußte nicht, ob und wie er gegebenenfalls auf eine solche Frage antworten würde.

In drei Jahren, wenn alles gut lief, konnte sich Nabel für die Nachfolge Seidels bewerben. Dann, womöglich, boten sich günstigere Voraussetzungen.

Im November fand eine Putzfrau Polohemd und Handschuhe hinter dem Schuhputzautomaten und gab beides in die Altkleidersammlung.

Ein Nachspiel sonderbarer Art besaß die Sache noch.

Ahmed, der in einem ganz anderen Fall ermittelte, wurde eines Abends auf der Straße, genauer gesagt in der Sonnenallee, nicht weit weg vom Hermannplatz, von zwei Landsleuten in schwarzen Lederjacken angesprochen. Sie drängten ihm ein Mäppchen mit Schnappverschluß auf, und einer der beiden sagte auf türkisch:

»Herr Ümal möchte sich bei Ihnen und Ihrem Vorgesetzten, Herrn Nabel, bedanken, dafür, daß Sie ihn die ganze Zeit über fair behandelt haben. Er weiß das zu schätzen und hofft auf eine lange und friedliche Koexistenz.« Sie sagten ihren Spruch auf und spazierten, ohne es eilig zu haben, über einen Hinterhof davon.

Ahmed öffnete das Mäppchen, neugierig wie ein Kind. Die darin enthaltenen Fotos zeigten die Gräfin Schönfels in delikaten Situationen, bis auf die Schnürstiefel nackt zwischen anderen entblößten Stützen der Gesellschaft. Prominente Nasen gab es zu sehen, die weißes Pulver von gräflichen Genitalien schnupften.

Ach was, dachte Ahmed, ob das meinen Chef freuen würde?

Und er entschied: Ja, das würde Kai Freude machen. Bestimmt.

Nachwort

Vor ein paar Jahren erfüllte ich mir zwei Wünsche. Ich hatte schon immer mal einen Kriminalroman schreiben, sowie ein Buch unter Pseudonym veröffentlichen wollen. Warum nicht beides verbinden? Es lag nahe. Wer mich ein wenig kennt, der weiß, daß sich keine zwei meiner Bücher ähneln sollen. Einfach wohl deshalb, weil ich mir selbst nicht langweilig werden und in die Routine verfallen will, die viele Kollegen befällt, so sie erst einmal auf dem Markt durchgesetzt sind und über eine gewisse Leserschaft verfügen. Vielen literarischen Autoren wird nachgesagt, sie könnten keine Krimis schreiben, das empfand ich als Herausforderung. Einen konventionellen Krimi abzusondern, der im Leser einfach nur mit erprobten, risikofreien Mitteln und Mustern Spannung erzeugt, war mir denn doch zu wenig.

Thomas Hettche hatte mit *Der Fall Arbogast* den beeindruckenden Beweis erbracht, daß ein Kriminalroman inhaltlich wie sprachlich von hohem Niveau sein und nebenbei noch eine Ära – in seinem Fall die BRD der Fünfziger Jahre – glaubhaft und erkenntnisreich darstellen kann. Mir lag an einer weniger epischen Gegenwartshandlung, in dessen Mittelpunkt ein Kommissar stehen sollte, der im ethischen Grenzbereich anzusiedeln war und als purer Sympathieträger vom Leser nicht so einfach durchgewunken werden kann. Inzwischen haben etliche hauptberufliche Krimiautoren diesem Typus Grauzonen-Mensch so viele Texte gewidmet, daß er beinahe schon zum Stereotyp geworden ist. Dennoch bin ich im Nachhinein sehr froh, diesen Roman geschrieben zu haben. Als Publikation unter dem Pseudonym Titus Keller im Eichborn-Verlag war ihm nur wenig Erfolg beschieden. An den Kritiken lag es nicht, die waren zumeist positiv. Doch jener Titus Keller war nunmal ein Niemand, ein unbeschriebenes Blatt, dessen Buch es wie jeder Newcomer auf dem überfüllten Markt schwer hatte. Die Lust, unter Pseudonym zu veröffentlichen, entsprach der Lust an einem Abenteuer, einer Neuerfindung, einem Neuanfang. Der Sehnsucht nach dem Glücksmoment vielleicht, als man einmal das erste gedruckte Exemplar des eigenen Erstlings in Händen hielt. Leider wußten alle Eichborn-Vertreter, wie Titus Keller wirklich hieß, und einer von ihnen muß geplaudert haben, denn im *Focus* stand alsbald zu lesen, Titus Keller sei in Wahrheit Helmut Krausser. Was nur beweist, daß den Literaturteil des *Focus* kaum jemand wirklich liest, denn das Rätselraten ging wochenlang weiter. Ich befand mich derweil in einer unangenehmen Situation. Wenn mich jemand auf Titus Keller ansprach, mußte ich, um die Form zu wahren, leugnen, etwas mit ihm zu tun zu haben. Als würde ich mich für etwas schämen müssen. Oder als hätte ich gar ein Kommerzprodukt in die Welt gesetzt, um endlich mal richtig Geld zu verdienen. Das hätte ich denn doch ganz anders angefangen. Aus einer solchen Angelegenheit stilvoll herauszukommen, war indes nicht schwer. Kai Nabel, dem Protagonisten, gönnte ich in *Einsamkeit und Sex und Mitleid* einen Gastauftritt, wodurch ich mich definitiv als Autor von *Aussortiert* outete. Wenn das Buch nun neu erscheint, als Taschenbuch im DuMont Buchverlag, unter meinem Namen, riskiere ich, daß ein paar meiner Leser ein und denselben Text von mir vielleicht zum zweiten Mal erstehen. Für diesen Fall möchte ich mich entschuldigen. Ansonsten ist nun alles geregelt.

Helmut Krausser